上海文学名家文库·40后卷

谷白

上海市作家协会致敬文学　　谷　白◎著

谷白自选集　升平街纪事

百花洲文艺出版社

图书在版编目（CIP）数据

谷白自选集：升平街纪事 / 谷白著 .—— 南昌：
百花洲文艺出版社，2020.1
　　（上海文学名家文库 . 40后卷）
　　ISBN 978-7-5500-3564-5

　　Ⅰ.①谷… Ⅱ.①谷… Ⅲ.①电影文学剧本 – 作品集
– 中国 – 现代 Ⅳ.①I235.1

中国版本图书馆CIP数据核字（2019）第284752号

谷白自选集：升平街纪事

GU BAI ZIXUANJI：SHENGPING JIE JISHI

谷　白 著

出 版 人	章华荣
责任编辑	郝玮刚
书籍设计	方　方
制　　作	何　丹
出版发行	百花洲文艺出版社
社　　址	南昌市红谷滩新区世贸路898号博能中心一期A座20楼
邮　　编	330038
经　　销	全国新华书店
印　　刷	江西华奥印务有限责任公司
开　　本	720mm×1000mm　1/16　　印张 19.5
版　　次	2020年1月第1版第1次印刷
字　　数	258千字
书　　号	ISBN 978-7-5500-3564-5
定　　价	56.00元

赣版权登字　05-2019-413

邮购联系　0791-86895108
网址　http://www.bhzwy.com
图书若有印装错误，影响阅读，可向承印厂联系调换。

目录

英雄劫

马路上（外，黄昏）

像朵花，纸风轮活活泼泼转得好快乐。

更快乐更活泼的一个小小的女孩。高擎起纸风轮，她颠颠地跑，不稍歇，过去又回来。

忽而，她一跟跄。斯文的父亲慌忙要扶。她叫出尖声音，逃开到树后忍住笑忍不住喘，她探露半个脸儿看，见父亲分明在向别地方寻，便蹑手蹑脚掩近去。父亲甫一回头，她又急急地躲跑；跑也不跑远，可又不靠拢，一股劲儿围着父亲绕圈圈。

纸风轮，低飞逐人一小鸟。

"这小女孩，我喜欢。"路旁徐徐跟进的白色轿车里有人说，"她是我的。"

轿车里另有人答应，"是，少爷。"

车前窗摇落，伸出手枪枪口。

"不忙。"那少爷的声音阻止道。

"再朝前，闲人可多了。"

"杀一儆百，就得找人多的地方。"

"是。"黑枪管缩回白轿车里。

轿车缓缓驰，跟定纸风轮。

父女俩浑未觉，只顾相互逗乐，嬉笑行。

所向处，夕阳美好，还有酒旗斜矗舞春风。

弄堂口（外，黄昏）

条桌，长凳，纱橱，煤炉，过街楼下小酒摊，俨然一店家。摊主抱个大酒坛，呆呆立旁侧，张嘴看出了神。

条桌前幺三式挤坐着四个后生，一律捧海碗、仰脖子，在咕嘟咕嘟地饮……

一齐饮完了，一齐喘口气，一齐亮碗底，四人相顾，哈哈笑，又一齐唤，"倒酒。"

摊主忙不迭逐一将海碗满上。

"来。"

"干。"

端起……放下，四个海碗都空了。

摊主斟酒，侧身，耸肩，踮脚，捧着的坛儿被颠倒了向。酒，点点滴滴点滴尽，仍没半满一只海碗。

独占条桌这边的俞文标唉一声，便掏口袋，掏遍口袋也没掏出什么来。他懊丧地骂，骂着脱下半新的外衣扔到桌上。对面那三个忙阻拦。

司马英道："朋友，这算什么。"

司徒奇伟呵问："瞧不起我们弟兄？"

司空扬说："你一个，我们仨，要光膀子也轮不着你。"

边说，边翻衣袋，他们将身上的衣袋都翻成了里儿向外，桌上总算多了不多的几只大小不一的镍角子。

俞文标拍衣急呼，"老板，再开一坛！"

摊主却尴尬，捧着空坛赔笑，"我，我这就给去买。"

俞文标直觉扫兴，"操。"

司空扬说："有他去了再回来，还不如……"

司马英抢道："换个地方，从头喝。"

司徒奇伟也说："只怕没量，还怕没酒？"

俞文标揽衣，抓钱，推桌起身，嚷，"走。"

马路上（外，黄昏）

纸风轮举在女孩手中，女孩骑在父亲的肩头，三步颠一颠，杂在行人间。

白色轿车摇尾随。

渐行，渐入闹市。

白色轿车加速驰前，靠边停下，前后门开，钻出个西装革履的青年和四条短装壮汉。五人一行上便道，兜住了无忧无虑的父女俩。

青年含笑问："苏嘉颢？"

边放下女儿来，父亲警觉地打量着对方，"你是？"

青年："敝姓姜。"

苏嘉颢："想做什么？"

姜："杀人。"

有喜欢看热闹的围拢来。

"青天白日，大庭广众，你敢？"苏嘉颢将女儿掩于身后，又暗暗将她往围观的人丛里推。女儿用力拉住父亲的手，抗拒个紧挨。

姜一笑，"你女儿很讨人喜欢，我不想让她受惊吓。所以，"说，"我先杀了她，他们再杀你。"

懵懂的女孩有些儿怯怕有些儿好奇又有些儿开心，半探头窥看。手中的纸风轮犹在悠悠转。

苏嘉颢逼视着姜，怒、恨，恨无能杀了他。

"别恨我。要恨就恨你自己，带头上蹿下跳，搞什么抗日联合会。"姜慢条斯理地说着，掏出裤后袋里的手枪，打开保险。

看热闹的人惊骇，纷纷诧呼，退，却又惹来许多好事的往这厢拥挤。乱。

趁此机，苏嘉颢使狠劲甩开女儿，纵身张臂，猛扑姜；姜侧体，出左拳，一下将苏嘉颢击倒，然后，俯枪口，扣扳机。

枪响。哭喊着起身伸双手要父亲的小女孩被弹击中，胸前溅出血花，身子腾起，后仰去……

鼠窜狂逃，怕惹祸上身的看热闹者四散开，却也有逆向而来的人，是那四个找酒店要从头喝一番的后生。

苏嘉颢疯也似的舍身猛撞向姜。

四条壮汉几乎同时分别举枪射击。苏嘉颢饮弹，踣而不倒，仍挣扎着要抓姜。四壮汉又开枪。

忽然间，凭空跃来司马英，他飞腿踹翻一壮汉，又扑住了第二个，另外的两条壮汉转身举枪，欲射杀，不料一件布衫当头罩落，待得扯脱布衫，他们发现有两个后生已在面前，拳击亦已经挨着了。

厮打。面对持枪四壮汉，司马英、俞文标、司空扬打得活，打得狠，打得勇，频频夺枪，伤人。

血泊。血泊中卧着纸风轮和死了的小女孩。

司徒奇伟抬起目光咬住姓姜的，问："这样个小孩，你也下得了手？"

"杀谁我都不手软。"姜说着，冲司徒抬起枪。

枪口还没抬平，司徒已经冲至姜贴身。姜急忙退。司徒探手抓住姜的右腕。姜变退为进，抬膝撞司徒的下体。司徒沉左手，抓住姜抬起的膝关节，猛喝一声，将姜的身躯举起来。

姜惊呼，"放开！我是……"

"你是个该死的混蛋！"司徒奇伟边吼，边抢起来，将姜狠狠地扔出手。

撞上水泥的墙，脑袋开花，姜倒地。

那边的厮斗亦停息。四条壮汉一死、两昏厥，被擒的那个目睹姜动了动不再动弹了，吓得魂魄散，"你们……"他意在威胁、求得活命地警告道，"我是姜公馆的人……"

"姜公馆？"司马和俞文标俱一愣。

司空不觉松了扭住那壮汉的手，"你是'辣货姜（酱）'的手下？"

壮汉挣脱着，"我们四个都是。"

俞文标一颤似的退一步，一指倒卧在墙边的姜，"那，他……？"

"是我家少爷。"

当胸揪住转头欲跑的壮汉，司马持枪顶住对方的脑门，喝道："胡说，我崩了你。"

壮汉不敢言语不敢动。

"他，"司空凑近问，"真是'辣货……'的儿子？"

壮汉颤声答："是，真……"

尸首，红红白白的血污，姜的面目已全非。

注目姜的死尸，俞文标僵着身躯，一步一步退。

"你他妈的……"司马恼骂着，将壮汉推得跟跄跌开去。

司空倏地举枪，开，一枪撂倒那个壮汉。

司徒诧奇；俞文标惊愕；司马欲阻未及，顿足叱，"你……"

"不能留活口。"司空说。

司马、司徒、俞文标茫然瞪着他。

"他们不死绝，我们活不成。"司空喊叫着，连连开枪，只顾将那些壮汉逐个地射。

恍悟。司马、司徒忙跟着开枪，俞文标捡起姜的枪，也发狂地射击。

姜和他手下四壮汉的尸体弹痕累累，血肉绽开。

姜公馆（外/内，黄昏）

蒙着厚铁皮的双扇铸铁门，狮首门饰大如斗。

门内院深深，草坪左右林立绿树。正前有西式洋楼，大且高，廊额庭柱上披挂白绸结束的带，遭风吹，哑颤着。

楼内的厅很是宽敞，满堂中式红木家具均着着白色围饰。居中设灵位，漆黑的"奠"字，阴沉；两旁挽幛密，森森然。

厅后接廊道，廊道复联厅。廊长长，厅重重。各处摆设布置不同，各处一样的无声无人。

这里——内堂中，人几乎满，却也寂喊喊，个个穿扎麻布片的白鞋，都直立着，都不动，都低眉垂眼，都黯然缄默。因此故，檀木架上的翎帽朝服黄马褂，高供桌上的旧式毛瑟长枪和弧形指挥刀，墙间镜框内的一帧帧外文证书，以及坐北朝南悬着的青帮始祖潘公画像，更显得凛凛威风、神采飞扬。

左侧的缎门帘被掀——看不清的里间内有两个身着和服的背形颇分明——悄然跨出来的文质彬彬的中年人，站到了青帮始祖画像下，那堂中唯一的一张高背椅旁。

他轻轻咳一声，又过了好大会，才缓缓地说："太先生吩咐了，要那四个畜生慢慢慢慢慢地死。"

抱拳，躬身，堂中的男男女女齐声答应出轰烈的一个响："是。"

阁楼里（内，黄昏/夜）

无凳无桌无柜无床，三卷铺盖拢在右山墙边。那上面垂头倚坐着司徒奇伟、俞文标。

司空扬肩抵横衍圆木，呆望窗外。

老虎窗外暮色浓，淅淅沥，有雨纷纷。

忽然，司空开了口——只不知是对谁说，"听人家说，娶了九房太太，晚年得子，'辣货姜'只有那么一个传宗接代的宝贝。"

过了会，司徒把话接了过去，"青天白日在大马路上杀人还杀小孩子，这种混蛋不该死？"

可，没人接他的嘴。

"把他叫做'辣货姜'，是因为上海的一句吓唬人的土话——'不识相，请你吃辣货酱'，是因为，他心狠手辣得少有罕见。"司空似乎站乏了，缩身蜷坐到窗下。"听人家说，"他又像先前那样说，"有衙门的时候，他是衙门里的师爷。立了租界，他跟巡捕房说得着话。现如今，他又在巴结东洋乌龟。出道早、辈分高，连黄金荣、杜月笙那样的青帮大亨，逢年过节也要给他送帖子。除了上海滩，江浙两省大大小小码头，没有没有他的徒弟的。"

雨下得急了。

夜已降临，窗外黑黢黢。

"幸好没留活口。"司马英在司空对面的墙角里喟然叹道。

也长吁了口气，俞文标其实并非附和地说："幸好没有留活口。"

"白搭。"司徒自语般轻斥着，又说，"要是连谁绝了他的后也查不出，还算什么'辣货姜'、姜公馆。"

仍没人接嘴搭他这话。

司徒改口或者说纠正道："幸好我们都有了枪，可以护身，逃命……"

屋里有似喘的呼吸。檐前有落水嘀嗒。天外有隐隐的惊蛰的雷。还是没人接嘴搭话。

良久，司徒又憋不住了，"一块喝了酒，一块杀了人，"他对俞文标说，"还不知道朋友你叫什么呢。"

姜公馆内堂中（内，夜）

有椅不坐，文质彬彬的中年人手扶靠背，伫立于旁。

椅前站个苗条的年轻姑娘，恭恭敬敬地报告，"……俞文标，在三角地菜场开一家小肉铺。"

中年人大感意外，"唔？"

诧异的神色，也显现在半露在掀开些些的缎门帘缝隙间的那张留着仁丹胡子的脸上。

"另外三个都是云记车行里蹬三轮的。"欧阳洁丹继续报告着，补充道，"是从小在一个村里长大的拜把子兄弟……"

阁楼里（内/夜）

"听口音，"司徒奇伟问显然已经告诉过自己姓甚名谁的俞文标，"你像是江阴人。"

肘支膝、手托颏，俞文标点点头。

"那你不会不知道，"司徒说，"'双姓集、季家渡，七世冤家八代仇'这句话吧。"

俞文标没摇头否认。

"我们就是双姓集人。两年前避仇来了上海。"司徒指点着，"大哥司马英，三弟司空扬，"给俞文标做介绍，"我行二，叫司徒奇伟……"见司马、司空没反应，俞文标也似听未听的，司徒便缄口不语了。

复沉默，沉默仍沉重。

姜公馆内堂中（内，夜）

沉吟着，中年人不能相信，"真没背景？"

"没有。"欧阳洁丹答。

想，想着摇头，摇着头，中年人吩咐，"去，赶他们出来兜兜风。"

他吩咐时，缎门帘垂下，遮没了留着仁丹胡子的脸。"看看横里竖里和什么别的人有牵连。"

阁楼里（内，夜）

"我看，"忽然这么说着的司马英顿了顿，才续说，"我们三个还是分开的好。"

司徒奇伟着急地反对，"大哥！"

司马无奈地叹。

司徒征询地唤，"老三？"

司空扬没言声。

站起，俞文标摸黑向门边去。

司徒一把扯住，要扯回他。

"的确太招人显眼了，"俞文标犟着说，"闯下泼天大祸的四个人还……"

司空这才开口，"是啊。"附和着，却随即改说，"可，聚在一堆，遇到姜公馆的人，也许还能闯出条活路。要是落单成孤身一个，那只怕连犟一犟的机会也没有。"

"对。"司徒即拥护，又反对，"不过，得另找地方躲。"

分明已经盘算过，俞文标不由斥诘，"上哪去找。"

"我们在上海的双姓集人，"司徒耸身，开了灯，"最会的就是找躲的地方。"

低悬的用破罗宋帽罩着的灯泡放出昏黄的光明，半间屋子亮了。灯光晃来晃去，总挣不脱那与尖形屋顶部浑然成整体的黑影的沉重压迫。

季家（内，夜）

被缀于天花板周边的日光灯照得通明的，是间不小的卧房。

房间正中那张大床上的被下，仰躺着个大睁两眼、一眨不眨的青年。

身穿绸缎睡袍，站在门前注目谛视他的男子年岁长他不少。良久，喃喃的，他负疚深重地告诉他，"哥没本事啊。"

睁眼躺着的青年丝毫没反应。

"不过，"告诉的又声轻但清晰、坚决地告诉道，"哪怕花一辈子，我也要找着他们。抓住他们，带着你，押他们回乡下，开祠堂，在先人灵前用乱棍打……"

青年依旧无反应。

阁楼里，阁楼屋顶，楼外，弄堂里（内/外，夜）

打开在灯下的铺盖在被重新紧紧捆扎。

"……最最会找地方躲的，是我们的师傅。"司徒奇伟边忙边跟俞文标说明，"只消见到师傅……"

帮不上手的俞文标截话问道："他有办法把我们弄出上海吗？"

"什么意思？"司空扬住了手。

俞文标说："我有个小舅子在香港。"

"什么意思？"司马英没明白。

司空琢磨着说："那倒是'辣货姜'不一定够得着的地方。"

司徒奇伟听得兴奋地猛一拍铺盖。

"姜公馆的人肯定已经看住了水陆码头。"琢磨着的司空又说，"再说，没有盘缠也上不了路。"

司徒很不以为然，"师傅朋友多，路路通，会没办法帮我们逃？"

"快，"司马催促道，他和他的二弟与三弟都手上加紧了，只俞文标呆呆地呆在旁，愁眉苦脸的。

陡响一声，是枪。

壁间隔板上的碗崩碎。弹从老虎窗外来。

侧体，伸手抓住电线猛一扯，灯灭，司空蹲下。司徒和司马已分别闪到老虎窗两侧，掏出枪，窥探。而俞文标则贴墙站门边，持枪警戒。

司空矮身蹑步行至后侧那一方撑窗下，提竿慢慢撑起窗。没反应。攀框引体缩身，司空钻出撑窗到了屋顶上。

以屋脊为掩护，司空弯腰弓身横向爬行去。

钻出撑窗，俞文标、司马、司徒相继跟上。天雨瓦滑，俞文标忽一跟跄。司马伸手拉没拉着，失却重心，向檐口滑跌去。慌忙丢枪，双手抓檐，司马身子悬空挂在了檐口。在后边的司徒奇伟见状一蹭落身到檐下的晒台上，未站稳便扑至墙边，探身张臂抱住司马英，将他拽到晒台墙头。这时，司空也下了屋顶。他越过晒台矮墙，攀援着落下，站上天井的后墙，然后纵身跳。

枪声响。

司空就地滚，边开枪。打倒了半掩半探身于弄堂口拐角处的狙击者，他跃起，扑到死了的狙击者跟前的位置上，警戒。

除了邻舍居民诧呼纷纷，四下别无动静。

沿着司空的路线，跳下墙来的俞文标、司徒和司马才落地便向另一边弄堂口跑。司空倒退着跟上去。

弄堂曲折时见岔。

逃窜的四后生不择路，一味狂奔……

墙，高，当面堵立。

四个后生到了死弄堂的底。分开，他们各闪向两旁的角落，站个不敢喘气，谛视着弄堂入口。

昏黄的路灯亮着那边湿漉漉的地，亮着纷飞的雨。寂。

发现了什么，司空移步蹲到高墙下，大箱子似的，那儿有个水泥的东西，顶当间盖着薄铁板。司空刚掀开铁板，里边猛窜出样活物。陡受惊，司空仰跌倒。窜出的是猫。猫惶急地向弄口逃，方窜进口外路灯的光圈，枪响，猫儿叫半声毙命于地。

比猫还惶急，司空一头扎进原由铁板盖住的方洞，司马、司徒、俞文标遂紧跟着往里钻。

路边（外，夜）

墙脚，满溢在着地敞开的双扇小铁门之间的是垃圾。

垃圾堆里露出司空扬的脑袋，顾左右后，他才撑着钻出身后的洞，相继，司马英、司徒奇伟、俞文标也爬了出来。四后生个个一身污秽一身湿，一脸骇慌一脸脏。

打量着空寂的明一处暗一处的狭窄马路，要往这边的司马见司空折向那边，不由轻声低喝，"哎，"问，"上哪？"

"你没枪了。"

经此提醒，司徒才和他大哥同时发觉丢失了自己的枪。

司空把低语说个丝毫没停顿，"得先跑一趟三官堂，弄几把枪，还有子弹。"

"三官堂……？"司徒刚问得半句，被俞文标从后扯住，而司空和司马也止了步。

影随声现，那边路拐角在拐出什么。

四后生慌忙缩身，各各躲藏到道行树或电线杆后。

一人拉两轮转，行近来一辆垃圾车。车停，拉车人绕到车后要取锹，忽扑出司马，挟颈捂嘴制住拉车人；配合默契得像左右手似的，司空从笠帽上给了拉车人脑门一枪柄，司徒则展臂合抱拉车人的双膝，并与他大哥、三弟协力抬起软绵的拉车人，扔进垃圾车，继又分头往里爬。然后，车里抛出了拉车人的笠帽、蓑衣。

接过、捡起、戴、穿好，俞文标弓身提把，拉垃圾车走。

叽叽嘎嘎的，垃圾车缓缓行远去。

这头的路灯光圈外，有个持枪的苗条身影，目送着。

三官堂，毛贵家天井里（外，凌晨）

既无庙亦无观，此地只是个空旷的岔路口。曙色朦胧雨正稠。那旁路角边，停着那辆垃圾车。

垃圾车晃，里面爬出原先的拉车人。他"呸呸"吐着连声骂"强盗"，及至绕至车前，见笠帽蓑衣好端端挂在车把上，不觉疑怪，咕哝着，"碰着赤佬了。"

穿衣戴帽，拉车人拉车走。

这边路拐角间，有紧闭的双扇黑漆木门——其上的小门没关严——门后，站着俞文标，他持枪戒备着，正从缝隙里窥察外面。

俞文标背对的是个宽阔而深的天井。

天井后半部矗一幢不算小的矮楼，楼门旁有司徒奇伟在不住地掉头看。

树动沙沙，雨落沙沙，更显平明的寂寂，更令警戒的人觉惴惴。

终于，司空扬和司马英拉开门倒退着从楼里出来了。一出来，他俩中的一个就扔了把短枪给司徒。

司徒接枪到手便摸索，边快步跑向俞文标，又转身举枪对准矮楼那亮亮的门洞，直等司马和司空紧随俞文标到了俞文标推开的门上小门外，这才后退。

他刚离开，矮楼里即跳出个头大体壮、双手持枪的老头，见双扇门上的小门外不见人影，连连跺脚，恶毒地诅咒凶狠地骂。骂骂，忽住口，老头怔怔地看着，好一会才怯声问："姜公馆来的？"

"对。"有人答，是欧阳洁丹的声音。

马路上（外，凌晨）

小跑在雨中的四后生。

"你怎么知道三官堂有那么个枪贩子？"司徒奇伟追着司空扬问，"从没听你说过认识什么毛贵。"

"我不认识他……"

毛贵家天井里（外，凌晨）

"……我真不认识他俩。"老头毛贵急赤白脸地申辩说明，"骗我，说是姜公馆的，进门就用家牲（上海方言，家什）顶着，卸了我手里的双枪，又逼我给他俩十好几个弹匣。"

欧阳洁丹质疑，"听说来的是姜公馆的人，你还先拿枪再迎接？"

"深更半夜，"毛贵强笑着解释，"小心些总不为过。"

点点头，欧阳洁丹却仍没信，"只拿走你手里的两把？为什么不多拿？"

"这我怎么……"毛贵答不上，忍不住抢白，"你得问他们。"

弄堂里（外，凌晨）

四人一行正要出弄堂，陡有枪声脆响，三下。

惊，有止步的有脚下赶紧的也有拔手枪的，司空扬则辨听着，"好像是，"他说，"我们来的方向。"

害怕，更着急，到了弄堂口外的俞文标扭头催促，"快跑。"

司徒奇伟期待而且兴奋地猜，"毛贵杀了他们。"

"别是他们杀了毛贵。"司马英却不胜忡忡。

想着，司空转身得毫不迟疑，"回去看看。"

俞文标慌忙制止地告诫，"看有什么用。"

"毛贵杀了他们的话，就可以松口气。"司空说，"要是不是，拼个冷不防，杀光杀毛贵的，也好过给盯死。"

尽管很犹豫，俞文标终还是跟上了司徒和司马。

毛贵家天井里（外，凌晨）

血污狼藉，毛贵横尸楼前阶下。

姜公馆内堂中（内，晨）

手扶靠背立椅旁的中年人注目看定站在面前的欧阳洁丹，"要不是欧阳姑娘你，"说，"我会怀疑，杀毛贵是故意示警报信。"

抬头，欧阳洁丹迎接看她的像在等她回答的目光，"我觉得毛贵没说实话，不止只给了他们两把枪。"答辩道，"我还觉得，他们可能会再去拿枪拿子弹。"

中年人长长地应了声其意不明的，"噢。"过了会，才又说，"你去休息罢。"

欧阳洁丹退出内堂后，中年人缓步踱，踱到槛前，凝视若有若无的雨……忽然，跨出落地长窗，匆匆走了。

三官堂（外，晨）

双扇黑漆木门上的小门里跨出来了司马英、司徒奇伟、司空扬、俞文标。没几步，他们就到了路口。

路口周边岔出五条路，宽宽窄窄直直弯弯的，各各伸展开，又都或远或近地分岔出更宽或更窄的一条条。条条都平坦，都走得通，只等他们继续步去。

可，呆立着，他们谁也没抬脚。

抬眼，司马和司徒和俞文标不约而同地抬眼看司空的脸。恍若未发觉，司空仰脸望天。

司空当然没开口，然而，司马、司徒、俞文标却都"听"见了他心里的话：

"我们上哪，他们上哪。"

"我们逃到哪里，他们杀到哪里。

"我们被盯死了。

"我们无路可走，没地方能去。

"我们……"

天晦晦，黯云绵绵，飘摇的雨纷纷乱如麻。

空旷的岔路口，伶仃的四后生。

…………

马路上（外，晨）

"先生，"有人唤，"来吃碗粥，避避雨吧。"在不甚远的旁路边。

人行道上，靠墙搭出的披棚，棚顶下摆炉、锅、案板、桌凳，显见是个粥摊，作声揽客的摊主还频频招着手。

没等他们进棚，抹桌放筷，摊主已经殷勤张罗开，"这雨，"并找话客套，"下了一夜，冷飕飕的真有点不像春天。"且进而诱导，"衣裳裤子全湿透了，驱寒暖暖身，喝杯酒罢。"

一听得"酒"字，刚落座的四后生都像坐上针毡似的。

面对案板的摊主没发觉，一手夹两瓶酒，一手捏四个盅，径自送上桌来。

司徒奇伟失态地一拍桌子，"拿开！"喝着厉声道，"不拿开，我们马上走。"

"我们都不大会喝酒。"司空扬急忙婉言向吓傻了的摊主解释，"更加的是，我们没钱。"

摊主赶紧赔笑，"笑话笑话。"改口，"不喝酒好。酒能误事嘛。"放了拿着的，"吃粥、吃粥。"他殷勤如初，麻利地盛出大碗的粥往桌上端，"沸滚发烫的，稠得像烂饭一样。"

取筷接碗到手的司马英和司徒正要凑嘴，瞥见司空一动不动，只把也没在喝粥的俞文标看着，不由停筷放碗。

少顷，司徒问埋头发呆的俞文标，"家里有什么人？"

"儿子，"俞文标瓮声低语如嘀咕，"老婆。"

司马探手抚俞文标的肩，又使劲捏。

司空扬这才劝诫，"你万万不能回家。"

没吭声，俞文标点点头又摇了摇。

不知怎么说好，司马、司徒、司空亦无语。

把一碟切好的猪耳朵丝放到煮花生和咸菜碟旁，"自家酱的，"摊主自诩地推介道，"辣，又不忒辣，吃过的都称赞，酱得好。"

好像被辣的酱猪耳朵辣的，司马、司徒、司空、俞文标都一凛，相觑着，他们各从对方眼里看见了自己心底的怵和悚。

没被搭理的摊主没在意，他只顾转而招徕生意了，"吃粥吗？"

也没搭理摊主，那条壮汉脚步匆匆的，走过粥摊时，侧脸向棚内瞟了再瞟。

仍盯着，司马扭头盯着那壮汉的肩背，用脚，在桌下轻踢司空和司徒。司空和司徒竟都无反应。都也扭着头，他俩注视的是壮汉的来路。

这边三个那边五个，壮汉来路两侧人行道上不紧不慢地走近着的这些人都是男的，都没雨具，都长得结实，都佝缩着两手插兜。

司马重扭头再看，只见方才行过去的那条壮汉已转身踅回，而且，还有辆轿车正急驶来。

发呆的俞文标听得动静，惊觉，却仍呆着。

"来！"低喝"来"字的同时，司空突然掀桌，应声跃起的司徒商定约妥般与之并肩直扑踅回的壮汉。

司马一怔，迅即发觉驶过的轿车正好阻住正要过马路的那两三个，这边的四五个则似乎猝不及防而愣了；也看得清楚的俞文标猛地拧身、拔枪，非超过司马不可似的向壮汉冲……

冲到被司空、司徒在后扭住双臂的壮汉跟前，司马方欲左闪，陡然止步，失声呼，"师傅！"

人人俱错愕，僵，除了受惊不轻的"师傅"。"师傅"打量着，"真是你们。"长长松了口气，又不胜诧异，"你们怎么……？"

没人答，都只顾警惕提防那些个佝头缩颈的。进粥摊棚的进粥摊棚，拐入弄堂的拐入弄堂，走过来的看一两眼过去了……坚决不肯饶恕他们的只有一个，"赔！"摊主舍不下摊，追得不如嚷得急，"赔我……"

闹市（外，日）

楼宇之间的路上，布的、纸的、黑的、黄的、花的伞，像条小河缓缓淌。

在别人的伞下穿行着，四个后生和"师傅"的身形忽隐忽现。

他们的谈话断断续续：

"为什么不来找我？"

"有良心，怕牵连我，很好。"

"徒弟闯了祸，师傅不管，那还像师傅么？"

"我没本事跟姜公馆斗，可我有办法帮你们找生路。"

雨仍绵绵。然而，云开处却见湛蓝的青天，还有阳光灿烂。这阳光给云镶了金边，将雨丝照得闪闪烁烁，在阴霾中辟出好些明丽。

废墟，墙圈内（外，日）

倾圮的墙，坍趴的屋……

踏着碎砖和瓦砾，弯弯绕绕的，"师傅"将四个后生往住户已搬空、旧房未拆净的废墟深处引。

居然，这儿还屹立着幢小楼。只不过，门窗全都被卸走，壁间敞着大大小小的空洞。侧身止步，"师傅"把他的徒弟和俞文标让进楼。

进楼才得见，隔间的板壁以及隔层的搁栅与地板乃至整个房顶同样如此，也就是说，外观为楼者，高高的方墙圈而已也。

墙圈里，居中站个穿长衫外罩雨衣、戴着雨帽又撑把黑布伞的中年人。

"我替你把他们找来了。"

"师傅"这话刚说完，俞文标业已拔出枪并且对准了他。完全没想到师傅会有此等行径的徒弟反应慢了，他们紧着补救，司马英和司空扬各向左右横一步，与抢前觍面中年人的司徒奇伟成犄角，护住俞文标身后，同时，他们不仅取枪打开保险，还不约而同地以诘、责、斥三种不同的语调喊着问："师傅……"

俞文标也在问，他问，是因为虽然明白事情不妙却不明白怎么不妙、不妙成怎样，他问的是："他是……"

"师傅"抢过俞文标的话头，指指中年人，"他，"扬声告诉，"就是我帮你们找的生路。"

司马、司徒、司空没问没问完的问题，疑惑大过了愤怒和惊惧，而期待又更胜疑惑，他们都倾耳谛听着。

心情神色跟他们一样的俞文标没忍住，急切地追问："生路？"

"娶了九房太太，轧过不知道多少姘头，活到七十多岁，就得着那么一个传宗接代的指望，正忙着给他操办喜事、成亲呢，这指望让人掐灭了。换作你们当中无论谁，会怎么样？'杀父之仇不共戴天'。绝后嗣的恨，可比杀父之仇还深还大啊。所以，哪怕逃到天涯海角，也是死。"

烂熟于胸地把四后生心知肚明得无须提醒的话说至此，"师傅"放慢语速压低声，"故所以，你们想活命，"指出，"只有做掉'辣货姜'！"

震惊，不，是大骇！！司马、司徒吓得跳起来似的扭头旋身，与仿佛陡遭重拳迎面猛击、一踉跄的俞文标一样，张嘴瞪着"师傅"。

唯司空未动，仍看住中年人。

中年人也斜眼打量他。

墙圈外（外，日）

贴墙，欧阳洁丹挨着个窗洞，石像般伫立在碎砖瓦堆上。

过了好大会，空无一人似的墙圈里传出两个声音的对话：

"你是姜公馆的。"

"对。"

墙圈内、外，废墟中（外，日）

司空扬又说："想借刀杀人。"

中年人直认不讳，"对。"

"要是我们不……"

跺脚，"师傅"急不可待地痛斥，"除了做掉'辣货姜'，你们没别的生路。"

司空苦想良久，像煞深觉别无他计可施，"也罢。"没奈何地请求，"逃了差不多一日一夜，先让我们躲躲，积积力，再……"

没等司空说完话，中年人交伞给左手，右手伸进雨衣斜袋，慢慢地掏，掏出手来摊向司空，以及早就弃"师傅"不顾的司马英、司徒奇伟和俞文标，掌托的是个小纸包，"这里有点钱，足够你们好好喝两顿酒的。"他告诉道，"还有一张姜公馆地形图，出入的路径和暗桩埋伏都标清楚了，仔细看看熟。明天天亮前、两点半到三点之间来，我给你们做内应。"

更没等对方接，中年人言毕即掷小纸包于地。

司徒抬腕平持枪，"我们可以拿它去告发你。"

一笑，施施地转身走向个门洞，临去，中年人又扔下句交代，"过时不候。"

也退出刚才进来处，"师傅"沿墙拐——先前站有欧阳洁丹的窗洞旁仅存碎瓦堆在，再拐弯时，迎面，"师傅"差点撞上悄然转过墙角的中年人。

他俩这才相偕朝废墟外走。

弯弯绕绕，走得渐渐离墙圈远了，"师傅"也越发担心起来，"你说，他们会不会去？"

似乎心里同样没底，中年人沉吟着，很有些听天由命地嘀咕，"去也好不去也好……"

"师傅"没听清，往中年人身边凑。像要收未收的伞，好让"师傅"靠拢，中年人抬起右手。光一闪，是袖中滑出的短刀。"师傅"吃痛，双手护颈，指间掌沿盈溢鲜血，已然作不得声，只不知道他听没听见中年人嘀咕的下半句，"我都不能留你这活口。"

墙圈内（外，日）

都没捡，甚至谁都没趋前，司马英和司徒奇伟和司空扬和俞文标都只把地上的小纸包看着，看着。

看着的司马、司徒、俞文标又纷纷拿眼看司空。司空竟全然未觉。

司徒忍不住着急，"老三。"

"让他好好想。"司马制止道。

俞文标不以为然，"想什么想，反正没别的路……"

"这是个圈套，"司徒即驳，"骗我们送死上门。"

司马忙附和，"要做掉'辣货姜'的，十个人里至少有七八个，做掉了没？凭我们……"

"不是有内应么？"俞文标反诘，"你们师傅会诓我们？"

司徒又驳，"内应不是师傅。"

"只怕，"司马说，"联手做掉'辣货姜'以后，他翻脸不认人。争权夺利，我看他是为坐……"

俞文标忽指司空，"照他说的，"又指小纸包，"拿了它，去告发……"

"没用的。"司空把低着的头摇了再摇，"我后来细想过……"

司徒见司空开口，不由兴奋，"有主意了？"

他正问呢，司马已在催，"快说说。"

"他绝不会容我们在动手前跟'辣货姜'搭上话，而且，告发也抵消不了绝后的大仇。"说完了没说完的话，司空仍摇着头，可，续说的竟是，"你们说得都对。尤其是老俞。"闻此说的都要争讲，却听司空又说道，"的的确确，我们面前只有一条路，死里求生。能活一个算一个，拼掉一个赚一个。"

边说，边捡起淋得半湿的小纸包，打开。俞文标大步跨前，踮脚在司空肩旁探看。果有几张十元钞票，和折着的另一张，那是张用铅笔画的平面图，图上的圈圈点点、勾勾画画，又各为蓝、红色……

姜公馆，内堂中（外/内，日）

倚伞向长窗旁，又脱雨衣摘帽、折叠起来在伞柄上搭好，中年人这才跨槛入内堂，入了，却不往里，也不再朝刚才打量过好几眼的、居中摆着的唯一一张高靠背空椅子看。

左侧的缎门帘后响起咳嗽。

中年人忙躬身趋向帘。

咳嗽的人咳着，问："回来啦？"

中年人要掀帘的，没掀，"是。"

咳嗽停了，询问没，"找着他们了？"

中年人抬头，"找着了。"他脸略变色，但，只一倏忽，且丝毫无异常显露于语气声调，"我告诉他们，"更还坦言，"要活命，只有来杀了太先生你。"

隔帘听来，里边的人笑得很轻，"我知道。"接着，他又说，"你在用计。"

中年人没把帘后人的话误解为一句，边直起身，边应道："是。"

"此计名曰：请君入瓮。"

"是。"

"可假如，发出邀请的人和被请的联手，瓮就会被打碎。"

"或许吧。"

"'或许'之后，你一定会替我和我儿子报仇。"

"是。"

"那样，你就可以名正言顺坐上那把交椅了。"

已经站得笔挺的中年人没再接嘴，昂昂然转身走向堂外去，一拐，不见了。

"你也不容易。"缎门帘里边的人好像并未发觉中年人的离开，犹自缓缓地说，说来不胜喟然之至，"等了那么久才等着这次这机会。确实啊，一个人晚年丧子，总难免悲痛哀伤过度，疏于防范。"

来了欧阳洁丹，在长窗槛前止步，"按欺师叛祖的门规处置，"躬身报告，"三刀六个洞……"

丝毫没听的兴趣，帘后人截话吩咐，"你进来。"

欧阳洁丹谨慎、顺从地进内堂，侍立到缎门帘旁。

帘后人催唤，"来呀。"

欧阳洁丹应，"在。"

"是让你到里边来。"帘后人说明得很有耐心，"你立了功，应该奖赏。"

欧阳洁丹恭恭敬敬地施礼，"谢太先生。"又恳切地解释，"洁丹不为赏赐。"

帘后人赞，"好！"赞过后，沉默了好大一会儿，忽然格外关切地问，"有没有？"

没懂，欧阳洁丹迟疑着，请示，"什么？"

"我的孙子。"帘后人绝非充满希望而是坚信不疑地说，"你已经怀上了，只是自己还不知道。"

深深低下头，欧阳洁丹答以不语。

帘后的人也不语，是沉浸在了遐想中？

欧阳洁丹复抱拳禀，"我下去安排安排，防备他们来……"

"还有不来。"

墙圈内（外，日）

又将那张图和钞票和包它们的纸，向就地坐、蹲在刚才所站处的司马英和司徒奇伟递了递，"能够不去，我也不想去啊。"司空扬对非但不接甚至都没抬一抬垂着、捧着的脑袋的兄弟说，"老俞只怕更这样。"

俞文标正使劲点头，司徒拿眼看定司空，"要借我们的手杀'辣货姜'，"指指司空手中拿的东西，说，"这人在姜公馆肯定不是等闲角色。他肯定会保我们太太平平到明天天亮。"

司空的"对"字刚出口，"那，"司徒耸身起立，"为什么不趁这机会……"

已听出意思的司马急忙撑地抬屁股，"逃？"

"操！"俞文标喜得拍腿自责，"我真笨。"

司空冷哼一声且摇头，"人家可不笨。"环指楼圈外，说，"不会不派他的人盯住。"

司徒恼得一脚踢飞块断砖。泄了气的司马连站都有些懒懒的了。

"这么说，只能猫在这里……"俞文标懊丧地说着犯起愁来，"肚子不填饱，晚上怎么拼命。"

突然笑，司空摇头不止地笑着，"笨的是我。"已有计较的他说，"不是给了酒钱么，我们可以出去吃喝。"说着又详告道，"各归各。去的地方人越多越好。有盯梢的，尽量甩。无论甩不甩得掉，天黑以后在家里碰头。"

尚不明其意的另三个都听得专心，只俞文标插嘴，"家？"

"阁楼，谁也猜不着我们敢躲回老窝。"司空补了一句，接着说，"到时候看情况，要是有人没甩掉盯梢的，那就上姜公馆；……"

司马、司徒、俞文标一齐笑了，"否则，就逃。"

"钱，"司空忙递手拿的给司马，"大哥你分。"

司马数了数钞票，"四十。人家算好的。"各给了俞文标、司徒、司空一张，他边用原先的纸包起他的十块和那张图，边叮嘱，"不到齐，谁也别走。"

"知道。"

分别出墙圈去的俞文标、司徒、司空都这么答应。

马路上（外，日）

雨已停，天未晴。车与人俱络绎。司徒奇伟和司空扬不一边地杂在人流中。

时不时的，他俩都偷偷瞟对方身后。

盯梢的，没发现，司徒发现装悠闲的司空看橱窗太过专注而且一视同仁，外加看的又与其穿着所显示的身份相差悬殊，因之惹来闲人的打量。

至于司徒，他的要保持走得不紧不慢的努力使他步子忽大忽小、行得忽徐忽疾，直如怯前畏后，也给司空发现了，司空还发现，没有盯司徒梢的。

走走走走，不知道是自己看丢了呢还是司空弃他去了，司徒一瞥不见司空。他不敢扭头、转身寻觅，只能顾自向前……

菜场（外，日）

菜场即马路。路上的菜场已落市。蔬菜摊的条桌台空的，鸡鸭摊的大竹笼空的，鱼摊的长圆木盆空的，肉摊的挂钩架子空的……沿街的店面都上着排门板，唯独这一家，门户洞然敞开，很扎眼。

路这边，电线杆后，俞文标长久看着的正是这家。

当门卧块两尺方圆的大砧板，作台四脚向天于旁，斩肉的厚背薄刃斧状刀把一单只的小孩的鞋入木地钉在墙柱上……屋里，柜倒箱翻床散架衣衫裤褂碎碗破锅狼藉满地，里外皆无人影……

忽听有声轻呼急唤，"牙牙爸。"

是个扎乡下土布围裙的半老妇人不近地缩身在俞文标背后，"你……"

"我儿子……"俞文标问。

半老妇人睃左窥右着告诉，"跟牙牙妈一道给姜公馆来的带走了。"想往自己身后引对方却又不敢地问，"闯什么祸了你？"问着忙补说，"临走关照，要你拿自己去赎。"

弄堂口（外，黄昏）

背对马路，司空扬坐在条桌顶头。

见薄暮时分的弄堂里几乎家家前后门前，不是有孩子在玩闹就是有主妇在收取晾的衣物，或有老头老太在闲谈，他起身换坐向面墙的横里。坐一会，觉不妥，他又转到对面，坐个背靠壁脸对弄堂口。

油炸花生小碟旁，放来了个海碗，海碗里满满将溢的是酒。

司空一愣，"不不"忙道，"我不会。"

"你的量，我还不知道。"两手互搓擦着所沾的酒，摊主笑容满面地说，"今天我带足了酒，别说你一个，就是另外三位晚些也来，都笃定够。"

司空这才发觉，此地正是昨天他们三兄弟与俞文标拼酒的过街楼下小酒摊。

阁楼里（内，黄昏）

"要是没喝那么多酒，我们昨天会不会管闲事？"

房顶上新添的几个窟窿里亮着若无的天光，四下一番狼藉，几无囫囵物。

席地坐在墙角的司徒奇伟没答司马英的问话。

司马把指间那半只未碎的断颈酒瓶，细看个像研究，"要是知道那是姜公馆的人，"又问，"我们会不会……"

未知听不在听，司徒仍埋首两膝间。

姜公馆，内堂中（外/内，黄昏）

低头垂手并足，俞文标战兢兢站也不稳在落地长窗槛前的一片灯光里，被个苗条的身影挡着。

"……要不是和老乡拼酒，喝得忒多，我绝不会管闲事，要是知道是府上、是少爷，那就更加不会。"

俞文标呐呐至此，竟不能继言。

欧阳洁丹退步，转到堂左侧的缎门帘旁，向帘复述俞文标的话，"他说……"

"给我。"

掀帘，欧阳洁丹递上托着的手枪。

枪被一只干瘦留甲带褐斑的手拿去。帘垂下，像并没人在似的，其后的寂令内堂里外静得瘆瘆。……

"唉——"缎帘里边蓦响起长长长长的叹。叹声和好大会以后才说出的话里，无不饱含不胜之至的悲哀和痛惜，"真万万没想到，我的儿子会死在你们这种人手里。"

缄默着，欧阳洁丹没言语。

"这枪……"俞文标蚊叫般辩着，"少爷的枪，我是捡的。"

帘后人只管吩咐欧阳洁丹，"你让他去替我把那三个带来。告诉他，他们四个都得开膛剖肚。"顿了顿，又关照，"我可以饶他儿子不死，会代他把儿子教养得大大的出人头地。"

听得"不死"二字，俞文标双腿一软跪在地，"谢谢谢……"谢着的他忽然嗑下头，嗫嚅道，"我一个人对付不了……"

弄堂口（外，黄昏）

看着，司空扬像要端那盛满酒的海碗……他推桌离座，步向弄堂口。

"朋友，"出声拦他的是着长衫坐在弄口旁算命小摊后的先生，"一天没有生意，帮我开个市，旺旺晚上。"

司空拒绝得有些犹豫，"我……没带钱。"

"命不能送。"算命先生含笑地取笔递来，"奉赠拆字测事。"

迟疑着过去，司空接笔欲写又止。

"随便写一个。"算命先生正色道，"字是字，运是运。"

写了，司空颤颤地在黄表纸上写了个"甲"。

算命先生："问什么？"

司空："凶吉。"

算命先生："一个人走，能保平安。"

司空一惊，"什么？"

"你看，田字伸脚。"算命先生指点着"甲"的长长一竖，煞有介事地说，"只有离开同伙，才可以脱险出困境。"

瞪着"甲"字，司空呆了。

阁楼所在处的弄堂里（外，夜）

扎脚管长裤和对襟短衫皆黑色，都敞怀露出白内褂、铜扣阔皮带，皮带上无不插手枪和小斧——姜公馆的打手伙计个个剽悍。他们一路曲折，往弄堂里去，吓得人人闪避进屋关闭门户，四下顿然空、寂。

阁楼里（内，夜）

"别是出了什么事吧，老三和老俞。"等得心焦的司徒奇伟在黑暗中提心吊胆地嘟哝。

司马英忽轻"嘘"。

谁也不再响了，分明正辩听若无的脚步声。

"不是二楼和亭子间的。"司徒的低咕未断音，人已到门旁。

司马则一下攀框引体，半探身出开着的老虎窗。

不一会，门外楼下便有人道"是我"。听清是俞文标，司马落脚到地，扭头却见门旁的司徒仍平持着枪。

司马正疑惑，发现俞文标身后有个并非司空扬的身形。

"她是……"司徒问，"你老婆？"

俞文标没马上点头，正要开口，欧阳洁丹抢了先，"我叫欧阳洁丹。"

以为司徒猜对了的司马和收起枪的司徒一样刚招呼得个"嫂"字，只听欧阳洁丹续说道："是姜公馆的。"

惊，又有些怀疑，司马和司徒瞪着俞文标。

"我，我……"俞文标想说明，却不知怎么说。

欧阳洁丹替他道出实情，"他出卖了你们。"

司马和司徒不由倏地各退一步，欲拔枪。

俞文标反握在后的枪已先移前、指定他曾经的"伙伴"，不过，没扣扳机，他嚅动着唇，是想解释？求谅解？又不过，他什么也没吐出来。他的嘴被捂住，喉间被划了一刀。

错愕得傻傻的，司马和司徒看欧阳洁丹将俞文标放置到地板上，用他的衣裳拭净短刀刃，然后直起身，微微笑着迎住他们的目光。

"你……"司马说，司徒问，"救我们？"他俩都不能相信，因而，手中的枪的口都没偏离欧阳洁丹的胸。

　　欧阳洁丹缓缓举手，松开，让刀掉落，"你们见过的那个，是姜公馆的总管。为了坐上'辣货姜'的交椅，诓你们配合他。"她又告诉，"你们师傅已经被他灭了口。等做掉'辣货姜'以后，他还要杀你们。"

　　司马和司徒连互看一眼都没顾上，更无言。

　　好生没来由的，欧阳洁丹忽灿然一笑，"我告密，借'辣货姜'的手除掉了他，和他用来替换公馆打手盯你们的亲信。所以，"她一踢脚前俞文标的尸体，又说，"要不是他自首出卖你们，可以说，除非送死上门，你们已经躲过这一劫。"

　　尚未真正松懈的司马愈加惶急了，"现在……"

　　"现在，下边弄堂里有十好几个公馆打手，只有我能带你们离开这里。"

　　欧阳洁丹说罢，问，"你们跟不跟我走？"

　　面面相觑，司马和司徒都看出对方拿不定主意。

　　等少顷，欧阳洁丹转向门。

　　司徒忙说明，"我三弟还没来。"

旅店的统铺房里（内，夜）

　　连排的板床，无间隔地将不大的屋子满占得仅剩一条只能容人单身侧体通过的走道于床尾。

　　床上铺的盖的枕的俱全，然而，都肮脏。

　　上半截网眼板条的墙，遮不断隔壁的暗淡灯光。灯光照着对面壁间贴的告示——"损坏用物　加倍赔偿""鞋帽衣物行李　若遭窃或遗失　本店概不负责"。

　　还半照见铺上的司空扬。衣未脱，鞋未除，别说入睡，他辗转反侧卧也不安。

阁楼里（内，夜）

"只有痴呆，才会进弄堂，又进这楼。"欧阳洁丹说着，跨出了阁楼门。

再次对望一望，司徒奇伟和司马英相继举步……

阁楼所在处的弄堂里（外，夜）

这家后门里，慢慢倒退出来用枪指着司徒奇伟的欧阳洁丹。

斜对面拐角那边闪现个姜公馆的黑衣打手，"守着，"欧阳洁丹并不扭头、掉眼地吩咐，"等另外一个。"

打手踅了回去。仍那样押着司徒和他身后的司马英，欧阳洁丹熟门熟路地退过或者拐入岔弄。

阁楼所在处弄堂的弄堂口（外，夜）

欧阳洁丹退出弄堂口，口两旁各有个黑衣打手上来，要搜司徒奇伟和司马英的身。

"搜过两遍了已经。"欧阳洁丹说着，去打开路边那辆白色轿车的前门，等两个打手从左右将司马和司徒押进车里后，才入座。

门关处，车启动，驰去。

马路路口（外，夜）

无月的夜不识未央，只路上鲜有人迹和车影。

白色轿车拐过弯来，突然，随着声发闷的响，它趔趄打横，停。两后一前的车门猛被推开，又各有个穿黑衣裤的跌出，倒于当路，也不知是死是活。

门还在关呢，车已掉头急急地直往前驰。

轿车里，马路上，弄堂里（外，夜）

驾车急向前的是欧阳洁丹，"我们去哪？"

好大会没得告知，她抬眼一瞥反视镜，"知道这车的人多。"说，"老在路上转，危险。"

后座中的司徒奇伟终于想起，"老三说过，"他提醒司马英，"'谁也猜不着我们敢躲回老窝。'"

司马会错了意，"阁楼？"

不等他说反对的话，司徒先告诉欧阳洁丹，"上三官堂。"尔后又跟司马说，"觉察苗头不对，绝不可能回家，老三肯定会改去……"

"毛贵家倒是个地方。"欧阳洁丹认同着驾车拐大弯。

盯住映在反视镜上的欧阳洁丹的半张脸看，司马想着，"毛贵也是你杀的？"

欧阳洁丹没看反视镜，"要给你们报信示警，"承认，"只好杀。"道，"再说，他也不是好人。"

也看着反视镜，司徒感动地说："你救了我们三次。"

仍看着的司马又问："为什么？"

看了，欧阳洁丹从反视镜上看了他俩好一会，始终没说话。

"你为什么救我们？"司马这次问得有些咄咄。

仿佛过了很久，欧阳洁丹才开口，"那年……"

她哽一哽，重新开始说，说得很急，"那年我才十五，他糟蹋了我。六年了，他什么时候要，我就得什么时候去……有时候，还让好多人看。给他这么糟蹋的不光我。腻了的，就往他开在虹口的堂子里送，给东洋人嫖。"

司徒不由怒，目眦裂！司马自也咬牙切齿，愤愤！

突然刹住车，欧阳洁丹扭转半个身子，注视着司马和司徒，"我救你们，"一字一字地说，"是因为你们杀了那个小畜生，替大家除了害。"

都无语又都不甘，终还是司徒稍胜司马些，问了句，"救了我们，你怎么办？"

"我跟你们走。"欧阳洁丹转回身，松闸挂挡继续驾车，行个稳。

投射进一边车窗的五彩霓虹灯光，变幻着司马的脸色和眼神。

…………

车拐进乌洞洞的小马路。

旁顾窗外的司马突然动作，用枪柄猛击欧阳洁丹头部，击晕了她。

"你……"大惊的司徒欲阻不及。

轿车失控撞上路边的树，停了。一扇后门开，司马硬推司徒出来，强扯着司徒急急奔去……拐入小路……窜进狭弄……

司徒从后继乏力的司马手中挣脱，站住。犟他不过，司马不得不止步。

也喘着，司徒斥问："你……你怎么能……"

司马："师傅给我们当上。俞文标又卖了我们。你相信她？"

司徒："她……"

"她把我们当英雄，救我们。可，老二啊，"司马说，"我们自己知道自己，不是英雄。一旦明白我们不是英雄、跟着我们走投无路以后，她会怎么样？懊悔。懊悔了以后，她又会怎么样？"

司徒："……"

"玩她，硬玩，这些我信。至于叫好多人看，那不成畜生了？"司马见司徒要争，退让道，"就算真的，好了吧。不过，话反过来说，再怎么不情愿，她总是'辣货姜'儿子的女人。姜公馆里有少奶奶的位子可以给她。"

司徒："……"

"杀毛贵，杀俞文标，这个女人杀性重，"司马又说，"心狠手辣不输给'辣货姜'。"

沉默着，沉默着的司徒默默地掉头走了。

司马跺脚，急唤，"老二！"

司徒没不开口，"她救过我三次。"也没不走，"我绝不撇下她。"

马路上（外，夜）

白色轿车仍在，车里不见欧阳洁丹。

司徒奇伟扭过脸，看着终究还是跟来了的司马英。躲避着司徒的目光，司马佯装打量四周。

"除了毛贵家，"司徒喃喃道，"她没别的地方去。"少顷，边转身，他边又说，"你来不来，随你。"

司马马上点头，并抢前去。

姜公馆内堂中（内，夜）

被反绑得结结实实的欧阳洁丹在缎门帘前被松绑。

"怎么还不来。"

帘后的低语其实并非询问，答的声音却不止一个：

"法国外科博士的汽车已经在路上。"

"专医脑伤的英国人住得近，最多再有五分钟就可以到。"

吩咐立马传出，"快带她去等。碍不碍，即刻给我回话。"还吩咐了再吩咐，"让她住少爷那间房。加派些老妈子，好好看护。在我请郎中号过脉以前，无论谁——包括她自己，都不准伤她一根毫毛。"给欧阳洁丹松完绑的和侍立于四周的黑衣打手们听一句齐声应个"是"。

分明听得离开的动静，"对了，"门帘里边的人又说，这回，他的话是跟欧阳洁丹说的，"白天作安排防备他们来还有来的时候，毛贵家没布置吧。料你还生疏，事情又多，难免顾不周全，我替你做了补救。"

三官堂（外，夜）

那边，出现了探头探脑、躲躲闪闪的司马英和司徒奇伟。

远远的，他们看见毛贵家的双扇黑漆门和门上的小门统关着，十分醒目，两处门缝都交叉贴有白纸封条。

"巡捕房来过人。"司徒断定。司马进而推测，"又走了。"

话虽然如是说，蹑步到跟前、匐门谛听的只有司马。司马听了好大会，反抬起一手招。司徒这才小跑过去，撑背踏肩，纵身攀墙往里翻。

毛贵家天井，矮楼楼上屋里（外/内，夜）

显见系故意，司徒奇伟大模大样地从蹲着的墙根站出，大摇大摆地向大门口走……偌大的天井里依然只有黑暗与寂静。

尽管如此，司徒还是等甚久再叩门，而且，叩的那两声也极轻。

很快，翻墙跳下来了司马英。

忽地，司徒拔枪在手且指点着示意司马去守大门，自己则直扑矮楼，且侧身以肩撞门，门砰地大开，司徒跌也似的冲入……

遵嘱守门的司马不见别有任何动静，松了口气，迎向边收枪边出楼的司徒，"怎么了？"

"大门外有没有挂锁？"司徒问，随即又告诉回想着的司马，"锁大门用的是闩。"

司马想着，"对呀，巡捕在里边闩了门，怎么在门外贴封条。"说，"可，没有埋伏么不是。"

"保险点好，"司徒说，"走吧。"

但晚了。一道手电光犹如粗棍棒一般劈头盖脑打上司徒和司马的脸，将两双陡现恐慌的眼睛凸显在被照得苍白的额颧间。然，刹那而已，哥俩只一愣，便同时闪身各躲进暗里，又同时拔枪射击。手电光灭。

手电光复亮，亮出道道，出自矮楼左右侧，像捕鱼猎兽的网，又像刀剑要将阻断视线的黑暗砍断斩碎。

光下，有躯体现，忽隐忽现，像是司马、司徒。暗处，有更深的影，憧憧，聚而散散而聚，正是姜公馆的黑衣打手。亮光和黑暗里都有枪口喷火，这儿那儿，燃灭灭燃，不绝地闪烁。枪声自然也不绝，还夹杂着痛呼、嘶喊、惨叫、咒骂。

这人看清了司徒，滚、窜、冲、退的司徒怎么也甩不掉、躲不开咬住他的三道光，他肩背胳膊腿上都有血，子弹却还纷纷射落在他身前后。见此情景的人，开枪，打灭了一支手电，打倒两个黑衣打手。

倒下中的一个不知倚着了什么，歪着的手电光将开枪者照个正着，那是司马。

那边暗里猛蓦起个黑影，好像举着枪欲射司马。司徒先开火。黑影扑倒。司马向右一晃倏往左闪，避开光柱，在暗里和司徒挨到了一块。

"抢手电筒，"司徒和司马不约而同地低声告诉对方，"进楼。"

窥准了，司马、司徒分头跃，一个跟那道，一个跟这道，迅即又这道那道那道这道地不停变换着跟，跟个若即若离地始终与晃动的光柱差半步……东纵西跳的司马、司徒突然伏倒，贴地卧。反扫来一道光，扫空，再反扫并再往返不住地扫，持手电的打手到了司马、司徒的中间。司徒蓦地耸身从后扑去，捂其嘴、勒其颈，几乎同时站起的司马在旁两手齐抓住打手的前臂，扯直，令手电不向天。被勒至停止挣扎——显然已窒息的打手，又被司徒抱放于地，安置罢打手的司徒仍蹲着，递枪给司马后，他矮步紧随之前行。

边行前，司马边继续用所夺的手电到处照。

司马的手电照处，别的光柱各各转移搜索的方向。

没多大会儿，他俩近了黢黢的矮楼。恰这时，楼底层大放光明，门和窗户里射出的灯光，将司马和司徒全然暴露无遗。

"在那儿！"不知哪个打手嚷起来。

枪又声声响。

猛一趔趄，司马侧倒下，被适时跃起的司徒扶住。边反手胡乱射击拒敌，司徒边扯司马旁窜向灯照不着的墙角。近暗角发现，楼并不与天井共墙。司徒不管不顾地力推司马往狭窄得像缝隙的空间钻。

竟真是条过道。

侧身横行着，司徒频频冲来路开枪，阻住也只能侧身追赶而又避不开子弹的打手。过道尽头是后天井，司徒定睛细看，见楼的后墙下居中搭有个靠着的披棚，司徒急奔至披棚跟前，蹲身做能升抻的梯，供司马借以爬上披棚。到了棚顶，司马伏着伸手给司徒。手拉手、脚蹬墙，司徒登顶得迅速。

上顶即撞开楼的后窗，司徒又拉司马钻窗进楼。进楼就看两边，一看，司徒便怔住。

在后的司马不由问："怎么？"

司徒说："左右没窗。"

"没窗？"

"没窗就跳不出天井，"司徒说，"跳不出天井就逃不……"却没把话说完。

司马也没了话。

没话的他俩都从对方眼里看到了绝望。

除了前窗映入楼下投进天井的灯光以外，这房间中挨柱有个被下层灯光照亮的长方的洞，这时，这方洞里传来了上楼梯的蹬蹬脚步声。

惊，司马和司徒慌忙冲方洞开枪。枪都没响。

恼得要掷枪向洞的司徒一眼瞥见方洞挨柱的那边斜倚着块板，急跳前去，将板掀倒，刚好，被掀倒的板合缝地盖没了方洞。直到又推橱柜来覆上后，司徒才发觉司马没相帮，这才发觉司马正出神地仰望着天花板。

天花板的那儿，有细边微凸的框。

司徒踏椅登桌伸手托，托开一方板，攀框引体，钻进空出的框。

不待招呼，司马瘸着艰难地爬上桌站直，他刚伸出两臂，就被空框里探下的手抓住一条。反向使劲的两臂和双手攀拉着，提升司马没入框里。在那边盖住方洞的板和盖板上的橱柜遭枪击的声响中，天花板复了原。

毛贵家矮楼的平顶内（内，夜）

最高处站不直，低矮的两边连能蹲的地方都没有，人字形屋顶罩着的空间漆黑漆黑的。

小心地移步，司马英和司徒奇伟小心摸索着行，又停，停又行。

脚下枪响频频，较前密，还多了重物撞击声。

"这条路应该是毛贵防冤家的后着。"司徒极低声地说，"肯定出得去。"

顾不上认同，司马只顾和司徒一样东张西望，向头顶的屋面板寻空隙。

不知被什么所绊，司徒忽踉跄，他随手抓向横衍圆木，没料到，横衍圆木竟触手动，令他晃个果真要跌。

司马忙来搀扶，司徒掣着贴近去看，并摸，且试着往高又往低推，横衍圆木仍是圆横衍木。司徒不甘心，再摸，摸索着，拔出一根六寸钉。又一根六寸钉到了他手里。伸手相帮的司马抄住圆木，狠命朝下拉，拉下不比他肩窄的一截连带屋面板的。

司徒看见了洋瓦，托开瓦，隔着挂瓦木条，他和司马都看见了星和云。

毛贵家矮楼楼顶上（外，夜）

云半天，天黑，云黯，其间依稀着星，三两颗。

站上楼顶这边的斜坡，司马英和司徒奇伟发现有手电亮在前后楼下的灯光与暗里，而楼的两旁，左无紧挨的邻屋，右面那一片黝黝中似伫似晃着什么。

司马指左，又将右边指了指，"你我分开走。"司徒没接他嘴，他也没等，"记住大哥的话，戒酒。"

叮嘱罢，他一瘸一拐地越过司徒，向屋脊越走越快地朝右去，去到山墙边，单脚一蹬，跳下楼。

拧身看着他的司徒没回头，直如追赶般骤冲……跃出山墙。

黑暗/季家后园里（外，夜）

四下，色若泼墨。

死绝般的寂寂中，嘈杂恍如自隔世来，间隔长久得完全不像对答的探询又既低且微并弱而传不开去。

"大哥？"

"老二？"

"没事吧？"

"你呢？"

循声，爬、爬……找到了手，伸出的，合掌紧握住，并被更紧地握着，相握的手互拉，拉成搂。搂作一个人似的哥俩。

"腿怎么样？"司徒奇伟问司马英。

"大概没断。"

司马问司徒，"中了几枪？"

"都是擦伤。"

彼此都没问乏不乏、饿不饿、困不困、冷不冷，绝非觉得不用问、问了没用，实在是压在心头的余悸和忧虑沉重得……

"不知道这儿是哪里。"

"不知道。"

"不知道什么时候了。"

"不知道。"

"也不知道东南西北。"

"不知道。"

其实，知道也白搭，月被遮没在重重云里。

旅店的统铺房里（内，夜）

不知道自鸣钟在哪儿敲，一声、一声、一声。

司空扬猛从床上坐起，旋身欲下床，停住了。茫茫然地四顾，他像在寻找已经听不见的钟声，又好像在探究这是什么地方、自己怎么会在此地……

看见了半露于枕边的黄表纸。

纸上有个"甲"，他写的。

看着，要撕，未，他仍那样对折起它，折了又折再折，折到再也折不了了，颓然仰躺下，脑袋就那么枕靠着有告示和灯光的墙。他阖起眼，眼角沁出泪。

黑暗/季家后园里（外，夜）

司徒奇伟意在宽慰大哥地打破沉默，"看刚才的情形，"说，"除了我俩，没别人去过。"

"那，"司马英却愈加的愁了，"他去哪了？"喃喃的，他问的不是司徒。

司徒的自问只滞后一个字，"她去哪了？"

显然都蓦地省悟，对方跟自己担心的不是同一个人，"是啊，"司马和司徒异口同声地又说，"能上哪呢她/他。"

远处忽有光明灭。

吃惊，一齐掏，两人同样掏个空。

"跳丢了。"

"在也没用。"

晃着近来的是手电光。

司马推司徒，却被司徒推开了，司徒跳起，挡在司马身前，迎接手电光。

"你们是什么人？"光后的人问，声音里警惕、疑惑浓浓，但不甚凶，"怎么在这儿？"

季家，厅里（内，夜）

壁灯光幽幽，长短沙发间矮茶几，围成半圆，面窗坐的那个穿绸缎睡袍的男人听得响动，就那么一手指夹根烟一手捏打火机地侧脸掉眼看，见出现在门旁的司马英和司徒奇伟衣裤破且血斑斑，他皱了皱眉，回过头去要点烟的，却拧身来打量……忽放下烟和火机，站起，他吩咐，"开大灯。"

枝形吊灯即亮。

打量司马和司徒的男子前行几步，上上下下地端详，尤其仔细看脸，"你们……"他小心翼翼地求证，"是江阴人？"问了又问，"江阴北门外双姓集的？"

司马和司徒乍闻觉意外，再听感诧异，但都没不点头。

男子则惊而亢奋，"你姓司马，"错指着，不再是问地说，"你姓司徒，你俩还有一个拜把子弟弟是司空家的人。"

都有不妙的感觉，司马和司徒互觑一眼，给了不答。

"你们不记得我了？"大喜过望的男子不胜遗憾地问罢，边向厅外去，边招呼司马和司徒，"来。"并郑重关照，"别说话。"

季家，卧房里（内，夜）

仍被缀于天花板周边的日光灯照得通明，正中大床上的被下，也仍旧仰躺着两眼大睁、不眨一眨的青年。

"季……"失声惊呼的是司徒奇伟。

倏从旁闪出个半老不老的妇人竖指于唇着，挥手轰门外的人。

季家，厅里（内，夜）

这回，开口的是司马英，"你是季昆？"

"对。"男子点点头，强调地补了句，"季家渡的。"他当然没给司马和搀着他的司徒奇伟让座，自己也没坐。

　　"为了那个官塘和十三座窑，结下世代冤仇，季家渡跟双姓集械斗了不知多少次。是非曲直，谁也说不清。"叫季昆的男子踱来觑面司马、司徒，遥指厅外，"我大弟落得如今这境况，"说，"全拜练过把式的你们三位，两年前的一顿打。"

　　司徒瞪眼，抗辩，"那次相打，我们双姓集也被你们伤了好几个。"

　　"谁被谁打伤，谁找谁报仇。"季昆说着，又指指厅外，"我为大弟找你们，"问，"错不错？"

　　司徒哑。

　　"你要怎么样？"司马问。

　　季昆告诉，"先严临终前交代，抓住你们三个，押回季家渡，开祠堂，在祖宗灵前，用乱棍打，打成傻子，关进铁笼里，养你们到死。"

　　不寒而栗，司马打了个战。司徒怒，扑上拼命，被身后那两个强壮的下人死死拽住。

　　仿佛没觉得，季昆动也不动地站着，凝望他指过两次的那边，"不知道冷不知道热不知道饿不知道饱不知道高兴不知道难过……他什么都不知道，除了害怕。除了喂过他奶、从小带他睡的二婶娘，他见谁都害怕，还怕响动怕黑！怕得发抖、打颤、面无人色、软瘫在地，连逃都不敢、哭都不会。一看见、一想起他，我，"季昆捏拳自捶己胸，"我这里就像刀戳。"

　　垂下目光低了头，司马和司徒谁也不忍看季昆。

　　强忍着什么，季昆忽然转身，走开去不知何往地走着……最后停在了先前所坐的沙发旁，弯腰取烟和火机来点燃，深深吸一口，再一口吸得更深。良久，"乡下家里，"他突然问，"还有什么人？"

　　明白问的是他俩，体味到含着歹毒的用心，司马和司徒不由抬眼，他们盯在季昆背上的目光都凶都狠，充满仇恨。

　　吐出的烟浓而长，好一会才袅袅，"到那天，"季昆说，"我会买通下手的人，一定把你们打死在当场……免得你们家人受我这样的罪。"

眼都瞪圆了，司马和司徒怔怔的，好大好大一会才哽出颤声音，"多、多谢。"

未回头更未转身，季昆抬手摆了摆。

强壮的下人把并没銬的司马、司徒推向门外去。有个着长衫的正急匆匆进来。

行至季昆身后，他踮脚耳语地禀报着什么。季昆发话截住他，"这么晚……"

"他们非要求见。"

季家，贮物小屋里（内，夜）

无窗，门紧闭，高缀于顶板的灯照着乱堆的脱头落撑的箱笼和破柜，以及跌坐在其间的司马英、司徒奇伟。

蓦地，司徒叹，"冤家路窄啊真是。"

少顷，司马叹，"这样也好。"

……门上有响动，开了，跨进那两个强壮的季家下人，分站到两侧。

互看一眼，司徒先撑起身，扶着司马外出。

季家，厅里（内，夜）

刚转弯，便见季昆站个迎门，他已然更过衣，身穿三件套的西服，领带系得端正。不认识似的，他又将司马英和司徒奇伟上下打量着。

"姜公馆的少东家，"季昆问，"是你们杀的？"

一愣，司徒答："是我。"

司马多答了个字，"是我们。"

恭恭敬敬，季昆向司马、司徒鞠躬行礼。

迷惑、奇怪，司马和司徒茫然地看着季昆。

着长衫的——双手端盘，盘中竖高脚杯三只，杯杯都盛有将满不满的琥珀色液体——从后越过他俩，就停在他俩前旁。

季昆作势示意司马和司徒取，未得反应，于是，上前来端了分别递上，然后自取一杯，高高抬举着，说："我敬你们。"

疑窦解不开，持杯在手的司马、司徒没举。

"姜氏父子本就是无恶不作的流氓，把多少人害得倾家荡产、夫亡妻死、卖儿卖女。近年，他们又投靠外侮，替倭寇残杀抗日的民众。这种禽兽不如的东西，谁都恨，恨不能寝其皮食其肉，可也谁都畏其如虎，不敢捋其须。我也不敢。你们杀了姜公馆的继承人，让大汉奸断子绝孙，大快人心，杀得好。"季昆又举举杯，"先干为敬。"说，"喝了这杯酒，我们之间的冤冤仇仇，一笔勾销。"

讶异得呆，司马和司徒呆呆地瞪眼看季昆干了杯中的酒。

"我若言而无信，"季昆将手中的空杯掷得粉碎，"犹如此杯。"

唇颤，无语；手也颤，酒溢，颤颤地举杯，缓缓地仰脖子仰脸，哽哽地饮，这酒，司马和司徒不愿意剩下一点半滴。觑面季昆时，他俩的杯是干的，他俩的眼都潮湿了，然后，弯腰，鞠躬，他俩同声道："谢谢。"

季昆绝非客套地说："不用。"

司马用肘碰司徒，司徒会意，与之一起向季昆打拱，显见要离开。

季昆忙伸手拦，"如果信得过我，"并且说，"二位可以留在这儿。"

"要是姜公馆的人……"

季昆截住司徒的话，"已经来过，"说，"现在只怕还守候在外边。"

"那……"

季昆同样没让司马说完话，"凭我跟花旗洋行的关系，他们还不至于硬闯进来搜。"见司徒、司马犹豫，他把伸出的手展向那边的沙发，"请。"

姜公馆内堂中（内，晨）

缎门帘外，毕恭毕敬地躬身站着两个穿黑衣黑裤的。

帘后传出沉稳的低语，"姓季的，我知道。他的后台老板是美国佬。有好几笔大生意倒在我手里，他自然不会给你们好脸色看。"

穿黑衣裤的这个，小心地邀功，"我打听了，季昆也是江阴人。"拱火道，"那几个对少爷下毒手的，十有八九，是受他指使。"

"打个电话给总巡捕房，"帘后给的吩咐是，"关照陆督察长出个面，敲开季家里的门。"

季家，客房里（内，日）

穿着不怎么合身的衣裳裤子，脸干干净净的——虽然涂有紫药水、贴了小片纱布，司马英和司徒奇伟都较先前精神得多。

房间甚宽敞，布置完全西式，床、椅，却跟配三面落地镜的大橱等等其它家具同样只一只。日丽天蓝树绿在热水汀上方的北窗外。窗下，不小的园子里栽的花很不少，其间，负手踱着季昆。

"他也把我们当英雄了。"倚窗俯看的司徒这么感慨道。

过了会，司马坐不安稳般扭扭椅中的身子，叹着嘀咕，"欧阳姑娘不知道怎么样了。"

"老三只怕疯了那样在到处找……"司徒的话被司马截住，司马改词，"没地方，"说，"为没地方可找急得发疯。"

沉默。

旅店的统铺房里（内，日）

半睁开眼，司空扬就那么脑袋枕靠着墙地看倚在房门口的女人。

"吵醒你了。"女人毫无不好意思之感地说，她三十出头年纪，发髻插一朵小白纸花，"看样子，今天没打算走。"说着，伸手向司空捻动指，"那……"

司空将攥着的再也对折不了的小方块放进衣袋，半天，才掏出几个镍角子。

"错过了早饭，"女人及时地启发司空，"中饭再不吃的话……"从司空眼里看到了询问，她忙告诉，"包三顿，也是两角。"欠身取司空的一个镍角子时，女人进而提建议，"要是打算多住几天，不如一道先付付掉（"付付"上海方言特色）。我给你打点折扣。"

想着，司空又掏那衣袋，分明掏尽了袋中所有的，交到等在面前的女人的手上后，他急急地坐起，从几张小钞票间拣出那小方块来，收回去。

没想到司空这么爽快就预付的女人看着，要问的，改了口，"喝不喝酒？"

司空赶紧大摇其头，"不会。"

"烟呢？"女人见司空仍摇头，一笑，"哦，"道，"烟酒不沾。"接着，她很知己地对司空说，"我看你，不像刚从乡下到上海，也不像赌鬼。"并道出依据，"刚刚从乡下来，身上不会没零钱、只有十块。是赌鬼，更加不会拿得出十块让我找零。"掂着手中的钞票和角子，她瞟一眼司空，再掂掂，"这'零头'扣光了，你要是还没地方去呢？"

一怔，司空撑身欲下床。

女人移步坐上了床沿，"替我做点力气活，给你白吃白住。"问，"怎么样？"

这问由不得司空不琢磨，"老板答不答……"

一拍司空曲着的腿，女人嗤嗤笑起来，捋发将鬓上的白纸花暗捋在了手里，"我就是老板呀。"

季家，客房里（内，日）

默想着的司马英忽抬头，"没地方找我们，"问窗旁的司徒奇伟，"老三会不会回江阴？"

"不大……"司徒刚否认，便改口，"我们回去。"并扭转身来，急促得好像司马在反对似的说，"本就是为避季家渡的仇出来的我们。现在……给季先生留张条子，他自会给老家捎信。我们到家也劝集上各家……"

司马拍椅称赞，"这主意好。"说，"我一直在担心，留在此地不走会连累季先生。"

"要走赶快走。"司徒说着问，"你的腿……"

司马一下离座举步走，"不就是开了道口子嘛。"走着，却问，"不等晚上？"

"大白天的，"司徒显然已经琢磨过，"毕竟在租界，姜公馆总还有些顾忌，不敢到处开枪。"

司马又走了半圈，"怎么走？"

司徒向窗外指。司马上前看，司徒指的是后园东墙外毛贵家的矮楼。

毛贵家天井，三官堂，马路上，弄堂里（外，日）

天井里，空无一人，声息也全无。

窥探在矮楼墙角的司徒奇伟先窜出，司马英侧身横行地迅速离开狭窄的过道，闪往另一边，后随。

司徒推开些些未闩的门上小门，见岔路口的行人和车辆不疾不徐，来去个各顾各的。

但，在他看不到的黑漆大门右邻的三层楼前，围站着穿黑衣裤的姜公馆打手十好几个。那个站在最外围的偶回头，发现黑漆大门的左前方有人在穿马路。

"朋友。"这打手唤。那穿马路的好像没听见，仍自施施地过去。可是，他的瘸拐，被察觉了。这打手拔枪，再唤，"过马路的……"

脚下带紧，司马抢向驰来的卡车前。

打手抬枪朝司马欲去的前面开。

"不准开枪！"打手丛中有人厉喝，又另有人命令，"不要中计。"

开枪的打手边插枪取斧，边追司马。

黑漆门里猛扑出司徒，从旁撞倒追司马的打手，敏捷地抄起打手脱手掉落的小斧，便跑。

见状，姜公馆的打手尽数蜂拥而上，只在三层洋楼那正在开开的门前撇下个西装革履的。扭着头，西装革履的冲黑衣打手们大喊，"别乱开枪招惹巡捕！"

早已经掉头折向路口的司马拐入岔路。

刚拐，便遇阻。阻住司马的是三尺外的枪口。持枪的打手正要扣扳机，忽被司马身后旋飞出的小斧，当胸砍入。司马冲前从倒下的打手胸口拔斧到手，几未停步地直奔前路。后面的司徒却给失斧的打手以及另一个脚快的缠住了。拳打掌劈，两个打手把司徒打得捂腹躬身欲倒，跟跄间，司徒忽空翻踢出两连环，脚跟与脚尖如棍连戳在争先俯扑的打手的颏下，这打手仰倒，头撞墙，晕了。另一个打手挥动已取出的斧，汹汹然，左砍右劈，司徒躲闪避让着间以拳击，他出右拳作佯攻，当对方将身左侧使右斧砍时，倏探左手抓住对方右腕，旋体紧贴上，将对方背甩在地，并拧腕夺斧，劈面砸下。枪响。路转角处那个开了一枪没打中还要再开的打手突遭一斧劈开脑袋。

学司徒的样救司徒的当然是司马。边迎面跑来，司马边向司徒直指着他俩当中的弄堂口。

司徒和司马刚逃进弄堂。

后继的姜公馆打手们赶到了。

宽宽窄窄，这条弄堂多岔弄。

一众黑衣打手分去各支弄追赶堵截。

窄弄宽弄还都多弯。司徒、司马逃。黑衣打手追。其间有遭遇，遇着便厮打。利用拐角、台阶、住家的门和备用的竹竿扫帚拖畚及置放着任何物件……司马、司徒总能突围解困、脱身逃逸。

码头（外，日）

司马英和司徒奇伟逃进江边的货港。

散装货如山。似楼的是货箱。其间的狭窄通道岔弯繁复众多，更胜迷宫些。

司徒、司马惶惶地不辨南北与西东，逃急急。忽然被拦住，那人握一根粗过胳膊的竹杠棒，身材魁伟精神足，"你们是什么人？"他问，"怎么在这里乱跑？"

司马歪在一旁货堆下，司徒喘得难开口言，"我……们……"

露天仓栈边缘处，追杀而来的黑衣打手们也被不少剽悍的码头工拦住了。

"闪开！"打手中一个像是为首者喝道，"我们是姜公馆的。"

码头工中也站出个领头的，"瞎了？"也喝道，"看看，上面怎么写的。"

那旁墙上有字，字有斗大："闲人莫入。"

打量着司马、司徒的魁伟男子笑了起来，"我知道了。"

司马和司徒都奇怪，"知道什么？"

"你们一共四个人。"魁伟的男子说着，问，"还有两个呢？"

有个码头工叫唤着"龚师傅"跑来，见有外人，他凑向魁伟男子的耳朵说了好些话。

"你带这两个兄弟去喝口水。"龚师傅边关照，边大步离开。

码头工与姜公馆的人正僵持着，来了增援的黑衣打手，个个持枪提斧拿棍握刀，人还不少。于是，他们要硬闯。

龚师傅恰也赶到。很客气，他问得像请教，"你们要进去？"

"不错。"

"可以。不过,安全自己当心。"龚师傅说罢,带着码头工后退,只不一会便散没了影。

黑衣打手们分路入露天仓栈。然而,凭空跌落下麻袋包;似楼的箱堆忽然倾倒;箩筐罩人;绳索绊脚;黄沙无风自扬……处处有陷阱,物物皆危险。打手损折不少,狼狈、恼怒,纷纷开枪。

行在狭窄通道里的司马和司徒听得枪声,站住。

"直走,"陪同他俩的码头工忽跟他俩说,"有人招呼你们。"话未断音,他已一拐跑不见。

司徒、司马相扶携,急急直行去。

枪声乱且繁,痛呼及惨叫也频传,都有远有近。

司马、司徒走更急。小跑着的他俩陡停,不约而同的,转身向一旁的石子堆去。石子堆高,高得小山一般。他俩奋力争先往上爬,爬到"山"顶,不待起身便四下看。

码头工与黑衣打手正斗得凶险、激烈、勇猛、狠,刀光斧影棍风枪声弹飞棒舞铲刺镐扬拳击箱砸,稠密重叠将沿江的一片空间充塞。血,又将其染成殷红。

窄道里,有个持枪打手搜索前进,感到什么猛回身,回身便挨着拳,仰面跌倒,枪脱手。出拳的码头工扑下。打手抬膝探手倒掀码头工翻于头后,同时疾翻,压住码头工,扼。码头工抓住扼喉的两只手,硬将其左右分开,并用额头狠撞打手的脸鼻,撞得打手血流满面痛急失力,码头工借机翻起,正欲揍,那边又来了个打手。码头工忙跑。两打手追。码头工拐弯,地上绳索绷起,急追来的两个打手绊倒跌作一堆。沉重的麻袋包砸下,砸得两个打手哇哇叫,动不得更起不了。在货堆上掷麻袋包的码头工是个彪形汉,庞然硕大的麻袋包被他轻松掷下,下掷了一个再举起一个。

枪响处，彪形码头工胸腹中弹，中弹却不倒。那旁货堆上的黑衣打手又瞄准开枪。货堆下那个拐过弯去的码头工蓦地遭斧砍，他飞快地抓过倚在旁的杠棒挡，一个儿勇一个儿凶，棒去斧来战一团。

各个货摊，上上下下，无处没作对殴的人。

趴在石子"山"顶，司马英和司徒奇伟看得心惊、魄动、情激、体颤。

黑衣打手们发现了他俩，聚集着冲向石子"山"。码头工们拦截。打手欲进难，码头工伤亡重。

利斧砍着胳膊。

尖刀刺进胸膛。

杠棒打上头颅。

胳膊断。

胸膛裂。

头颅碎。

枪响错杂，弹洞体，溅血花。

不忍睹，更不能忍，司徒陡地跃起，直身站，嘶喊，"住手！"

"你们要抓的是我们。"挺立于旁的司马也高声嚷。

他俩一心一意地疾呼，"我们跟你们走！"

有谁听得见他们的喊？又有谁肯听他们的呼？

斗更烈，战愈激。

顿足纵身双双跳，司马和司徒要跳下"山"去制止杀戮。撞擦碰滚翻摔跌，从"山"顶直落到"山"脚，起，扑倒，起，他俩不歇不停不馁不慌地行去。

成群，像出山的虎，码头工的赶援弟兄先司马、司徒到达，一到便参战，势众又奋勇，将姜公馆的打手们打得弃攻为守。

原本只要求止杀戮的司马和司徒见黑衣打手还不罢休，不由红了眼，且又被码头工们的胆气杀气所感染，情不自禁，也投身去拼搏。他俩合力对付一个持连发枪的打手，撞、扑、抠、咬、掐……终将其击毙。夺得打手的枪，司徒扶住司马，司马端稳枪，连连射杀顽抗的凶徒。

顽抗不支，黑衣打手们退。码头工攻更猛，打手溃，逃。码头工追。

垂下枪，司马与司徒相倚着看，看追杀了他们几天的姜公馆打手狼狈逃窜。

缓回首，他们看见了两旁景象，死者扑卧，伤者相扶携靠墙倚立，阳光下的血红得惨烈。

凝望，很长久，手，握不住枪，枪滑落；司马和司徒冲着死者、伤者直挺挺地屈双膝，跪下。

"为了我俩，你们……你们……"司马泪流满面，哽咽难继言。

司徒伏地哭，哭失声。

遍体伤一身血斑斑的龚师傅过去，伸双手将他俩扶，"拿出点英雄气概来，别……"

"不，我，不是英雄。"司马不敢不忍不愿欺瞒面前的人，"那天，要是没多喝酒，要是知道是'辣货姜'的儿子，我们不会、不敢杀……"

司徒也捶打着自己的胸膛，"杀了他，"坦白，"我们……东躲西藏、逃……"

龚师傅搀起司马、司徒，又将他俩扶住，"刚才，从石子堆上冲下来的时候，"问，"你们喊些什么？"

"他们大叫大喊，"有码头工抢着代司徒、司马回答，"要跟'辣货姜'的手下走。"

龚师傅笑了，"跟'辣货姜'手下走，你俩至少要被开膛剖肚。"他说，"为让我们少流血，你俩愿意那样，这还不够英雄？杀了姜家的小贼，你俩就是不投降不屈服。这怎么就不算英雄呢？喝了酒，醉了么？没有。酒壮英雄胆。要是没有义胆和雄心，喝了酒，你们也不会打抱不平，杀奸除害。"

司马、司徒愧，不敢当这番话，讷讷难言。

"姜公馆设赌贩毒开堂子，坏事干了许许多，还甘心当汉奸，在上海滩上替东洋鬼子杀害同胞。"龚师傅又说，"这样的败类，天地难容，该死该杀。不为你俩，我们也要跟他斗。"

码头工轰然应声表示赞同。

龚师傅哈哈大笑起来，"今天杀败了汉奸'辣货姜'，又结识了两条英雄好汉，"说，"死者无憾，我们活着的人不悔。"

眼所见，耳所闻，心所感，司马和司徒顿觉胆壮，情豪，心头热血亦沸。

工棚（内，日）

不宽敞，简陋，家具皆白坯。

司徒奇伟、司马英、龚师傅都经治伤包扎收拾过。

"……你们愿意留，可以留在码头上。"龚师傅告诉道，"要是想离开上海，我倒有个地方能让你们去。"

司马问："哪里？"

"江北。"龚师傅说来不胜神往。

司徒问："江北？江北哪里？"

"到了就知道了。"龚师傅说。

司马似有所悟，"你是……"

没答，龚师傅一笑。

外边有唤"龚师傅"的叫声，龚师傅起身去。目送他离开，司马、司徒相顾一笑，俱舒气，各各躺向床。

有顷，司徒说："到江北去以前，得做一件事。"

司马问："救出欧阳姑娘来？"

司徒答："不是……也是。"

司马问："什么时候做？"

司徒答："天一黑，就动手。"

两人齐下床，从从容容地检点罢枪和弹，欲走，瞥见了桌上的酒瓶。

"要不要喝酒？"

"等杀了'辣货姜'回来。"

瓶，静立着；酒，待饮者归。

马路上（外，黄昏）

步大，踩得稳，司马英和司徒奇伟昂然疾行去……

升平街纪事

第 一 章

乙未 春分

1955年3月21日 星期一

1/1 升平街，4号，门前（外，日）

上下左右，鸡毛掸帚掸了又掸……执帚的阿喜观察得仔细、神态也郑重，尽管他清楚地知道，不仅厢内坐垫和靠背的布套浆洗得挺括、雪白，连黑漆的车身都锃亮，一尘不染。

三轮车停在镂空铁栅大门外。栅门里的天井着实不小，该算是个院。两上两下的两层楼前，立着尚未盛开的玉兰和较它矮些的樟。

树下通往楼侧的曲径上转出来的妇人，穿旗袍，挽坤包，一到栅门边，她便住步，直等三轮掉头、倒退、靠拢，跟她贴身停稳，这才上车。抚后摆居中坐下，她吩咐，"扯篷。"

骤响即歇的铃声。随声趟过来一辆有绿帆布大袋挂于车把的绿色自行车。一身绿色的穿戴、斜挎个小很多也是绿帆布的袋，骑车人挽着袖口挽着裤管，为够着沉到底的踏脚，他把屁股搁在车横杠上。

"四号，《新闻报》，"尤起林斜停车于胯下，探手从鼓鼓囊囊的帆布大袋里抽出一份报纸又抽出一份，"《解放日报》。"

"难为你，"阿喜压好了这边撑篷的杆，绕向那边去，"摆摆在脚踏肚。"

脚踏肚里搁有架起的脚，脚着尖口绣花缎鞋，鞋中丝袜半透明，紧裹着纤巧的踝和浑圆的胫，还有凝脂相仿的腿露出在开得高高的旗袍衩口。

尤起林慌忙挪开目光，"还有，"直起身，"还有汇款。"

"师母，"阿喜站到篷跟前报告，"要敲图章。"

师母顾自对着妆盒内藏的小镜，察看画的黛眉与点的红唇，"叫王妈拿。"

"王妈去买小菜了。"

检点着垂在耳边的坠，师母问的仍是阿喜，"几钿？"

阿喜侧脸，堆出笑，看着尤起林。

"十万……""万"字出口省得有误，尤起林赶紧纠正，"十块。"

翘起兰花指的手拂尘那样一拂，师母关照阿喜，"你签签。"即又催，"快点。"

忙中出错，尤起林递给回执却忘记了拿笔；阿喜倒很想快，只是字签来很笨拙……及至终于办完手续，尤起林一下推动车偏腿骑上，蹬个头也不回。

晚起步的三轮超到了前边——依仗吹着布篷后背之风的势力，很快，又颠颠簸簸地沿着街路拐了弯。

1/2 升平街（外，日）

弯，拐来弧度甚大。

由相差无几的小块长方形花岗岩铺筑成，是所谓的弹硌路，石的棱角和硬线条已被磨损殆尽，路面也不复平整，还显见曾经用沥青乃至水泥修补过，低洼处，有宿雨画出蓝天和一些粼粼。

无间隔地在拐弯处跟完全雷同于4号的洋房衔接的是，石库门弄堂，一条一条又一条……朝东横向排列，沿街的山墙均辟设侧门和双扇窗。门窗都髹红漆，墙砖也色红，只不过红来各别。家家侧门两旁斜倚马桶、桶盖，以及豁筅。三根木棍绑起一头、一头张开做成的脚撑，成双作对地站成不紧挨也不相互对齐的竖行。脚撑上搭长竹杆，竹杆上晾花的床单花的裤衩花的、白的衬衫和蓝色的外衣外裤，里翻外得龇牙咧嘴的球鞋、布鞋帽子似的戴在脚撑顶头。被风的湿物欲起不起，滴落的水珠则飘得远。其间，有人俯仰着在把浆透了的碎布片糊向大块的板做硬衬，有人拎着冒烟的煤炉在找风，有人蹲着坐着在拣篮里的菜。

隔路对望的南边，自"T"形路口始，概是带三层阁的广式街面房，间杂着三条有过街楼的横弄堂，以及，一家茶馆兼老虎灶（两开间，摆四五张方桌十几条长凳，挂出的水牌写明日场夜场演唱弹词《描金凤》《白蛇传》）、一堵几乎被并不比门面也是两开间的墙小多少但缺失了下部分"田"字的"当"占满的墙（没窗户，原先存在的门洞业已砌没，字迹模模糊糊得隐隐约约，分明书写于许多年前的过去）、一家理发店（三色转筒悠悠地转不休）、一家烟纸店（玻璃柜台内外吃的用的琳琳琅琅）、一家照相馆（同样琳琅满目在橱窗里的是相片，居中那帧足十寸，一对着了彩色的青年男女几乎头碰头地含笑在上面歪着脑袋）。

这帧半身合影正被从里边取走，而代以插了束绢花的花瓶。

少顷，照相馆门开关处，出来了应该是那帧合影里的女的，较之合影里，她当然没更年轻，却也并没不年轻，只是瘦或者说单薄了。她边走，边竭力用衣摆兜半黏于硬纸衬板的十寸相片，左兜不住、右兜不住，相片差点给她撕成两半。

怕惹人注意，怕被从升平街那头横冲直撞向拐弯这头的滚圈阻挡耽搁，她急忙遮掩，急忙抢先斜穿过马路去，进了扇侧门。

滚圈由拇指般粗的钢筋圈成，咯噔咯噔咯噔，蹦得滚得很有点疯。掌控它的是绑在一根短木棒一端的细铁丝小钩。短木棒的另一端握在个男孩手中，男孩后头跟着更小些的伙伴。比滚圈还疯的这伙一会儿在马路上一会儿到人行道，倒绝对并非不避让车辆、行人，或其它任何障碍，但，在在都是堪堪让开，避得几乎擦边。自然，失误总难免。譬如眼前，滚圈就没准确避让到位，撞上了驰进着的自行车。

滚圈似乎不甘心，弹跳着，然而，虽经小钩接连挽救了好几次，终还是倾倒在了街沿下。

仰脸，张大嘴，以执棒男孩为首的孩子们个个呆呆的，傻看着屹立得岂止不晃一晃、简直可称纹丝不动的车身，和骑坐在横杠上略歪把地将车屏住的人。

摆出一脸的若无其事，尤起林也把孩子们看着。看着，他陡然同步地扭转头、松手闸、蹬踏脚，自行车就像真的自行起来，去蜿蜒在脚撑、煤炉、木板、竹篮，以及人的身体之间……

蓦又回首，尤起林给了更傻地呆看着他的孩子们一个嬉笑。

1/3 升平街28弄1号，侧门前（外，日）

见缀着28弄1号门牌的侧门近了，尤起林边抬一脚抵住山墙，车停后，用捏有迭信的左手兼扶着把。他就那么自如地坐在横杠上，单手从背后挪过斜挎的小袋，有数地从中取出一封信，检看过，抬头正要喊——

背后有人代劳了，"挂号信！杨家姆妈……"

原来，那伙孩子已赶到，拔直喉咙叫的正是执棒提滚圈的为首者。

"瞎喊什么。"尤起林斥着，继以扬声唤，"蒋玉英，挂号信。"

不承想，追随"滚圈"的那些个先还喘吁吁的竟纷纷一口一个"杨家姆妈"地大呼起"挂号信"来。

尤起林恼了，瞪眼，骂，"去去！捣乱呀你们。"

呼叫顿变为嘲笑，笑得放肆、骄傲的孩子指定尤起林，一条边嚷，"阿木林！"

制止他们的是"滚圈"，"人家刚刚来，"他说，"怎么会知道杨家姆妈就是蒋玉英。"

还真管用，谁都不嚷不笑不叫了。

继而，"滚圈"告诉尤起林，"有你等的呢。"说，"杨家姆妈每趟都这样，慢慢吞吞，要叫半天才下来。到了下头，啊呀，图章忘记拿了，回上去。重新开始。"

至此尚不见侧门里出现人，也没听得应答，尤起林不由相信了这话。

"滚圈"忽翘拇指，"你真牛皮！屏车屏得那么稳，"心悦诚服地把尤起林吹捧个有根有据，"还踏得慢。"

尤起林觉奇怪，"你怎么懂踏脚踏车慢才算本事？"

"滚圈"急忙申明，"热天一过，我就读一年级了。"同时更急忙地将滚圈与棒分丢给伙伴，"反正要等，"又在探身去掌握自行车把的同时，道出不能算叵测的用心，"正好教教我。"

抵墙的脚使劲，龙头歪，尤起林以并不空着的两手扳过它，"下趟，"笑说，"等我买了自己的再教你。"

只差一点点，"滚圈"没拽住拐进山墙那旁30弄里去的自行车后架。

1/4 升平街4号，天井、门廊、厅、楼道（外/内，日）

缘曲径，徐先生从树下走到楼侧，登上石阶，进门入廊到厅里，边走边解，两手一齐施为的他，竟还没把灰哔叽中山装领子的搭扣解开。

不知是因为掐的呢抑或急的，他喊人的嗓音有些怪异，"锦凤，锦凤。"

"来啦来啦知道啦。"

　　响亮的迭声答应犹未歇，搭扣解开了！徐先生连口气都没敢松，赶紧解搭扣下的扣子，接着，迅速地逐颗解。

　　都解开并脱下中山装以后，他从容了，取下隔间墙中间双扇移门门框旁的立柱式衣架上的衣架，仔仔细细地在衣架上挂好中山装，继又轻掸、拂、捋、抻、抚过，才往立柱式衣架上挂。

　　那么做的时候，徐先生这么自嘲着嘀咕，"穿的日子加起来已经不短……"

　　他还长叹、摇头。摇，随即被他发展为三百六十度的转动，转动间，发觉身后有件咖啡色西服和一根紫酱红的领带，高低着各被王妈小心地拎在左右手中。

　　"师母呢？"徐先生边问，边取领带。

　　王妈放低右手，劝，"不要戴罢。"

　　"这不一样。"徐先生失笑道。不但戴，他还抽收得很不松。"其实，"他朝那件中山装抬抬下颏，"卡喉咙倒还好，"续接地告诉王妈，"是穿着浑身不舒服。"

　　王妈劝得坚决了，"那就不要穿。"

　　"你不懂。"徐先生不予计较地斥着，后伸双手，让人给他套西服的袖。展臂舒腰整服帖，扣好扣，再次舒腰展臂，他十分惬意地长吁出声，"适意了。"

　　转向与窗相对的门往厅外去，王妈停了停，回答徐先生先前的问，"师母做头发还没回来。"

　　"哦。"徐先生漫应着，步至跟立柱式衣架隔门对坐的只比人肩矮些的带留声机和唱片格的落地无线电前，开开它，选台到听见播音员说"……蒋月泉演唱的"后，将身埋入沙发。

　　单人的皮沙发，共六只，间着茶几成"L"形地排在南墙和东墙的钢窗下，两端的犄角里各站个放大盆兰花的红木高圆几。与东北角那个为邻的是酒柜。柜里没瓶自然也就没酒，但，上下三格中都有彩色的车料碗、碟、盘、盆摆得恰当。酒柜和北门之间的墙上安话筒旁悬的壁式电话。

一如播音员所报的，蒋月泉在无线电里演唱中篇评弹《一定要把淮河修好》之选曲《留过年》。连过门带词，徐先生伴随着哼，架起腿，顺手拿过茶几上那叠折拢的报，打开翻阅。

有张不大也不太小的纸片飘飘落下，就落在踩着地毯的那只镶拼式两接头拷花皮鞋旁。

徐先生欠身捡起，看，看了又看、再看……"小妹！"脱口大呼的他随即改唤，"王妈，"唤个一声高一声，"王妈！王妈！！"

出现了惶惶的王妈，持柄护盖地端着青花磁杯，她没敢急慢不敢快。

扬着指拈的双层纸片，徐先生问得更急吼吼，"什么时候送来的？"

怔着，王妈一脸两眼的茫然。

"阿喜呢？"

"回来过又去接师母了。"王妈告诉着，问，"这是什么？"

陡地起身，徐先生差点撞倒王妈地大步冲出厅，全然不顾踉跄，一跨两级三级。登梯、拐弯，上到二楼。二楼的廊道和底层一样，宽且长，不一样在，北向的门并非只有一扇，而是两门并列。徐先生一下拧开靠楼梯口的——

门里的房间不算小，南窗下放写字台，另有衣橱、圆桌、软椅、书柜、单人床和夜壶箱，以及其它，等等，干净自然毋庸说，尤其显著的是整齐……

1/5 升平街28弄1号，侧门前（外，日）

闻得车铃响，"滚圈"跳起身，"已经下来过。"嚷着，他冲从30弄里冒出前轮的自行车报告道，"我告诉她的，没有听错，是有挂号信。上去拿图章了。"

一瞥，尤起林看见了章，椭圆形，水晶的，拈在纤纤两指间，手也细细的，瘦。停车，跨下，尤起林小心地接、仔细地看，在"万金油"那样的铁盒里沾沾印泥、用力往回执上的空格中盖。盖了，更仔细地看他不认识的篆体"蒋玉英"三字。

"没有瞎寻开心吧我？"

"别人呢？"

没答，"滚圈"特意或者说提醒地拿眼瞟尤起林。

"下趟再帮我喊噢。"

被蒋玉英抚着脑袋的"滚圈"答应，"噢。"转问尤起林，"要吗？"

尤起林明白"滚圈"的意思，"公家的东西，"说明道，"弄坏掉我赔不起。"

"我叫蒋玉英。"见尤起林既不还她章也不取出信的蒋玉英这么介绍自己。

尴尬，尤起林一时竟不知道先取信好呢还是先还章。

"滚圈"讨好如既往地替尤起林解释，"新来的他是。"

尤起林忙对蒋玉英笑，并且递回执给她。

也笑了，蒋玉英一笑便不那么显瘦，便就跟那帧合影里不只是相像而已了。在她回报给尤起林的笑里，非但丝毫无介意，居然，还含着赞许与欣慰。

1/6 升平街4号，楼上次卧室（内，日）

整齐岂止遭破坏，房里简直就像给翻了个底朝天：写字台抽屉无一没被随处乱放在倒出抽屉的东西之间；与写字台同样，圆桌上堆着书柜中的书和杂志；枕头、棉被、垫褥、棕绷，以及倾倒的夜壶箱横七竖八于床架内；内衣裤、外衣裤无论单的夹的厚的呢的织的，虽然已经半满软椅半满地，却还有人不断抛它们到门开得笔直的橱外……

橱门的镜中忽见红领巾，楼里也顿响起惊呼，"阿爸！"

探头镜框旁，徐先生定定地看着系红领巾的小妹，"哥哥写给你的信呢？"

小妹立时萎靡，迟疑地答来嗫嚅，"撕掉了。"

"撕掉了？"徐先生这声完全不比小妹先前的那一呼低，"你！"

"怕姆妈看见。"

"信里讲什么？"

"叫我用功读书。"

"还有。"

"叫我不要受家庭影响，不要受姆妈的影响。"

"还有。"

"没有了。"

"有。"

"讲他很好，讲等他领到工资，寄钞票给我……"

"寄了！"歪坐在地的徐先生从西服内袋里掏出那张捡得的纸——汇款单，"寄来了！"

小妹直扑去，"给我。"

"不行。"

一个要一个不给，父女俩纠缠着……讲开了道理：

"寄给我的是。"

"阿爸要派要紧用场。"

1/7 升平街4号，厅（内，日）

隔间门的这边，横里比那边狭窄一半，八把软椅靠墙散放在两旁，当间摆台肚里塞有三只方凳的大餐台，仅此而已，再无他物，因之，倒不显局促。

徐先生搬台肚里的凳去椅前，来拖大餐台。台丝毫没动，他拖开了中分的半截台面。将其合拢后，他站到台南端，推，咬牙切齿使出浑身气力，大餐台终于开始北移，歪歪斜斜的，且只一点点一点点，又发出刺耳的声。

两手各拿枝蜡钎，还合抱着个不很大的香炉，王妈刚到隔间门前就大叫"啊呀"，更进而制止地警告，"要拖出印痕的呀，师母要发脾气的。"

"不要紧。"徐先生无所畏惧地继续着，"不要管她。"

王妈赶紧放抱着拿着的上台，就地帮徐先生……总算，大餐台靠着了北墙。

"要祭老先生老太太？"王妈喘着问，忧心忡忡地说，"今朝没什么菜，只有虾仁炒蛋、糖醋小排骨、河鲫鱼塞肉，再就是素的了。"

"不碍。"喘不成声的徐先生满不在乎，指指空香炉，关照，"装点米。"

王妈前脚捧香炉出去，后脚进来了小妹。她也一手拎一个，框，像框，像上一个男的一个女的，都颇年老也都严肃得有些愁眉苦脸。

徐先生跌足拍巴掌叫"啊呀呀"，"这是你阿爷阿娘，"抢上前，夺过其中之一，双手捧到胸口，"要这样，请的呀！"

绝非单纯示范，徐先生恭恭敬敬地将捧着的捧上大餐台，靠墙竖放个不太居中。见小妹认真效仿着把业已改为捧的那帧像置于旁，这才从西服内袋里拿出汇款单，放到两像面前的台上。

"嗄？"悄没声站到他俩身后的王妈问，"就用它祭？"

徐先生大点其头，"就因为它，"说，"才祭的。"

不解，王妈放下装满白米的香炉，还要问，徐先生指点着命她协助移动不怎么居中的大餐桌，刚调正，徐先生又征询，"是不是应该横放？"

王妈不响，小妹不接嘴。他只得作罢，上前挪香炉居中、等距离地左右分列蜡钎……发觉王妈没离开，又关照，"中午用不着烧小菜，弄点泡饭酱瓜，夜里要大请客。你也去。"

"我？"王妈惊得骇慌，"不去，我不去。"生怕这便要被硬拖走似的跑了。

跟出去了徐先生，小妹诧异，不觉紧追，"好啦？"

"汰汰手。"徐先生说，"照规矩要汰浴的。"

小妹还关心别的，"请客请什么人？"

"亲眷朋友和厂里职工。"徐先生告诉罢，又告诉，"在锦江，十三层楼。"

1/8 升平街4号，厅（内，日）

回进来的徐先生径自步向南窗台，打开显然早先放在那儿的那个深黄色长圆的大纸盒，取了两支粗粗的红蜡烛，过来插上蜡钎，从裤袋里掏出打火机分别点燃……接着再取的线香三炷则一块点。双手拈持香，徐先生朝香炉以及与香炉成一直线的两帧像觊面深拜三拜，插火灭而未熄的香进炉中央，他侧让一步，"看清楚，"叮嘱始终紧随其后的小妹，"等歇照着做，不好走样。"

然后，复原位，立正，南无合掌躬身礼拜，屈双膝下跪在打蜡地板上，喃喃默语好大会、好大会，然后，叩首，一、二、三，然后，又拜了拜，方站起，退后、旁挪。

不等父亲示意，小妹已经迎凑到父亲耳边，"你刚刚讲些什么，我没有听见，"问，"我怎么讲？"

徐先生也跟女儿咬耳朵，但，答得迅速、坚决，"就讲哥哥寄工资回家。"

"你讲了很多……"

"你是小囡，可以少讲几句。"

"可不可以鞠躬？磕头是封建……"

徐先生答得更迅速、坚决，"可以，完全可以。"

小妹站到台前徐先生立正过的位置，如父亲那样恭敬，鞠躬。她的躬鞠得超过九十度……

这，很令徐先生满意。正满意着的徐先生听见了轻咳——不用扭脸也知道那是谁。

果然，是师母大感迷惑、奇怪地站在隔间门首。师母和徐先生绝对同时地问对方，但，一个声响一个轻：

"做什么这是？"/"阿喜呢？"

徐先生忙推师母向厅的那边。一到那边，徐先生一眼瞥见北门外的阿喜，立即向他招手，而师母则因没得到回答，问得更响了，"在做什么？"

"我出去一趟。"

看到徐先生招手的阿喜大步进来，听徐先生这么说，才明白叫他是要出去，便转身就跟徐先生走。

"做什么？"师母在他们身后一问问两件事地问，响声里有不小的火气。

1/9 升平街（外，日）

俯身躬腰微撅臀，阿喜踏得猛，三轮车飞快地转过弯去。

转过弯来的三轮车笔直地前进得愈加快。

"快点。"徐先生却还在座中催，催着催着忽改口，"停，"叫，"掉头。"

1/10 升平街59号，烟纸店，店堂（内/外，日）

店里多玻璃。两只玻璃柜台一横一竖摆成"L"形，横在当门的这只内，玻璃搁板上下整齐地堆满桃酥、麻花、开口笑、云片糕、苔条饼等等不至十好几种糕点；十八个玻璃罐各横三竖三地斜插于铁架，分坐在柜台两端，这端九个里装的糖果无一雷同，一无雷同的那端那九个里有话梅、杏干、桃脯、山楂条、加应子，以及四种口味截然的橄榄；镶玻璃的三口挂橱内分门别类地摆放牙刷牙膏香皂药水皂洗衣皂白草纸黄草纸、信纸信封铅笔橡皮卷笔筒练习簿、香烟。放烟的挂橱又分为二，分放散包和整条的"勇士""劳动""大联珠""光荣""青鸟""飞马""大前门"、红"牡丹"、蓝"牡丹"……连将店堂截去不知多大部分的壁，也下半截是木板，而上半截全是玻璃窗。

板壁前方桌旁的沈宜生离座起身，踩灭扔掉的香烟屁股，迎向横在当门的柜台，等着穿过马路来的徐先生，不等他在柜前站停，就招呼，"要什么？"

"看见过这里有请帖……"徐先生还没提完问，听沈宜生说"有"，便不继续看挂橱，也不折往直摆在店堂里与墙夹成过道的柜台去。可是，他又听到对方在嘀咕"不过"，一愣，他忐忑乃至有点失望了，再听说"只有一种"，徐先生想掉头离开的，发觉沈宜生已经把不知从哪里取到手的放到他面前柜台上。

烫金的隶书，"请柬"两字印在卡正中，底色大红，红得艳，翻开，对折的里面有细黑线勾描的国色天香——牡丹花。

徐先生笑了，"就是我想要的。"说，"我要两百只。"

这回轮到沈宜生愣了。愣着的沈宜生没呆，他转身打开挂橱拿出且向柜台扔了一包勇士牌香烟。拿烟的是阿喜，他指指徐先生，介绍，"我东家。"

徐先生看得懂沈宜生面临的情况，"进得着货吗？"见沈宜生点头，他关照，"你替我预备好，"并补了句，"我可能要，也可能不要。"

沈宜生不由不点头了。阿喜边付钞票边重作介绍，"这是我东家。"

"我讲的不要，"徐先生忙说明，"是不一定今朝非要。酒水还不知道订得着订不着呢。"

1/11 升平街4号，天井、楼侧（外，日）

向大门张望着……王妈一见三轮车出现，急忙一手拍嘴唇，乱摇另一手。总算还好，阿喜没摁车铃。

迎徐先生的王妈只敢迎到楼侧拐角那儿，"不得了啦。"她对快步赶来的徐先生说，说话的声音却不很小，因为，四周充满傅全香和范瑞娟唱的绍兴戏，"拿小妹骂得哭得不好去学堂……"

"人呢？"徐先生正着急地问，一下，更着急了，"啊呀！"

王妈已从围裙袋袋里掏出手，手拿着那张汇款单，"我轧出苗头不对，趁她不注意……"

"到底是徐家老人马。"徐先生边夸奖，边接过汇款单往西服内袋里藏。

王妈这才答徐先生的问，"两个全没有吃中饭。一个在楼上哭，"她补一句，"哭得好点了。"才又说，"一个在听无线电、结绒线。……"

1/12 升平街4号，厅（内，日）

拆，一下一下，从半截衫身上扯出绒线，师母斜倚在面对无线电的沙发里，拆着结好大半的开司米绒线衫。听见脚步声的，她恍若未闻，再也听不到傅全香与范瑞娟唱的《梁祝》，又听见温言温语的责备——"开得忒响呀。一面听'十八相送'，一面结新学会的螺丝针，怎么会不结错呢。"改了，她改把扯出的绒线往线团上绕。

徐先生坐到与她犄角相邻的位置，"也好的。"学样似的将责备转变为安慰，"反正是解厌气嘛。"还有所发展地探手轻拍她的膝，"再讲，绒线就是给人结结拆拆、拆拆结结的。"

要检看扯出的绒线纠没纠缠，师母欠身向那边。

仍要拍膝的手拍在了沙发坐垫上，徐先生因势乘便地又一拍，并长吁一口气，"吃力煞了。"且不顾没被理睬，叹道，"不过，没有白吃力。"继而，既不像告白也不像自语——但，不胜的庆幸、宽慰确确实实难以抑制地感慨，"总算把已经订座的客人统统回头掉，包着了十三层楼，满堂，八十块一桌。"

如同坐垫骤有电，师母陡站起，"你！"

"我错，是我错。"徐先生急忙认错，更急地辩解，"刚刚走得急，还只当你问小妹，没有问不出的话，所以……"

这时，气极的师母才说出下句，"做什么你？"

"宝宝寄钞票回……"

"几钿啦，十只洋呀！还不够我做一趟头发的。"

"这，你就不懂了，这是宝宝的工资！"

"工资嘛哪能（上海方言，怎么、怎样）？有什么了不起。不讲全中国不说全上海，就升平街，拿工资的人排起队，笃定可以从这头排到那头。工资？又不是只有他一个……"

忽然，徐先生激动得来不及竖指，就掌拍那样连连指地，用着全身心的力气，"在我们徐家，"说，"他是独一个，是第一个。"

"每月到号头上，"师母当即诘问，"你拿回家的是什么？"

徐先生一口气叹得长而又长，"说你不懂，你还真不懂。"他说，"我拿回来的叫也叫工资，其实，是我自己发给自己的。用现在新社会的眼光看，应该算剥削所得。我今年四十五。这四十五年，我是睡在剥削所得上过来的。不光我，我阿爸、我阿爸的阿爸、我阿爸的阿爸的阿爸……再朝上就说不清楚了，反正至少四代，我们徐家拿的、吃的、用的、花的全是剥削所得。工商联的学习，你也参加过不少趟了，剥削可耻总知道罢。宝宝寄回来的十块，是鞍山钢铁公司发给他的。鞍山钢铁公司跟我们徐家开的裕记织袜厂不一样，是国营企业，他在鞍山钢铁公司跟我在裕记也不一样，我是裕记的老板，他是鞍山钢铁公司的工人，也就是说，这十块钱是国家发给宝宝的，真崭实货，是他的劳动所得！"他感慨不胜到了之至的地步，

"四代以来第一次啊！我们徐家总算出了个工人阶级，从今以后，光荣也和我们搭界了。你讲，要不要告诉阿爸姆妈，让他们告诉列祖列宗？要不要让亲眷、朋友，还有厂里的职员和工人知道知道？"

师母驳得快，"搭界？一声不响一走五年多，一点声音也不给你，是要划清界限……"

"划清界限有什么不对？我也想划，可惜自己跟自己划不清。"徐先生争个左右开弓，"现在寄钞票回来，证明他心里还是有家的。"

师母驳得更快，"那就要八十块一桌，包满堂？"

"你啊，"徐先生大摇其头，"狗屁倒灶，一点老板娘的派头也没有。请这趟客为什么？要给大家一个深刻印象。那就要一烙铁烫平大家。二三十一桌的，做得到让大家想忘记也忘不记吗？"

分明已没话，师母反唇相讥，"你有老板派头，夜里请客，中午酱瓜过泡饭。"还宣布，"泡饭我不吃，锦江饭店我不去。"

徐先生对此竟无丝毫反应，呆呆的，只把师母看着。

"看也没有用，"师母毫无转圜余地地说，"再看也不去。"并摆出之所以如此的依据，"又不是我儿子。"

仍旧发着呆，徐先生没反应如前。师母一蹶，向北门外走。

"怎么不是你儿子？"徐先生问得有气无力。

师母振振地不让人，"嫁到你们徐家十几年，他叫过我么？"

"你呢？我叫小妹'小妹'，你叫小妹'囡囡'。以为我不懂啊？叫小妹'囡囡'，你是要表示在你心里小妹没有哥哥。好啦，"徐先生显见心有旁骛，"汇款单上写得清清楚楚，汇款人徐刚，地址辽宁省鞍山市鞍钢职工宿舍89栋2门106室，收款人名下填着'徐丽'。徐丽总是你女儿吧。"颇嫌烦地劝着，"叫你去出风头，又不是坍你台。不去不去，不去……"

虽然预感到还没说出来的话不会好听，师母却强摆出准备听了发作的架势。

徐先生咽回了那两个字，"不要再作了，"无精打采地说，"好不好。"说着仰靠向沙发背，揉额、揉太阳穴，"心里乱，烦得一塌糊涂。"

师母终还是撇下揉额揉穴的徐先生，出了北边的门。（叠）回进北门来的师母像是另外个人，尽管，她只不过换了一身蓝卡其布列宁装。

经过时，她从立柱式衣架上的衣架上取下那件中山装，站到还在揉着的徐先生面前，等他离座让她服侍他更衣。可是，徐先生却仿佛视而未见。

师母不能不再生气了，"还不好啊我。"

"是头痛，"徐先生欲振仍萎靡地解释，"烦，心里乱。"

师母猜，"怕传来传去，看坏掉汇款单？"

"这倒早就想好了。"徐先生冲隔间门那边抬抬下颏，"请阿爸姆妈当中的一个暂时给孙子的汇款单让让位。"说，"问题是今朝夜里以后哪能办。"

师母没明白，"以后？"

"照从前的规矩，"徐先生告诉，"这样的宝贝那是要供进祠堂传子孙的。"

师母笑了，"重配只镜框，挂在——"一指北墙，"朝南的这里。"

"挂在那里，就不能去领钞票，不领，邮局就会把钞票退给宝宝。那，不是伤宝宝的心吗？"徐先生又说，"假使领出钞票，钞票人人可以有，我、尤其是我这样的，讲，这钞票是儿子寄回来的工资，人家会当你吹牛。

没等徐先生说完，师母又笑了，"就为这点事情心里乱，烦得头痛得这样？"

"你有办法？"

"当然。"

"快讲。"

"现在没有空。"

　　证实师母所言不虚似的，阿喜捧着摞"大红"来了。知悉难题有解，徐先生顿时抖擞，拉师母向隔间门的那边。

　　大餐台上的烛已燃尽、香则更加。自去双手捧像，徐先生边指点示意阿喜收拾，边关照师母，"我们边忙边讲。"

　　师母报以撇嘴一笑。

　　"什么时候讲？"

　　"看我高兴。"

1/13 宴会厅（内，夜）

　　四壁辉煌，灿烂的华灯下，虚席待客的圆桌中间竖着个架，竖架着镜框，框内横着张汇款单，在等来宾来瞻仰。

1/14 竖马路，升平街（外，夜）

　　手捧装汇款单的镜框，徐先生和师母挨着，正襟危坐在自家的三轮车里。洋洋然满面得意，不过，未忘形，他只鼻孔出声地哼曲调和腔，哼的好像是为根治淮河决心在工地"留过年"的那段唱。

　　无端的，徐先生缄默了。少顷，他调整了调整捧框的姿势。不大会，似有甚不适，他挪了挪身。然而，挪了更不舒服似的，他又挪……越挪越感不舒服，越不舒服就越挪。

　　从"T"形路口拐上升平街时，徐先生叫停三轮，下了车，又关照身穿整套崭新中山装的阿喜，"踏，你踏。"

　　阿喜懵懂，直到师母夫唱妇随地站到徐先生旁侧，才踏。

　　"阿喜呀，"徐先生忽说，"要是欢喜，这部三轮车就归你，你踏去做做生意。"

　　诧异，忐忑，阿喜扭脸注目看徐先生。

　　"或者，"徐先生顾自说着没说完的话，"我在厂里替你安排个生活，也可以。"

惊讶，"先生，"半天没作声的阿喜问，"你什么意思？"

"意思当然有。"徐先生一笑，"只不过，我的意思你不见得懂。"

双手将镜框捧在胸前，就在自家的空三轮旁，徐先生自在地走着……阿喜越踏越慢，后来索性不再踏，专心琢磨起徐先生的意思来。

去得不快，徐先生忍不住炫耀，"什么意思，"问师母，"你猜得出吗？"

师母摇摇头，不知道是表示猜不出呢还是不猜。

"刚刚，坐在三轮车上的时候，"徐先生启发，"你没有觉得我一直在动？"

"没有。"

"开始没怎么，坐坐坐坐，觉得不舒服了。"徐先生说，"我以为捧镜框时间长了，不是；又当是中山装的缘故，也不是。连动几动，结果越动越不舒服，就……像如坐针毡。你没觉得？"

"没有。"

"我是问，你觉没有觉得不舒服？"

"没有。"师母忽醒悟到自己穿着一身列宁装，想了想，确认道，"没有。"再一想，又有所悟，"对了，我在想事情。"说罢，单等着被追问。

没追问，徐先生问的是，"知道为什么非今朝请客吗？"他不等询问地告诉，"今朝是21号、礼拜一，一旬和一礼拜的开始；又是春分，春天的开始。巧么，你讲，宝宝的汇款偏偏在今朝寄到。好日子啊。"他提醒师母，"我不是讲可惜自己跟自己划不清界线么，"说，"有办法了我。我要马上开始办——申请公私合营，非批准不可的申请，而且一定不做裕记的私方经理。"见师母并不跟他一样兴奋，徐先生不免奇怪，"你怎么……"

"我在想事情。"师母说，立即，重又告诉，"我在想件事情。"仍没等着追问，她只得问了，"下趟，囡囡像他一样了，你怎么打算？"

"你讲。"

"桌数要翻倍。"

"可以，再多也可以，只要请得着人。"

"亲眷朋友只会越来越多。"

"倒是。不过，"徐先生笑呵呵地说，"到那时候，再为这样的事情大请客，恐怕会被人家笑话，外加当笑话到处宣扬。"

师母忙指镜框，"那你留它做什么？"

"纪念。"徐先生说着想到了，"你那个保留住汇款单的办法可以讲了吧？"

默默走，好大会，师母站住，站在那家紧挨个弄堂口的照相馆橱窗前。徐先生到她身旁且再问时，"已经讲出来了，"她娇嗔道，"还不知道呀你？真笨。"

第 二 章

辛丑　冬至

1961年12月22日　星期五

2/1 升平街59号，烟纸店店堂（内/外，日）

玻璃似乎较以前多得多，显多是由于干净，干净却并非因擦拭，是玻璃的后面空。空，当然不很完全，挂橱玻璃背后就仍旧分别摆着牙刷牙膏香皂药水皂洗衣皂白草纸黄草纸、信纸信封铅笔橡皮卷笔筒练习簿、香烟，仅仅少了非常不少而已。这非常不少的少，难分伯仲地体现在数量和品种两方面，如香烟，便只剩"飞马""大前门"、红"牡丹"还看得见。与挂橱比，玻璃柜台内更空，硕果幸存的纸包成筒状的葱油酥和弯若新月的香蕉饼和芝麻稀疏的开口笑，相互拉开极大距离地躺在玻璃板上下。愈加的是，那两铁架共十八个玻璃罐，均唯一地各有一个浅浅地装些黑乎乎的细小颗粒。不过，也有原先所无的——一只竹壳广口保温瓶，瓶壳外用细绳绑住半张铅画纸，写明"棒冰 四分"。

头戴罗宋帽身穿对襟棉袄的沈宜生正挨着"棒冰"坐在当门的横柜边忙，忙得全神贯注，无暇旁顾得连有顾客站到柜前，都直等对方问"你卷的香烟卖吗"，才要发火地从摆弄的小家牲上抬起眼。抬眼虽迟，招呼却快，而且，火气非但立消还化为笑，"高老师。"沈宜生离座让道，"里厢来坐。"

"沈菊芳呢？"高老师好像不放心地问，"他们班，周五下午只有两节课。"

沈宜生忙告诉，"去买米了。"

2/2 升平街（外，日）

"沈菊芳，"身后忽响的喊，吓着了这个两手捏一小团软东西的姑娘似的。她横步向正好经过的弄堂口里躲闪。"比吗？"发觉是伙半大不小岁数跟她相仿的男生，中有冲她晃乒乓球拍的，她摇摇头，没再往里。

"输的请客。你肯定赢。校队嘛你是。"向她这么喊话的不是同一个人，沈菊芳把头一再摇着。"校队才怕输呢。"她还是摇头。欢闹的男孩们情绪丝毫不受影响地跑了，沈菊芳没出来。

好像由于回绝掉邀约，要为自己找个去处而一时又找不着，她站在那儿打量着马路对面。

兼老虎灶的茶馆一半上着门板，看不见里面有没有方桌长凳，估计，和不见挂出的水牌一样，茶馆已不复有，虽然经过改造，炉灶倒仍占据半壁江山，新添加的两把特大号水龙头宛如翘须，使蹲在那堆木屑四漏的麻袋之前的它，更名副其实地像了老虎。原来字迹隐约模糊的"當"字的下半部早先部分缺损的"田"，全没了，砌没的门洞不光被凿开且被拓展，洞开的双扇大门里，高高矮矮地叠着各种形状的纸盒坯，一旁挂白漆长木牌，上书"跃进纸盒厂"。理发店显然并未歇业，尽管应该悠悠转不休的三色转筒休息着。与其相邻的，即不是她家的又是她的家的烟纸店，店门前没人。

2/3 升平街59号，烟纸店店堂（内，日）

高老师在店堂里，以肘撑着笔直放得与西墙夹成窄过道的柜台，看沈宜生摆弄那个也移到了这边的小家牲。

2/4 升平街（外，日）

紧着，沈菊芳赶紧穿过马路，蹿进对面带过街楼的71弄。

2/5 升平街59号，烟纸店店堂（内，日）

小家牲是打磨得很光滑、做工也甚精致的木制品，长方形，半指高，横宽一指半竖长不足一指，四壁薄薄，像个匣子，无盖，底部居中有道浅而狭的凹槽。槽内，上下各展出五分之一地铺着张烟纸。其下方所展露部分的边，这会儿正被一把小刷小心翼翼到极点地刷上糨糊……毋庸置疑，执刷的是沈宜生。

"……糨糊千万要先刷，刷的时候要用竖的一侧，用软硬劲，可以用指头揿牢角，注意均匀，均匀的办法是快，对了，就像写小楷那样……然后，放烟丝，不要心黑放得忒多，忒少当然也不行，同样要快要均匀，放好，盖服帖没有糨糊的那边，一推。"沈宜生说至此，所说的事——放烟丝、覆纸、捏住匣子推那根位于下壁内紧贴底部而柄在匣外的细棍，都早已被他完成。他告诫看着躺在小家牲底部凹槽里那截白白的应该是香烟的高老师，"听、看，没有用的，必须练。"

高老师像学生那样连连点头，"是，是。"

"刚开始，我也弄得一塌糊涂。"沈宜生鼓励高老师，并承诺，"有空可以到这里来试，我给你把把手。"继又卖好，"真叫你是菊芳的老师，外加人品好……"

高老师忙摆手挡话，"不，不……"

"你不要谦虚。"沈宜生抓住高老师的手，"这里，每个月日子不固定，有不要票的'生产''全禄''勇士''劳动'、碰巧还有条把'光荣'供应门市。隔壁邻舍弄堂里对马路甚至于小时候同学当中的老瘾头跟我打招呼，要求给他扣两包、一包、半包的，至少几十个。"说着，诘问，"来开过口吗你？从来没有吧？"

高老师很不以为然，"应该，应该的。"

"人家不这样想。看我空敷衍，背后骂我'不上路'，还讲我私吞不要票的香烟，假装拾'屁股'卷着呼，遮世人眼。"沈宜生气得骂"戳"，道，"我沈宜生，人虽然起码，下作事情是打煞也不做的。"

高老师忙劝，"不要动气，不要动气。"

"哪能不气法。我动他们的气，敬重你。所以，"沈宜生指指小家牲，说，"才对你公开用它的诀窍。否则，"他没说否则怎样，说开了否则的原因，"多一个会卷的人，就多一个拾香烟屁股的。拾的人现在已经一天比一天多，"他大摇起头且摇个不止，"再多的话……会也白会，没有'屁股'拿什么卷？"

高老师把头点得较刚才深很多，"我住在杨树浦，从杨树浦到学校，从学校到杨树浦，早夜来去两趟。"告诉着，他问，"你猜，每趟能拾着几只'屁股'？"

"几只？"沈宜生情知不妙却仍有些眼红。

高老师笑了，苦着脸，"常常一只也拾不着。"

"买一角洋钿盐金枣！"忽听有人趾高气昂、来势汹汹地喊。

临转去接生意，沈宜生叮嘱高老师，"不要拿。"继而，边揭开唯二地浅浅装有细小黑颗粒物的玻璃罐中一个的盖，"一角洋钿盐金枣，"边笑对横柜外的半大男孩说，"想咸死自己呀你。"

"肯算批发统统卖给我吗？"男孩分明自恨买得少，"我们人蛮多的。"他那翘着的小大拇指指着背后的马路对面。

2/6 升平街，30弄弄口/28弄1号侧门前（外，日）

颇不早的下午时分，又是阴天，凡侧门旁均有的马桶及龁笼自然早尽收回家去；既得不着晒，脚撑和竹竿也就一副都没摆出来；生煤炉和拣菜的，同样无有影踪；再加车辆行人两稀疏，空荡荡的狭马路——它已由"弹硌"变为铺设沥青了——很显宽敞。

唯独斜对面的30弄口不，那儿，以人满为患，几被拥挤所堵塞。

两头各搁在叠起的两条的长凳上，这块板，似乎是当年用作糊硬衬的，三块红砖笔直地横竖于板中间，代表网，去来来去的小球疾赛流星，握拍推挡搓削它的两个半大男孩，满头大汗脸通红，一蓝一黑，都脱剩件都洗褪了色的球衫。

自行车铃骤响，即歇。

观战者里替对垒的两人抱着棉袄的这个，闻声退步，出弄口，见在28弄1号侧门旁下车的果是尤起林，他正要喊，被尤起林一"嘘"，嘘得吐了吐舌头。大概刚刚换发过，工作服崭新，称身合体，尤起林如今壮硕，还挺帅。

"看好。"尤起林冲吐舌头的指指靠墙停着的自行车，拿着封信，扭头进侧门。门里出来了蒋玉英，厚棉袄厚棉裤，穿在其身看去好像着的是单衣，脸庞衬着红色的墙，又瘦又苍白。

她轻叫"喔唷"，说了声"是你呀"，算是招呼过尤起林了，转脸向抱棉袄的，"噢，"并不真责怪地含笑说，"读初中就不帮我喊啦。"

原来，他是"滚圈"。"滚圈"忙用棉袄指尤起林，推卸、坦白，"是他不让。"

尤起林赶紧揽，"听讲你身体……"

蒋玉英抢话，"心脏有点扩张。"说明了再说明，"不很严重。"

"是我，"尤起林续接着解释，"给你送了六年多挂号信，你趟趟全在家。怎么会这样弄不懂，不上班啊难道。才问的'滚圈'。问了十好几趟，他才告诉我。"继又说，"现在平信也很保险，还比挂号的快，我替你做只信箱钉在这里……"

蒋玉英再次截话，"我跟他们讲过好几趟了。"说明，"他们特别把细（上海方言，很小心），或者，习惯了改不掉。"

"那，"尤起林说，"以后我替你送到楼上。"

蒋玉英摇头并摇手，"不用，不用，老不下楼也不好。"还致歉，"就是慢，每趟都要耽搁你不少时间，影响工作……"

这回摇头并摇手的是尤起林，"不碍那倒不碍。脚下带紧些全有了。"

"帮我喊，毛毛……"蒋玉英忽跟"滚圈"说，"喊部三轮车。"

小名毛毛的"滚圈"初甚茫然，迅即害怕，"发毛病啦？"

蒋玉英扶墙，分明站不住的她却还要装不严重，"有点不舒服。"

"快！"尤起林和毛毛/"滚圈"不约而同、异口同声地喊，"喊三轮车！"

30弄口涌出一帮响应的，东张西望，并各奔东西，发号召的毛毛/"滚圈"则当先地斜斜地穿过马路，"我到跃进厂借电话，"他嚷着宣告，"叫救命……"

尤起林见状没离开，边扶住蒋玉英，他边往她衣袋里塞拿着的信。

"我……"蒋玉英要说什么。尤起林仿佛知道，毫不客气地制止道，"啊呀呀，补嘛以后……"

拐弯那头出现了辆空三轮，被多个男孩在后推着，它来得不比救命车慢。

2/7 升平街59号，烟纸店店堂（内，日）

在店堂里看不见斜对面的28弄1号侧门。何况，醉心于他们的事业，沈宜生和高老师都没留意外边。

"刚刚不让你拿，是要等它干透。"沈宜生解释着，"还有，拿也有拿法。"翻过小家牲，一拍，玻璃台面上有了躺在凹槽里的那截白白的。放匣于旁，沈宜生取其到手，以另手的拇指指甲为座基墩几墩，又轻轻捋过，这才把不再像先前那么不如常见的香烟那样挺括的它，递给等候被递给的高老师。

高老师接着便嗅闻……"火我有，"他对转向隔间板壁前方桌的沈宜生说，"我有火柴。"

沈宜生还真就不打开拿到的盒了。可，有火柴的高老师连划几划，火没划着划断了梗。沈宜生忙捡来那截断梗往自己的盒侧划出火，去替高老师点。

高老师一口深吸得点燃的那头亮甚久，半天，淡淡的烟方由两鼻孔缓缓出，陶醉、回味着，"……唔，"他评论道，"和醇。"

任由柴梗余烬熄于指间，沈宜生没挥高抬的手，他也在等候，等高老师作进一步的评论。

高老师如前地吸罢又一口后，"'飞马'不如它，"说，"堪称不逊'前门'。"

"有焦味道吗？"

高老师坚决、坚定地摇头，"没有。"

沈宜生满意了，更令他满意的是，高老师没再吸，要让给他。当即，他先给理由地让高老师继续，"用'屁股'卷的烟，最难做到没有焦毛臭。你再辨辨。"

2/8 升平街71弄，弄口（外，日）

吸罢一口，见烟屁股没法掐了，将其揿灭于面前的铁鞋撑，扔入屁股旁的废食品罐，抬起头，他唤，"妹妹。"

声轻且亲切，沈菊芳却还是被吓了一跳，侧身扭脸，看，她看着铁鞋撑后用套脖子遮胸的帆布围裙盖住双膝、蹲般坐在狭窄得形同条头糕又呈直角三角形的木板搭建门口、那只折叠小凳上的老头，有些茫茫然。

老头笑了，"闯穷祸啦？"不等沈菊芳摇头、开口，笑呵呵的他又说，"小猫一样窜进来，立到现在，不喊，还不觉着弄堂口坐个我。不是心事重重啊还。"

沈菊芳慌忙掉眼，并要走。

"等歇。"老头更慌忙地喝止，"什么地方去啊想要？"吓唬，"我哇啦一声，看你走得脱。"

沈菊芳没敢硬走，却也没不拧身面壁。

老头这才复坐，"看样子，祸闯得不小。"摇头叹息着，说，"我认识你，你是前头烟纸店的。"又问，"要不要我给你指条路？"

也不管沈菊芳要不要，便指了，"回家。"老头指的路很详实，"不要吓，'伸头不过一刀，缩头也是一刀。'再讲，刀，不会给你吃的，顶多吃顿'生活'。不回家，爷娘要着急担心的呀。担心着急的结果是'生活'更加厉害。回到家里以后，错了，赶快承认；对，不要非讲清爽不可，强掰嘴（上海方言，顶嘴，硬争辨），讨没趣。懂吗？'生活'忒重，吃不消，"指指上方浇铸的水泥楼底又指下，他说，"逃到这里来，我再领你回去。有升平街就有我这皮匠摊，马路两旁边没有不买我老皮匠三分账的。"

开始，沈菊芳开始挪步了。

"等歇。"老头又喝止，边起身，他边说，"相帮看看摊头，小便急煞了我。"

2/9 升平街59号，烟纸店店堂（内，日）

"……拣过、扬过、汰过'屁股'里拆出来的烟丝以后，"沈宜生得意远不及炫耀地告诉着高老师，"是烘。烘，没有烘箱怎么办？弄只铁锅，等新加煤饼的时候，放上去炒，炒到炉子旺，停；倒出来，摊开，要薄薄叫一层噢，让它散热，热气不散，烟丝会受潮。到冷透，放进饼干筒，好，剩下的就只有卷了。"

高老师不由由衷地感叹，"殚精竭虑啊你真是。"

不知道这句古语的沈宜生从时间、地点、语气中，明白了它的和高老师的意思，炫耀迅速让位给得意，并任其臻至自傲。

高老师突然说，似乎这才记起——其实从未忘记，"对了，"边说，他边抽出插在上衣下袋里的手，将拿着的一个不小的报纸包放到台面，缓缓推向沈宜生，"今天我来，是想帮你个忙。"

这缓缓和含糊其辞，令沈宜生狐疑，他迟疑地一点一点打开纸包。

"别人八小时工作制，"高老师的话没停，"你和我类似，有点特殊。开开门，你就要坐店堂立柜台，又是里外一个人独做，根本没有时间拾'屁股'。"

"屁股"！纸包里全是短和更短的香烟屁股，何止几百只。

看呆了沈宜生，"这许多！什么地方来的？"

"我丈母娘，"高老师打岔似的说，"讲我，'你是老师，老师拾香烟屁股，给人家看见，坍台的'。她讲，我坍台就是坍她台。又讲，与其这样转弯抹角坍还不如直截了当……"

"这么好的爱人！"沈宜生感动，感叹道，"福气，你真福气！"

高老师纠正，"是丈母娘。"

"没有你爱人，"沈宜生大觉奇怪，"你哪里来丈母娘？"

高老师忍俊不禁，"倒是，倒是。"

对这几百只香烟屁股，沈宜生是有猜想的，细检着它们，他在想对策——对付诱惑以及好意的办法，于是，先贬，"多数是'大联珠'和'劳动'。"可，事实又不容否认，"长的倒不少。"

还是不看罢，他还原地折拢报纸，包起它们。"顶坏了，"拍拍，"世界上顶顶坏的坏东西就是香烟。"说，"吃过饭要呼，上马桶要呼，开心要呼，不开心更加要呼，一个人戆着发呆的时候一歇一根一歇一根，亲眷朋友碰头你发我发大家轮流发发个不停，除非睡觉……"

"还要睡着才想不着呼。"

"忒对了。所以，我一直打算发狠心……"

"不要，不要戒。"高老师阻止并以己为例警告，"戒过三趟了我，越戒瘾越大，弄得一旬的烟票最多只够四天。"

沈宜生不由自主地长叹一口气，"肉要票、鱼要票、蛋要票、油要票、糖要票、布要票、火柴要票、肥皂要票、棉花要票……都不及香烟要票要命。从前也不天天鸡鸭鱼肉、月月新做衣裳。可，香烟，就像你刚刚讲的，除非睡着才想不着呼。当然喽，长远不吃荤腥，会馋，肚里没油水，心里会潮，熬熬，熬得过的呀，对不对？熬香烟瘾，那可比死还难过。"发觉说到了本意的反面，他忙拐弯，"不过，香烟终究只是香烟，不是鸦片。我听我爷活着的时候讲，旧社会戒掉鸦片的人不是没有。再讲，戒不掉，少呼几根还是做得到的。"

说着，沈宜生推出纸包去。伸出手来，高老师将其按住在中途。一手按一手，一手按纸包，两只手都没能推动按着的。

"住得远，"高老师忽然重提说过的话，"我天天六出六进。回到家，要批作业、备课。不瞒你，我欢喜文学，有时候还要写写诗。常常一弄就第二天了……所以，可以讲，须臾离不开香烟。"顿了顿，他又说，"我老实坦白，在这里，会的，一回到家，我就不会卷了。作孽！没有一趟不是糟蹋'屁股'。心痛啊我，心痛'屁股'，更加心痛我年近古稀的丈母娘……"哽哽的，高老师说不下去了。

沈宜生也无话，琢磨着，他推不是、不推也不是。

2/10 升平街59号，后门（外，日）

门前，有沈菊芳在忙，把先前双手捏着的小团软东西往袖肘补有新花布的罩衫斜袋里塞，不行，鼓，很显眼；改塞它进裤管接长一截的卡其裤裤兜，观感相同；忽有所悟，边解那五个麻花绳扣，边将其抖开——原来是个旧面粉袋——再折叠，然后，铺向罩衫与棉袄之间的腋下……

2/11 升平街59号，烟纸店店堂、里间（内，日）

默默中，沈宜生和高老师几乎同时开口。

"不要再让得之不易的'屁股'浪费在我手里了。"高老师略领先，"让我拿'屁股'全给你。你呢，不要让我白给。稍微给我点……"

羞作此语吧也许，他说得啰里啰嗦，话还没完，没有不说的沈宜生已告言毕，"那，'哈夫'，最多了，不一人一半，免谈。"

高老师听得清楚，还要争讲，一眼，瞥见状若窄过道延伸部的后天井尽头的后门开，进来了沈菊芳，他急忙掉头转身向外。临出店，高老师复述沈宜生的意思，强硬地划出底线，"最多这样，最多这样。"

没料到高老师不说便走，沈宜生边从棉袄口袋里掏出一包瘪瘪的"飞马"，边沿竖放的柜台追，边说，"先带几根回去，哎，你……"追至横柜边，又探身冲高老师的背喊问，"哎，明朝什么时候来……"

没问得高老师的回答，沈宜生更没发觉沈菊芳一闪消失在后半截过道里。

然而，沈宜生先听后看见了菊芳妈妈的音容——在他回到竖柜旁收起那纸包和小家牲的时候。

"扯拢什么门呀，日清日白的。"菊芳妈这么叨叨着，缘过道从后面跨进店堂，转入柜台的豁口，将自己放上桌旁的凳，把开口的人造革拎包放到方桌上。

沈宜生答以询问的招呼，"回来得晚么今朝？"

"没有坐电车。"菊芳妈长吁着气，说，"吃力煞了。"

她背靠的板壁后，是里间。

里间比店堂小，更低矮不少，沈菊芳那样的个子，举手便能摸到搁栅架着的上层楼板；被柜、五斗橱、双人床、樟木箱、单人床排队般依次环周边摆，其间还夹放凳和马桶各一只，仅单人床床头处有个空当，那是门，扯动开关的移门。薄板及玻璃不隔音，店堂里的动静，已从罩衫与棉袄之间抽出面粉袋、正找地方藏它的沈菊芳再不想听，也直往耳中灌。

"一路帮我拾香烟屁股啊？"这是她爸在寻她妈妈开心。

听到妈妈以鼻答，"哼。"又听她说，"想到三角地去看看。你讲巧吗。正好刚刚来一筐橡皮鱼，正好忘记带或者发现鱼票已经用光、百把个人排的队散掉了六七十，正好我倒还剩一张。我想，正好家里有咸菜，今朝冬至，我替你们像烧大汤黄鱼那样烧。"

2/12 升平街59号，二层阁（内，日）

"烧得像的，你烧得像的。"沈宜生那急吼吼的肯定或者说怂恿，同样不容人不听地响在这儿。

在这儿，除了乘公交车无须购票的儿童，谁都不能站直身。这儿，竖里的长度和楼下店堂的里间不差分毫，横里则较之宽一个窄过道，只摆一小床一低桌一矮凳一木箱一马桶和一把竹靠椅，当然还有居家应用之物如锅碗盆瓶等等，但，那都不占地方，而整面北墙又全是玻璃窗，因此，十分敞亮。

竹靠椅上坐着的婆婆，满头白发，皱纹满脸。她一手将另一手捏的白纱手套的纱扯出，让它落进膝头的匾。

"不过，"前一句还馋涎欲滴的沈宜生忽变语气，"再像也只是像。"原来是他想起了更馋人的，"橡皮鱼终究不是黄鱼。黄鱼，真是长远不见了。"

只听菊芳妈一声盯得紧，"既然嫌鄙，那就算了，不烧罢。"

"烧，烧烧。"

"烧什么？"

"大汤橡皮鱼呀。"

"没有橡皮鱼怎么烧？"

"你不是排队……"

"是排了一个多钟头，排到我，正好，统统卖光。"说至此的菊芳妈咯咯咯地笑了起来。

"还笑。"

"那我哭，好吗？"

也笑了，沈宜生的笑听来分明没有不开心。

或许年迈耳聋，老婆婆一点点都没受传进屋里的话和笑的影响，仍自不快不慢地一下、一下扯手套的纱。

2/13 升平街59号，烟纸店店堂、里间（内，日）

菊芳妈想起了女儿，"菊芳呢？"

"哎！"沈宜生则顿觉怪，"去买米的，怎么买到现在还没有回来。"

菊芳妈撇嘴，"'买米没有回来'？叱！"摇头起身，"恐怕是回来过又出去了，你不知道。"她边出柜台黂口进后过道，边长声数落丈夫，"见人就起劲，现宝、吹'屁股经'。"扯开移门，数落的大半得证实——单人床上棉被摊开着，被下躺有个身体，"你看。"

屡欲辩驳的沈宜生闻言放弃，拿过没给得了高老师的瘪"飞马"。

没进里间，更没叫起女儿，菊芳妈折向后天井……很快复返，她手里多了只饭锅，蹀步到被柜前的五斗橱旁，弯腰捏把，揭开夹放在其间的髻的圆木盖，一呆，放锅，探入手，拿出来的是什么也没装的面粉袋，又一呆，菊芳妈不相信地看它，再看甏内……呆呆的，僵久久才扭头，声如裂帛地问："米呢？"

"我怎么知……"沈宜生没来得及答完，也不再点指间的烟，他听见了妻子更响的又一声，"米呢？买来的米什么地方去了？……"

"……啊？"菊芳妈问的是沈菊芳。上盖的被已被掀到床下，沈菊芳双手抱头，和衣侧身朝里蜷着，一动不动，一声不响。菊芳妈急怒交加，举起甏盖就打……恨女儿执拗的不响不动，她换其到右手再打。

从后，沈宜生张臂连胳膊带人地抱住菊芳妈。纯属不愿相信，他问沈菊芳，"米……没有买……"又只求不是地问，"落掉了什么？"问得战战兢兢的，"钞票？……粮票？……"不敢想像地再问，"给你的十斤粮票、两块洋钿全落光了？"

蜷得像虾的沈菊芳动了动。

随之而动的是屏住气息听着的菊芳妈，她竟有这么大的力气，几乎带倒沈宜生地挣脱，扑上床，甏盖、拳、头齐下，打着捶着撞着骂，"怎么不落掉自己、怎么不落掉自己呀你！"

沈宜生赶紧重将菊芳妈抱个更牢，"不要……"

"放开！"菊芳妈直嚷。

"轻点……"

"打死她，我抵命！"菊芳妈咬牙切齿地赌咒。

"这样哇啦哇啦，"嘴就在她耳边的沈宜生说，"耳朵再不好也会听见，听见会下来劝，一劝就要问原因，知道了原因，嘴巴上不讲，心里会觉得我们在用计。"

大觉疑惑，菊芳妈乜视着沈宜生。

"用苦肉计，想骗粮票钞票。"

愣，愣愣的菊芳妈猛地梗脖子仰脸大喊，"张家阿婆……"

2/14 升平街59号，二层阁（内，日）

"……张家阿婆！"

充耳不闻，张家阿婆连顿也没稍顿，依旧故我地扯着纱。

2/15 升平街59号，烟纸店里间、店堂、门前（内/外，黄昏）

"不在。"菊芳妈松了口气。然而，忽一挣，她扔掉甏盖扑到沈菊芳身上，没打，只是掏女儿的衣袋裤兜……掏得购粮证，捏住装订的这边拼命抖，没抖落任何什么，交它给沈宜生，她俯向地，从棉被团中找出面粉袋，翻其里朝外，里朝外的面粉袋干干净净的，连灰都无……狠狠一掷袋，她继又死不罢休地往外强拉沈菊芳下床……

满怀希望在旁紧张注视着的沈宜生忙制止，"做什么？什么地方去？"

"去寻。"

"现在马路上连香烟屁股都抢着拾，有粮票钞票在那里，你还指望……"

"粮票钞票不是香烟屁股，拾着了应该在拾着的地方等。"

"你女儿又不戆，会没有寻过？"

认同丈夫说的话的，菊芳妈松了拉女儿的手，"是不戆，她是死人！"

"落也已经落掉，骂煞打煞，也没有用。"

"那你讲，哪能办？"

"还好哪能，只有省。"

"省？总要有才好省。甏里米没有一粒，抽屉里没有一两当月的粮票，拿什么省？"菊芳妈指指半截玻璃的板壁外，"店里可以省着吃的倒不少，不过，除掉棒冰和盐金枣，哪样不要粮票？拿盐金枣、棒冰当饭，不是冷煞就是咸煞。咸煞人、冷煞人的盐金枣和棒冰，还没有钞票连舔一舔都不可以。"

无可奈何，沈宜生没奈何地叹，"今天22，26号就好用下个月的粮票，三天总归……"

"总归？三天要吃九顿！加上今朝夜里，十顿不吃，你怎么立柜台？她怎么上课？我怎么挡车？"菊芳妈说，"三天不到厂，总要有讲法罢。怎么讲？讲了，有人会相信么？落掉粮票？现在有不拿粮票当心得比当心自己还当心的么？正像你讲的，我背后会有人指点戳三，喏，就是她用苦肉计，想骗粮票。活到现在，我从来没有给人指点戳三过。"说着，深感委屈，不由伤心得哭了。

沈宜生掩饰着内心的同感，"人人觉得我们在用苦肉计，"想像着劝导说，"那决不至于。有人会相信的，相信的人还不见得少。"

"相信嘛哪能？作孽我？"菊芳妈哭得更伤心了，"我不要人家作孽，给人家作孽的日子，我不会过。"且还想到了可怕的，"或许会有送饭票给我的。"于是，着起急来，"那怎么办！人家好心好意，不收，不好；收，好收人家饭票的呀现在这种时候？啊呀！"她瞥见了饭锅，"马上就到烧晚饭时候了。"指指离头顶不远的楼板，说，"她要回来的。还有前楼、亭子间、三层阁，在灶间里看不见我，全要查三问四，给她们轧出苗头……"

沈宜生禁不住也惶惶，"这、这怎么办？"

菊芳妈急中生智，"快，打烊。"边扯来壁间所挂的毛巾擦脸，边说，"躲出去避避风头。"

"三天呢，"沈宜生犹豫着，"躲过今朝，明朝、后日……"

菊芳妈扔毛巾给丈夫，"到外头再想办法。"又冲丈夫指指床上的沈菊芳，径自出门右拐，"我去锁门。"

没等父亲叫，沈菊芳萎靡地从床上下来了，显见，爸妈的对话她都听着呢。

锁着隔断过道和楼梯间的门，菊芳妈又想到，"隔壁剃头店要是问'怎么提早打烊'，"她关照丈夫，"就讲，我同事的女儿结婚……"

"没有在冬至日请吃喜酒的。"沈宜生反对道，他正提防性地跟在女儿身后出店堂。

到店外，他又递钥匙给沈菊芳，让她开锁解取拴住倚墙竖在店旁的那叠排门板的铁链。

"乡下有亲眷来总可以吧。"赶到的菊芳妈轻声问。

沈宜生给店面上起了门板。

2/16 升平街，59号二层阁、楼道、后天井、后门，45弄（内/外，黄昏）

随着店面的排门板一块块上起，这儿，逐渐暗至近于黑。

也许因此吧，张家阿婆重重地叹了声。

放匾在地，离座，站个鞠躬般，继向与窗相对的那边去，没开灯，她扯开移门，下跨到有些不明亮的光的楼梯上，直腰挺身，她个子不矮，至少一米六，脚步也不蹒跚，很快就拐进后天井，走出没关的后门。

并非得歇歇，停一会，她是要掏罩衫里棉袄的斜袋——经仔细辨拣，留些、并妥善放回所余的以后，她重又朝前面的横竖弄堂交汇口行去。行至十字口的拐角，再次停。

这回，她没再掏袋袋，时不时看看看不见有什么和通往何处的那两边地立着，像等待某种出现。……

出现了个中年男子，穿粗布棉工作上衣的。至少，他不认识张家阿婆。

张家阿婆可能也如是，她喊他，"喂，"随即问，"二两粮票、四分洋钿，你有吗？"

怔，"粗布棉衣"打量着，没答。

"不是我要。"张家阿婆告诉他，"我也给的，给双份。"并摊开一手，让他看掌托的四张一两的上海市粮票、四张两分人民币。"是我邻居，一个囡……"

2/17 升平街（外，黄昏/夜）

路沿河筑有堤，堤旁道上堆圆木。不识久未久，此刻，沈家三口正歇坐于圆木堆。这边，是埋脸庞在臂围里的沈菊芳；那边，她妈妈双肘撑膝手支颐，却垂睑看着面前的地面，她爸则在妈妈另一边的身边，那边和这边距离两肩多些些。

都不说话间，沈宜生蓦笑出声"扑哧"。

菊芳妈给了他个白眼，以及，"哼！"

沈宜生竟又喟然起来，"老古话真没有讲错啊，"说，"'冬至夜，冬至夜，有吃吃一夜，无吃冻一夜。'"

菊芳妈掉脸拧身，但，即改正，自然，也再不给丈夫任何搭理。

没觉得没趣般，沈宜生仍上下地打量对马路的楼。楼，说旧不旧说新不新，三层，窗户成排，没有不亮灯的，也没有亮日光灯的，被趋夜的暮色衬得窗窗暖。

"在下面。"沈宜生说，不知道跟谁更不知道说谁，但，绝对不是对自己，因为，他随即便说开了自己。

"面，我最欢喜雪菜煨。雪菜切细，加一点点糖，煸透。跟捞过一水的面一起放进鸡汤，高汤也可以，文火焖刻把钟。盛到碗里洒葱花，点麻油，有蒜末最好，不过全不可以多。雪菜叶子乌黑杠杠青颜色，小葱碧绿面雪雪白。尝一口，"他说着，以肩轻轻一撞菊芳妈，问，"鲜吗？"

菊芳妈咽一口——馋唾，"怎么从来没有看见你烧过？"

不答，沈宜生顾自续说要点，"焖的时候不可以盖锅盖，否则，雪菜会黄。还不可以搅，一搅就变烂糊面。"

菊芳妈又咽馋唾，"烂糊面，我现在好吃三大碗。"

"我还喜欢粉食——汤团。"沈宜生摸摸屁股，好像为圆木的节疤硌痛，起身换坐到了妻子的另一边。

菊芳妈忍不住接嘴，"汤团，"说，"我最喜欢'美心'。"

得寸进尺，沈宜生展臂搭肩搂过女儿，"有一趟，在'美心'吃汤团，肉的，一口咬下去，汤团里的汤汁一条线飚出来，飚到旁边一个小姑娘的面孔上。我再三再四赔不是，又拿出绢头，"沈宜生边告诉女儿，还边掏手帕，"给她揩。她讲，"他捏尖嗓门学当时那姑娘的腔调，说了两声，"我有，我有。"接着告诉，"她还真拿自己的绢头到手里，不过，就拿着，不揩。我当时很想问她，是不是要我帮她揩，没有敢。只讲，你揩呀。知道她怎么回答我么？她讲，"沈宜生又变嗓学女声，道，"'不急，不急，你碗里还有一只汤团，等你吃好了，我统一揩。'"

早就捂嘴，也已经开始嗤嗤偷笑的菊芳妈不等沈宜生说完，便捏起双拳一味乱打。沈宜生承受着妻子的，向女儿指出，"你看，在坦白。那个小姑娘就是你姆妈。"

不明白她爸的笑话好笑在哪，沈菊芳仍低着头，好像在琢磨又好像没有。

沈宜生一手强托颏抬起女儿的脸庞，"用不着的，"一手用已经掏出的手帕为之拭擦鼻血和泪的垢痕，"用不着留眼泪鼻涕在面孔上，等她打完了统一揩，我也知道你是你姆妈的女儿。"

羞，沈菊芳挣着，没能挣开，再挣。而她妈妈则复又打开了她爸。

沈宜生丝毫没在乎，"知道姆妈为什么打你么？"问罢，说，"她打你不是因为你落掉了东西。"

一个不挣一个不打，母女俩都等着听下文。

"打你，是因为你落掉得不是时候。"沈宜生说，"现在，是连黄鱼都不游到我们海里来的时候，是地里长不出东西的时候。以前，地里长的卷心菜，蜷成一团，包着。所以北方人叫它'包菜'。现在呢，包菜不包也不蜷，像喇叭花那样张开，还不白，生生青的。"说着，展另一臂将妻也搂住，"再生生青、再不包不蜷，它还是菜，又不是不可以吃。等一歇，我们直接到小菜场去，排三个队，多买点回家，剁剁碎，用我做糨糊剩的面粉做菜糊涂。三天呀，还怕熬不过？"

被丈夫搂着的菊芳妈"哎"地半挣出身，自责了半句"我怎么"，没再作声。

2/18 升平街45弄，横竖弄堂交汇口（外，夜）

取代"粗布棉衣"的是三男两女。显见，张家阿婆已经向他们讨要过，"应该找给你三两六分。一分，"她正边说，边从掌上拣出相应的并递给那小伙子，"五分……"

"算了，算了。"不住这么说的小伙子不完全是嫌慢也不是说说而已。

张家阿婆忙抓住小伙子的手，"不不，我只收二两、四分……"解释着，她突然扭脸说这半老头，"我问你有吗，你讲没有。我哪能你吗？没有吧？现在、今朝，身上不便，尤其是没有当月的粮票，非常正常，有，不肯给别人，也非常正常……"见半老头要辩，又说，"'不会落掉的'这句话，你跟她讲得很轻，只当我听不见。人家是个囡，小人，看看野眼（上海方言，到处乱看），一惑突，落掉了，有什么不可以。活到现在没有落掉过东西么你？你敢拍胸脯讲一直不落掉到我这年纪么？阿弟啊，我倚老卖老讲你一句，不要样样不落掉，落掉了自己。"

半老头和他与之嘀咕的妇女讪讪然掉头走，张家阿婆也顾自继续给小伙子递，"一两，二两。六分三两，找清爽了。"

分明是两口子的男女分明另有企图，"张家阿婆，"他们先抛诱饵，"为什么只收二两四分？"

"四十八个二两四分，再加我双份，正好十斤、两块。"张家阿婆告诉。

恍然后，开始她言他语地套张家阿婆的话了，"我们还有一点想不通。你死不肯讲是哪一家，也就是不想让他们知道你在帮他们忙。那，你怎么给他们粮票钞票？看见零零碎碎的钞票粮票，他们还会想不到有人、是什么人在帮他们？"

"没有办法，我会立到这里来么？"张家阿婆又告诉，"明朝一早，到米店去换成整的，再……"告诉至此咧瘪嘴一笑，"再哪能嘛不好讲，讲就穿帮了。"

两口子也相顾笑，其中之女的凑前跟张家阿婆咬耳朵。张家阿婆听得讶异，"你们怎么知道的？"

居然，那男的居然动手硬要拿张家阿婆捏着的，"给我。"见张家阿婆睾，他不顾女的还在跟张家阿婆咬耳朵，威胁道，"不让我们替你，我们就揭发。"

2/19 升平街（外，夜）。

"山芋，"菊芳妈忽说，"再掺点山芋。"又补充，"刚才，在想我怎么没有想到做菜糊涂的时候，老觉着有点想不起来的什么。现在想着了，"并再补充，"是饭票。厂里我还有一斤三两饭票。一顿三两，三天九两，你不是讲省么，省一两总省得出，那就有半斤。半斤，买生山芋，可以称三斤。"

沈宜生喜出望外，"够了，够了，"说，"够你们娘囡姆吃饱了。……"

"你呢？"菊芳妈的这声，几与沈宜生的"我"字出口于同时。

"我一天到夜坐在店堂间，"沈宜生说，"肚皮里多点少点没有关系。"说着打趣道，"你不是讲我，只要有香烟就好过日子嘛。"正要笑的他忽变脸色，"不对呀，"厉声诘问，"你怎么会还有一斤三两饭票？"

菊芳妈对以无言。沈宜生跟哑口的菊芳妈算开了账，"因为厂休上落，这个月廿五个工作日，你买饭票七斤半，一顿三两，是扣克扣算好的，今朝，应该只有九两饭票。多出来的四两……对了，上礼拜还买回来过四只黑洋酥馒头。又是四两。这八两饭票哪里来的？"他料准妻子会沉默，替答道，"嘴巴上！"答罢，说，"国家给你定粮三十三斤，不是瞎定的。按定粮，你中夜两顿应该吃四两，现在已经少吃。食堂，不像在家里好少吃一口，要少就是一两。八两就是有八天，你只吃二两。要挡车的呀你，八小时来回跑，就靠顿上那点撑着，你、你怎么可以、怎么可以这样。幸亏菊芳落掉粮票，否则……求求你，玲玲，千万不要再这样了好不好？"

"还有你，"他霍地扭头对女儿说，"不要因为落掉粮票就少吃，你在发育！要省，让阿爸省。好吗？"

菊芳妈执拗地只不作声。

作声的是沈菊芳，她仍低着头，声不甚响却清晰，"没有落掉。"

她爸和她妈都大惊，扭头、探身，他俩把女儿瞪个眈眈的。

"买米的时候，"沈菊芳喂嚅地说，"我看见一个爸爸一个妈妈带个男小囝，从安徽来的，讲，一路上没有吃过饭。我、我就……"

忽来蹲到跟前，菊芳妈抓住女儿使劲晃，"为什么要瞒我们？嗄？"

"打，"沈宜生非但不拦，还仰身让出空间，"替我再打。"

沈菊芳没躲没避反去抱，抱在一起的母女俩哭在了一起。

不忍睹，挪目光，竟有发现，沈宜生凑向圆木的缝隙看，继而探手，很难很艰难的，他搛出来个甚长的"屁股"，捋捋挺，叼上，拿火柴擦燃将它点着。

第 三 章

庚戌 大暑

1970年7月23日 星期四

3/1 升平街12号，天井（外，夜）

银白的光，剪破夜的黑暗，亮出有铁栅栏的一方。

然而，只片刻，便熄灭了。四下依然如泼墨，阴影幢幢，浅浅深深的。

深得最是黝黝处，蓦响起声突破室塞的呼吸，拖着像吞咽又像咀嚼的尾音，听来介于呻吟、叹息和嘟哝咕噜之间。它发自那个歪躺在竹榻上的人。似乎自己也被骚扰，他动静颇大地翻过身，把条腿奔拉到榻外也浑未觉得。但，应该睡着着或者说继续睡的他，竟睁开了眼，两眼越睁越大，看定对面的窗，装铁栅的窗，里边隐隐约约略微有些些亮光因之令他看见铁栅栏的窗。

一骨碌起立，他直奔前去……窗槛高与其个子齐，攀窗台引体探头，张望。

略微有些的亮光没了，窗里黑过外边，簇簇叠叠的阴影也较窗外多许多，静寂倒完全相同。

凝视好大会，无所发现，他松劲放自己着地，正当此时，他目光刚离开的地方传出声响，是喷嚏！

没再探望，他扭头就跑，沿着窗所在的墙，磕磕绊绊的，跑不快，顺拐过弯以后不一会又要顺拐时，差点合扑摔倒……

3/2 升平街12号，亭子间、楼道、厅（内，夜）

据位置可断定，有人半靠床头抽着烟。

"包师傅！"与敲门声同时响起的喊，轻却急促得跟敲门一样，"包师傅！"

显然是包师傅的这人摸黑掐灭烟，过了会，才应，应个梦中被唤醒似的，"啊？"还不立即开灯——亮后证明，台灯就在床头旁方桌上烟缸边，不过，总算没假装辩不清谁的嗓音，"小尤吗？"

"快！有贼！"急如燃眉的小尤仍低低地告急，"库房里……"

包师傅顿时"吃惊"，"嘎！"她让门外听见动作地起身、下床、用脚找鞋，然后，扯歪着整齐在身的短袖的确良白衬衫和蓝布裙，说，"我这就好。"

……及至拧锁，她的惊陡变真实，又随门的拉开多了些紧张，"几个？"她一跨到门前楼梯作"U"形转弯的小平台便这么问，倏忽地回进亭子间取出钥匙串和一根状若步枪的木棍，她又问，"楼上呢下头？"

而这时，在等候她的小尤——尤起林则刚把那句"没有看清楚"答完。她没再问什么，递钥匙串给尤起林，抢先蹿步向楼下。

底层的横廊宽且长，向北的门只一扇，偏左，不正对楼梯。

站到门前，包师傅捅尤起林，捅着了钥匙串，仿佛这才记起，她听任尤起林拿过棍地接钥匙到手。

经一番摸索几次尝试，门终于被打开，包师傅又开亮了日光灯。

灯光照亮的空间，倘由壁与窗户的装饰论，像是挺讲究的厅，而若从无处不乱堆各种各式各样穿的、用的、玩的、摆放的东西看，则像亟待整理的仓库，可居中拼拢的四张两头沉写字台以及分摊的簿记账册和茶缸水杯，又像在表明是办公场所。姑且兼言之，这厅/仓库/办公室里，此刻，没有第三个人。

尤起林心不甘，趋前弯腰看台肚，这个未得收获，又向那个。

包师傅倒也没有不环顾，"开始的时候，"她回想着告诉尤起林，"我也这样，常常爬起来，拿着手电筒，到处去照。"

"手电筒，"尤起林蓦地觉悟，"是手电筒的光。"

包师傅听得懂，"你想讲，他逃脱了。"

更不死心的尤起林绕着沿三面皆半截的窗户巡检，钢窗关闭在外，里有铁栅栏……查到东墙最末那对窗户前，他一指其中一扇，"你看。"

他所指的这扇的活络栓把，翘着，没扣住窗户中间的竖框杆。

跟在他身后的包师傅探手轻轻一推，那扇窗直开去，"倒是个漏洞。"她赶紧缩手抓住铁栅用力地晃，铁栅纹丝不动，"还好，"包师傅松了口气，"进得来出得去的只有猫，"遂又补充，"和老虫（上海方言，老鼠）。"

"倒是。"尤起林认同着，不好意思地对展掌作扇扇脖子的包师傅笑了笑，抱歉道，"在这里借睡一夜，借得你……"

改将手向他摇，包师傅还截他的话，"明朝我跟他们讲，"说，"再开窗也没有用，这霉蒸气，是放不掉的。"

边说边朝门口去，那门既阔又高且厚实，除"司必灵"外，另有一把可加挂锁的铁插闩。等尤起林也出来了，包师傅才关灯。碰上"司必灵"、插闩、锁挂锁之声响在黑暗中。

黑暗中还有包师傅的问："一声不响，想什么？"

和尤起林的答："没有人，怎么会有喷嚏？"

"咳嗽。"是包师傅在说，说得像纠正。

3/3 升平街12号，楼侧大门前（外，夜）

尤起林和包师傅相差一级地坐在高台阶上，听包师傅说。

"我听见的是一声咳嗽，男人的。那时候，我刚刚到这里不长远。革委会王头派任务的时候，跟我交底，讲这里封着全学院和当地街道寄放的抄家物资——这里那时候还有金条、银洋钿、珠宝首饰呢，现在已经清理好，全部上缴掉了，剩下的……"

尤起林插嘴，"也还全是好东西。"说，"别的不讲，所有西装的料子全是英国货，那堆花瓶果盘，清一色，全是捷克车料……"

"你哪能看得懂……"包师傅大感惊讶。

尤起林毫不隐瞒，"我家庭成分是城市贫民，我阿爷、阿爸解放前挑担子沿马路穿弄堂收旧货，解放后，阿爸一直在'淮国旧'收购部……"

"所以一听见喷嚏就紧张，"包师傅恍然道，"怕有人动它们脑筋。"

尤起林忙催她，"你讲，讲咳嗽。"

"王头讲，更加重要的是，它们是'文革'成果，你——就是我——

不要只把自己当门卫，你不但要看好门看好房子，当心电线走火水管漏水，当心所有进出的人包括他们的包，还一定要绷紧阶级斗争的弦，严防破坏盗窃，你要时刻记牢自己是在保卫'文化大革命'。所以呀，就像我刚刚讲的，一夜起来四趟，上半夜两趟下半夜两趟，每趟楼上楼下里厢外头前天井后天井角角落落全检查到。有一趟，检查完要回亭子间去睡觉，"包师傅反手指指身后的廊道，"临上楼梯，听见厅里有人咳嗽。半夜三更，四面哗哗静，我听得清清爽爽的。连忙开门开灯，一看，没有人。关掉灯锁好门，我蹬蹬蹬蹬出去，再不声不响进来，守在楼梯口——老实讲，吓，我倒不吓，就是有点紧张。你不知道吧，原先住在这里的，是人称全上海所有市级医院外科第一把刀的三料货，学术权威、地主资本家的孝子贤孙、参加过三青团还认识蒋经国，他爷在苏州乡下有三百多亩田、在上海有一家公司两爿厂。被扫地出门之前，他爷吃'来苏尔'自杀，就死在厅里。——结果，一直守到天亮，不要说人，连鬼出现都没有看见。"

"后来呢？"

"后来三日两头这样。我跟王头汇报，他讲是心理作用。从前是教政治课的，他的话，我不大相信。就偷偷叫溜进牛棚，去问现在已经解放的老院长。老院长也讲，是心里有点紧张的缘故，叫什么暗示。我也不懂，只明白没有关系，不要紧。后来，还真好得多，难得听见咳嗽了。"告诉着的包师傅打了个哈欠，她向尤起林提议，"到楼上卫生间汏把浴罢。"

"不了。穿堂风吹得浑身的滑，"尤起林边站起身边说，"我去睡了。再不睡，天都要亮啦。"

3/4 升平街12号，天井（外，日）

天井大若院——跟当年的4号一样，只不过，两上两下的两层楼前站的并非玉兰与樟，乃两棵粗大得多的银杏，至于铁栅大门上包裹的厚铁皮，以及几乎占满天井的水泥地，系从前便这样呢抑或后作的更改——不知道4号现在是否亦如是——就不得而知了。

完全无心留意这些，尤起林关注的是楼，更确切些说，是楼底层的窗、特别是东窗。他绕楼走了一圈又一圈，端详着，还仔细观察临窗的树桠杈、桠杈和窗之间的距离，当然，包括墙。

墙外，无间隔地挨着石库门横弄堂。

正是跟4号雷同的洋房的最后一幢，12号就位于升平街那拐来弧度甚大的拐弯处。

3/5 升平街，99号老虎灶/点心铺（外，日）

依旧有豁筅和马桶和盖斜倚在扇扇侧门旁；门、窗都已经重髹漆，可是未能遮掩木质的陈旧和残缺；山墙也修缮过，黑线与它所勾勒的砖状长方格，一行行一堵堵，一眼望不到尽头，整齐得有些虚假，而其之红，倒浓烈得真切。

路这边，照相馆橱窗里竖的几乎皆彩照，尽管色均不甚正，所拍摄的有颈系白毛巾头戴带护目镜防火长舌帽的炼钢工人、解放军战士、红卫兵小将……无不英武；三色转筒虽不见，但，理发店没关门；烟纸店当门的玻璃柜台业被替以卧式电冰箱，拆开的棒冰纸盒暂时性地挡着小半个光明牌火炬标志，盒纸上写“今日停电，不售冷饮”；跃进纸品厂侵占街沿搭出了个门房间；老虎灶那粗高的木桶也为附设水温显示表的金属炉取代，它的另一半——一度歇业的茶馆，非但又开张，而且旧貌换新颜得彻底，从炉灶以及做生煎馒头的案板、煎馒头的锅、炖咖喱牛肉汤的钢精桶、盛汤装馒头的炊具、供顾客就餐的桌凳看，新颜还换在好几年前，不过，冷面绝对是增添不久的品种，因为，凭筹领面的窗口玻璃背面有“油漆未干”的字迹犹没擦净。

一路行来的尤起林，买了塑料筹，领得盆冷面，坐向人行道上遮阳布篷下的长桌旁，邻着个赤膊穿围裙的胖子。

这胖子不吃面不吃生煎也不喝咖喱汤，只大口地从不比锅小多少的搪瓷缸中喝热茶兼抽烟，"胃口蛮好嘛，"他说，"休息还特地跑到这里来吃。"

尤起林被说得好生奇怪，"你认识我？"

"你是给对过单号送信的，"胖子说，"隔条马路看你十几年，白看的么我？"

尤起林笑了，"调我进工宣队，在前头12号……"

胖子毋庸说明地接过嘴，"管抄家物资。"问，"听讲里厢好货不少，是吗？"

尤起林一愣，"你怎么……"

胖子用夹烟的手团团一划，"升平街人人晓得。"认真地要求，"带我参观参观。"并为迟疑的尤起林提供同意的理由，"受受教育嘛。"

3/6 升平街（外，日）

铃响处，一辆绿色自行车拐出条弄堂，骑车的小伙子一身绿衣裤。他单手扶把，另手抽得份报就掷，报纸居然竖成片地飞入山墙上的窗户，而车与人则已经在铃声中拐进了相邻的口。不一会，复出、又拐、掷、再拐进……如此这般，到28弄1号侧门前，停。

"一号，蒋玉英，"他喊，"有挂号信。"喊得真不轻，没人应。他重喊，"挂号信，蒋玉英的。"仍无回答。于是，他开始继续他的进出拐掷去了……

正去呢，发现有人挡路，竟是，"师傅！"

尤起林虎着脸，"这样讲，"问，"你这样送报送信是我教的唛？"

小伙子忙告饶，"下一家马上改。"

"我在对面看着你，"尤起林指点着指出，"浮皮潦草一喊就走……"

"下半天还有……"

尤起林斥，"寄挂号信，定是要紧，怎么好耽搁。"命，"回去！"

"前两天三十五弄一号有汇款，我送到楼上，下来，"小伙子诉苦道，"袋袋里报纸全偷光。"

3/7 升平街28弄1号，侧门前（外，日）

侧门里那个小小的地方有三个口，左右各通客堂、灶间，正面是登梯处，没跟小伙子上楼的尤起林没有不扶柱歪头倾耳留心听楼上的动静……听得不知谁在灶间里召唤"水开啦"，他慌忙退到门外车旁，检看邮袋。

门里终于有了动静，没等它大，他便转身迎，"她讲什么没……"一见小伙子就问，问着临时急转变，"没有谢谢你？"

"谢？"小伙子火气不小地告诉，"开口就叫我不要弄错，讲她今朝没有信。替她敲图章的时候，还叽咕'今朝怎么会有信'。怪吗？问我怎么会有信，我问什么人？"

"问寄信的人。"尤起林说着，笑了。

小伙子也乐，"我就是这么冲她的。"

3/8 升平街12号，厅（内，日）

这里现在有人，四个，四个都没闲着。隔桌低语的这两位一个抽烟，一个喝茶，唯一的女性正试穿着服装，蹲在西窗下的最年长，他旋动地上那台收音机的钮，不住地换台，几家电台的广播略有些重叠地播出李丽芳的唱："进这楼房""常想起""当年景象""走廊上""敌人曾""架起机枪""多少次""闹罢工"……

"换来换去的，""抽烟的"忽然发觉地笑道，"连成了一句。"

"喝茶的"赶紧捏他另一臂，"不要乱讲。"

一愣，"抽烟的"左顾右瞥着慌忙解释，"我不是那意思。"

"不要……""喝茶的"将话压得更轻，"越描越黑。"

"……势如巨浪，码头工求解放奋战浦江。"继续换台让唱到句号，"开收音机的"关掉收音机，起身趸回写字台旁，"做生活，"说，"做生活。"

"你们看，""试衣的"也把岔打得很像并非想好的，她脱下皮大衣扔进脚边的筐，露出袒胸露背的长裙，"资产阶级真资产阶级，居然穿得出这种衣裳。"

拿眼看着，"抽烟的"和"喝茶的"都颇心不在焉。

"关收音机的"边坐边挪正账册那样的东西，"你也当心点。"边对"试衣的"说，"新箍马桶三日香，就在外头楼上楼下转呢。"

"跟我搭什么界。""试衣的"撇嘴说，"再讲，家里又不是没有工宣队。公公、婆婆、公公婆婆的儿子全是，还一个连长一个营长一个在团部呢。我不怕。"

"最后的一句，""关收音机的"劝道，"等出了事情再讲。"

"试衣的"有点恼，"什么意思？"

"'没有事情不要惹事情'。""关收音机的"转而问别人，"对吗？"

"抽烟的"和"喝茶的"不约而同地一笑，各自掐烟放杯，叠照相簿的叠簿、拿钢笔的拿笔地忙起来。"试衣的"虽还"哼哼"着表示不服，却也脱开了罩在衬衫、长裤外的长裙。

"照相簿十七本，不是一家人家的。""抽烟的"问，"你看怎么登记？"

"喝茶的"答个直截了当，"照写。送到造纸厂化纸浆的时候，没有人管一家不一家的。"

"抽烟的"指点对方，"你啊！"

"喝茶的"不由失声，"啊呀！"

“试衣的”边丢脱下的进筐，边报告，“裙子一条。”并追报，“皮大衣一件。”

“关收音机的”念念地复述着写上面前的账本。

尤起林大步进来，“什么皮大衣？”他没住步便问，“哪一件？”还没等人回答就一眼看见了筐里的那件，“灰背呀这是！”他拎它到手，指抚其肩背往下数，“一、二、三，看，还是三排的呢。”

“试衣的”全不当回事，“什么灰背不灰背，我不懂，”又问，“懂吗你们？”

“抽烟的”和“喝茶的”都以茫然表态。“关收音机的”只顾写着。

“你知道？灰背是什么？”“试衣的”连问道，并关照，“不懂不要瞎写。”

“关收音机的”笑了，“懂嘛不懂，写是不会瞎写的。”说着问，“我什么时候瞎写过？”问罢告诉，“我写的是，皮大衣乙——甲乙丙丁的乙噢——件括号新进驻医学院的工宣队师傅……”他这才抬头，看尤起林，“师傅，怎么称呼？”

“尤起林。”尤起林见对方仍看着自己，进而说明，“尤其的尤，起来的起，双木林。”

“关收音机的”笑了笑，继续写且读，“尤起林指出该大衣是灰背，1970年7月23日再括号。”然后，问“试衣的”，“哪能？可以吗？”“试衣的”正要答，他突然大叫“啊呀”，猛站起，“今朝礼拜四，”对“试衣的”说，“机关集中学‘毛选’。”边让“试衣的”跟随，边性急慌忙向外，边迭声打招呼，“先走一步，我们先走一步。”

没走的两个竟也离座，尤起林瞥见，不禁奇怪，“你们不是学院的么？”

“学院规定，我们就近参加街道政治活动。”“抽烟的”和“喝茶的”不差一个字地报告。

尤起林只能点头。“抽烟的”和“喝茶的”转身就走。“哎哎，”

尤起林喊停他们，抬起拎着灰背皮大衣的手环指着，"窗不关好，也不收拾……"

"抽烟的"："日日这样的。"

"喝茶的"："摊着，明朝一到就可以开始。"

"抽烟的"："窗有铁栅栏。"

"喝茶的"："门归包师傅锁。"

3/9 升平街12号，天井（外，日）

"试衣的"跟着"关收音机的"在铁门那儿喊"包师傅"。

"再喊，我就回进去继续收衣裳。"包师傅不轻地应着，转出楼东侧来。

"早上没有带包，现在……""关收音机的"向包师傅摊手拍身，"手空着，袋袋只只瘪，"说，"也没有穿什么。"

包师傅摇着旁移闩住门上小门的闩，"不对呀，我怎么不见你赤膊？"

她正拉开小门时，赶到了"抽烟的"和"喝茶的"。

3/10 升平街12号，厅（内，日）

看拍着衣裤口袋的迟到者相继跨出小门，尤起林拉拢面前的南窗，按栓把，扣住中间的竖框杆。

回身，但见四下无不乱七八糟，他前进几步，分明想来整理那个有"灰背"的筐的，迟疑犹豫，叹一声，改去关窗了。不知有意无意，他从东窗的最后两扇开始。扣栓关严，他顺手抓栅一扯，没想到，竟然扯动了栅栏。惊诧！加一手并用力搋，他搋下了整个铁栅。

固定栅于窗框的，是其上下边与弯成直角的横档两端的螺丝钉，共十只，只只被锯断，钉屁股均完好地锈在旋入它的孔里。

检查毕，尤起林重安铁栅到窗框，横向晃了晃——这正是半夜里包师傅当他面做的动作——铁栅一动未动。

3/11 升平街12号，天井、大门外（外，日）

荡着指勾的挂锁，包师傅没看两棵银杏树下的南窗，也没关门上的小门，她显然在等人。

人来了，从楼的西侧。

"等我啊？"尤起林边问边加快脚步。

她笑答，"不急，只是省得再跑一趟。"等尤起林到门外，又关照，"忘记东西，撳电铃……"

"没有，不会，"尤起林回头说，"你锁罢。"看着小门在面前关拢。

3/12 升平街12号，大门外、天井（外，夜）

小门在面前开开，开门的包师傅只一句便让欲进的尤起林有些失望显露在眼，"我猜就是你。"

"噢？"尤起林掩饰着，观察包师傅，"怎么会？"

包师傅把门关得专注，"丈母娘难得到上海，"说，"哪里舍得住一夜就走。不过，吃不准，不来不是不可能。"

"为什么？"

包师傅转过她含笑的脸，"面皮嫩，"说，"怕我嫌麻烦。"

尤起林假装有那意思，"嫌吗？"

包师傅好像是真的，"我敢啊，工宣队呀你是。"

"那我走了。"尤起林乘机作态。

拧"司必灵"拉开小门，包师傅让着尤起林，"走呀。"见尤起林尴尬，"扑哧"笑起来，"'一间亭子间，夫妻俩带对双胞胎，丈母娘又来看女儿，挤得像在捂痧'。你昨日是不是这么跟我说的？家里要能够挤，就挤在家了，哪至于老着脸皮跟刚刚认识几天的我商量啊。不老实。"斥着，重关门并插闩上挂锁，又告诉，"竹榻在老地方。"

果然，西边的树下有竹榻，榻前有张方凳，凳上有个碗，碗里饭中插着双筷。

"还没吃晚饭，"尤起林顿时高兴了，一抬拎着的那个一叠几层的饭盒，"正好。"就手揭开顶盒交给捏把的手，取出一格饭盒，让包师傅看，"咸菜豆瓣酥，青椒肉丝，"说，"还有干煎带鱼。"

将系钥匙串的绳圈往颈脖上一套，包师傅来相帮，"喔唷，你爱人烧的？丈母娘？你啊是？你还有这本事？我什么时候告诉过你最欢喜吃干煎带鱼了？"

尤起林嘿嘿笑道："带鱼是给我爱人发奶的。"

包师傅笑出哈哈，"我只当是为拍我马屁烧的呢。那你怎么拿……"

"我也还没吃过。"

包师傅不觉摇头，叹，"真不会做人呀你。"指挥，"去，把榻和凳搬到台阶前头，"道，"那里有穿堂风。"

尤起林起劲地一趟就完成任务，在楼西侧大门口的高台阶前，并排放好凳和榻。借着墙外10号楼里的灯光，跟来的包师傅困难地将四格饭盒挤放上方凳，似乎直等终于放妥，她才发现，"这几个菜很配喝酒的喏。"并想起，"灶间里我还有半瓶啤酒呢。"

与包师傅成犄角坐在台阶上的尤起林，撩衬衫下摆掏裤袋，"开过的啤酒怎么喝。"掏出个瓶，说，"尝尝这个。"

"什么？"

"丈母娘带来的家乡特产，洋河大曲。"

包师傅双手乱摇，"白酒？不行不行我不行。"

"是十大名酒呢，"尤起林劝得不急，"意思意思，稍微抿几口。"

包师傅迟疑着，"那只好真整一点点。"

已并菜腾出格饭盒，尤起林非常适可而止地往里倒酒，"就一点点，你看。"

"你呢？"

"就用瓶。"尤起林瓶口对嘴地率先喝下一大口。

包师傅也喝了，喝来小心翼翼得战兢兢，"喔唷，凶！"

"第一口有点不习惯。"尤起林忙劝慰，"其实，白酒比黄酒好，一边吃一边出汗。听我丈母娘说，今朝大暑，开始一年里最热的天了，用我阿爸的话说，叫'酷暑难当'。老早，他挑担收旧货的时候，每逢酷暑难当，我姆妈就让他吃点白酒。大热天不出汗会致痧，我姆妈讲，交秋立冬以后还容易生病。所以，多出汗好啊。来。"

包师傅又喝了点，"辣呼呼的一直到这里，"她指喉咙又指胃，"再到这里。"

"你看，比刚刚好了。"尤起林鼓励得不过分，"吃小菜。我手艺怎么样？"

包师傅尝着，"不输给转弯角上的小饭馆，就是咸了点。"

"过酒嘛。"

包师傅再喝，警觉已大不如前，"香倒蛮香。"

"当然喽。"尤起林搛一筷菜，瞎聊那样问，"你什么时候到这里来的？"

包师傅抚着脸，"抄家物资集中存放那年，定下这个点。点一定，就给我派任务，实足两年半。"

反手指指背后的廊道，尤起林问竹榻上的包师傅，"他们呢？"

"晚点，"包师傅告诉，"街道的两个还要晚。"

尤起林沉吟着，"哦，在一起时间不短了。"

"怎么？"

尤起林偷换个意思，"这么长时间，礼拜天……"

"他们休息。"

“逢年过节呢？”

“也没有我的份。”

“那，”尤起林有些不信，“家里怎么办？”

包师傅笑了笑，“儿子在福建当兵。”说，“老头子抗美援朝去了没回来。”说着，又喝口酒，“香烟就是那时候会的。”

尤起林颇意外，“烈属加军属！”向包师傅举瓶，“好，敬你！干杯。”

碰过。包师傅竟真的喝干了饭盒里的酒。

尤起林自然也没少喝，他还没马上给包师傅添酒，“学院，”只是不甚认真地问，“怎么跟街道搞在一道？”

“街道先抄的这里，学院红卫兵晚一步赶到，算联合行动。后来，街道又讲这里地方大，要借间房间，封存从别人家抄来的东西，王头答应了。王头派任务的时候跟我讲过。”包师傅喝了喝喝干的盒，“他还讲，在一道清点整理可以相互监督。”似乎没来由的，包师傅说着嘻嘻笑起来，“‘发枪’的笑话，”问，“听到过吗你？”

尤起林忙摇头。

“不是笑话，有事实的。”包师傅说，“我来讲给你听。”说罢，赶紧连搛几筷菜吃。尤起林趁机往她那饭盒里倒酒。

“给我们基干民兵发枪的时候，王头讲话。他讲话欢喜捧个喝茶的玻璃瓶，”包师傅端那个又有了酒的盒到手，“一顿一顿，喝一口讲半句。他讲，‘今天给大家发枪，一人一把’，”包师傅站起身捧住盒，模仿着那个王头的停顿和喝，喝了口盒中的，接着说，“大家心里高兴拼命鼓掌。他讲了，‘那是不可能的。两个人一把’，”包师傅又停顿且喝，“大家想两个人一把枪也蛮好，又鼓掌。他再接着讲，‘也是不可能的。所以，经研究决定三个人一把’，”包师傅再顿并喝，“大家想这下牢靠了，再鼓掌，他讲，‘木头的’。”说完了是事实的笑话，包师傅见尤起林没笑，大喝一口盒里的，责问道，"你怎么不笑？"继而放盒命令，"笑。"

尤起林只好笑。包师傅也笑了，咯咯咯的……笑得捂脸捧腹、前俯后仰，坐而卧于榻，笑得渐渐不笑，还不再作声。尤起林同样不再笑，不再笑了好大好大会——侧目注视着包师傅，见那半仰半歪得很是别别扭扭的身子始终没动一动，尤起林站起来，悄没声地向前天井去，去到左边这棵银杏树下，天井里那最是黝黝处。现在，他看定的是窗，楼底层的窗。

…………

蓦地，窗里有光晃过，闪电似的，尔后，成了隐隐约约略微有些些的亮。

启动得迅速，尤起林飞跑向楼东侧，到那最后的双窗前，旋身，正要纵起攀窗台，右胳膊被抓住，抓住他右胳膊的人容不得他挣扎地将他拽进后天井，还拐了个弯。

拽他的当然是包师傅。就像尤起林毫不着急一样，她很从容，"想灌醉我，你差老远呢。"她说，"阿姨教教你，下趟不要跟小囡着棋，不要跟女同志拼酒。"

尤起林忽一挣，刚挣脱，又被扣住腕关节。

"省省罢，跟你讲过，我是基干民兵。"

尤起林冷冷一笑，"跑得了和尚，"他用指过楼东侧的那只没被扣的手指包师傅的脸，说，"跑不了你这座庙。你这样是没有用的。"

包师傅也一笑，"你当捉牢我，就捉得牢他啦。"笑也冷冷，却多了许多无奈，"其实，跟你比，我也好不到哪里去，我只看见过他的背影，是个小囡，长得长长大大的。"

尤起林对以："哼！"

"开始，"包师傅顾自说道，"我跟你一样，当他是来偷抄家物资的贼。"

尤起林斥，"不偷东西来做什么？"

包师傅松手，取下颈项上的绳圈，递向尤起林，"你摸摸就摸得着，"说，"两把大头执手锁钥匙（一种钥匙类型）当中的两把，是开大厅门的。电灯开关在门左边。"

尤起林不明其意，愣着，忽有所悟，他抓过钥匙串便往楼西侧跑。

3/13 升平街12号，厅、东窗外（内/外，夜）

日光灯亮，尤起林第一眼看的是东窗。东窗最后那双扇窗洞开着，窗上的铁栅栏在窗下，靠着墙。

窗外有包师傅在说，不问可知是跟他，"今朝天没有断黑的时候，我查第一遍夜，整理现场里的东西是这样摆着的，要是不看见了、不在那地方了或者不那样摆了，你响一声。"说得朗朗的，"就在你左边，厅的东北角和靠北墙，摆两叠箱子，每叠樟木箱两只皮箱一只，皮箱坐在樟木箱上。箱子里装的是登过记的衣裳和复写的清单。箱子其实全没有锁，所以，用封条交叉封着，封条好好的。皮箱重得你单手拎不动、拎着走路要跌跌撞撞。"

果如其言，尤起林还上前挪皮箱，也跟包师傅说的一样，使两手用尽力只能抬起皮箱的半边。

"回转头看右面，门背后，也就是管门地阻那边，靠墙有只筐，筐里有留声机一只，留声机下垫领带，一百三十七根，扎成两捆。筐的旁边还有一只筐，装男式黑拷花皮鞋六双、黄白镶拼的四双、女人高跟皮鞋十八双，另外还有三十三对绣花枕头套、银子配象牙的梳头家牲一副、牛油罐头十一听。"

只能目测概况，尤起林没机会也来不及数，大致无误。

"西北角里，全是雕花彩色玻璃形状各式各样的花瓶十八只、盆盘三十九只——那大概就是你讲的捷克车料吧，"包师傅这么插了句，接着说，"堆一筐。横七竖八堆在地上的是，书，中国字、外国字、硬面子、软面子，厚的、薄的，捆的和没有捆的共总五百七十三本。"

尤起林打量着，没响。

"西窗下边，被单包的大包裹上叠一只被面子包的小包裹，小包的活结没有扎紧，浮面上放一套条纹轧别丁的三件头；大包打死结，看得出包里全是女式织锦缎中装棉袄。还叠三把带扶手的嵌螺靠背凳子，底下那把的凳肚里，塞着一只无线电。紧靠它们的是四只也叠起来的沙发椅。西南的墙角，七只套皮套的120照相机和三件女式皮大衣和黑的四件紫酱红的两件鹦鹉绿的大红的各一件丝绒旗袍，高高低低，统统挂在红木立式衣架上。"

数了，尤起林这回撩开衣裳一一数。

"西边南窗前摆一只电冰箱，三飞脚踏车两部，摇头风扇六台，敞开的香烟纸箔箱五只，从东南窗直排到东窗下，一只四百九十七张唱片捆四捆；一只里有套头西装十九套、哔叽中山装八件、男女薄花呢西裤二十七条、绸裙子五条；一只里装开出盖来会唱完全不一样的歌的盒子九只；一只里也是白相东西，积木、扑克牌、麻将牌、玩具汽车模型，件数总计五十六；一只里有照相簿十七本——另外有三摞二十四本照相簿在写字台南面地上。"

边听边看边走，显然，听得的与眼见的实物均无明显差错，尤起林越听越看越佩服越烦躁……

"写字台旁边还有筐，筐里最上头是件女式皮大衣，大衣下头是前不遮胸后露背的绸长裙子一条。台上摊着登记簿、烟缸、茶杯、热水瓶。"

报完了，楼外东窗下的包师傅默默的，像在等她知道不会有的"响一声"。

少顷，她又自语般开了口，"风雨无阻，差不多天天来，来了将近半年。不偷这里的东西，他来做什么？我一直在想，一直没有想明白……不过，我敢说他肯定不是贼，我敢拍胸，他是个好小囡。"

"报完了？"

突然听得这问，包师傅一惊。

出现在洞开的窗里，尤起林又问包师傅，"漏掉什么没有？"

"不会。没有。"包师傅信心十足地答，却又带几分惶惑地问，"漏掉？"

尤起林启发，"写字台上有什么忘记报了？"

包师傅即想起，"墨水瓶。"

"还有么？"

包师傅不由再想，想着摇头。

尤起林将一手摊开向她眼前，"那，哪里来的它？"

那是好些钞票，零钱。怔怔的，包师傅看着。

尤起林告诉她，"两块三角九。"又问，"从来没有多出过钞票吧这里？怎么今朝多出来了？"然后答，"只有一个可能，他留下的。他为什么要留钞票？也只有一个可能，他从这里偷走了东西。"

"偷走什么？我报的东西里缺什么少什么了？"包师傅问，忽一纵，攀住窗台向里望。

尤起林顾自指出着，"暂时没有发现不等于不缺。他以为留下钞票，就不算偷，他就不是贼了。照样是，偷抄家物资，还不是一般性的贼。"

要说什么却不知道这什么是什么，包师傅身子下沉，手没松，更没不张望。

尤起林不是没做过另外的猜测，"钞票要不是他留的话，"他说，"你查夜的时候绝不会不发现——是一眼就可以看见的，就在写字台上，用墨水瓶压着……"

猛地引体向上，包师傅抓竖杆踏槛，侧身进窗，跳下便向西北角跑。等吓得愣愣的尤起林追到时，她已经蹲在那儿数地上的书……终于，像擦沾着的脏似的，包师傅连连拍手，"你没有数。书少了八本。"边站起边说，"他是来看书的。"

"看书？"尤起林吃惊，"偷书！"惊得愕，"毒草啊全是……"

包师傅忙辩，"里头也有红的，《红楼梦》《红字》《红日》……"

"标标准准的封、资、修！"尤起林斥道，还要说什么的，只听包师傅径自喃喃起来。

"想到过的。"包师傅其实是在告诉尤起林，"这些书摆的位置常常不一样，明显有人动过，我想，会不会是他？再想想，不会。那么高的墙，墙顶还插碎玻璃，爬得上去也翻不进来，只有拿东边的白果树当桥。进楼比进天井更加难。过七点，前后门就上锁，'司必灵'加闩加挂锁，只有撬窗。窗铁栅栏上下左右十颗螺丝钉，拿钢锯锯断，要花多少工夫？扛铁栅下来要多大的力气要多小心啊……这一路真可以说是千辛万苦。千辛万苦进来看几本书？什么书呀那是些？我打听了。说有医学书、小说书、教科书。教科书我知道，就是我儿子读书读的那种。为要儿子读那点书呀，我不知道打断了几根鸡毛掸子。我儿子后来跟我讲心里话，一读头就痛，情愿挨鸡毛掸子也不愿意读。跟我儿子那时候差不多大的他，会那么欢喜读？那，是读小说书？不至于吧……"

尤起林驳，"怎么不至于？那是鸦片，精神鸦片，会上瘾。他上瘾的证明，就是天天来，还发展到偷……"

"偷是因为你，吓着了他，觉得这条路断了。"包师傅毋庸置疑地说，"要不然，为什么一直不偷？"

尤起林忧虑的是，"被偷出去的书一扩散，会有更多人中毒，那还得了！"

"《红楼梦》我就看过，是王文娟和徐玉兰演的，电影，绍兴戏，看得我眼泪水淌淌滴。"包师傅大不以为然，"中毒了呀应该。看我，不是很好着，照样被选到这里保卫'文化大革命'成果来了。"

尤起林忽然想到，"既然天天来，肯定住得不远，是升平街上的人。在升平街送了十几年信，我人头熟……"

"你来。"包师傅拉起尤起林就走。

3/14 升平街（外，夜）

从拐弯处望去，升平街两边街沿上，搁板铺席，密麻麻地睡着不少人，其中多是大大小小的孩子。

"就像你讲的'酷暑难当'，二层阁三层阁亭子间里热不过，升平街上的小囡有一半露天睡在这里。"包师傅说，"寻呀。"

尤起林绝非推脱，"你看见过背影，你指认，让街道配合发动群众，不怕找不着他。"

"我还真的留心过。"包师傅意含拒绝地告诉，"东寻西寻看来看去的，我只觉得个子差不多的男小囡个个全像。"

尤起林急了，"你！这是包庇……"

"这点错误，"包师傅很笃定，"我还犯得起。"

尤起林晓以危害与严重性，"从这里偷了东西出去，不受批判，不被惩治，他会再来，别的小囡甚至大人知道了也会来，到那时候就不单单偷书还……"

"你，你……"包师傅咯咯地笑起来，"你放心，包师傅不是吃素的。"

第 四 章

壬戌　端阳

1982年6月25日　星期五

4/1 升平街，42弄1号侧门前（外，日）

各色空的外国香烟纸盒插在柳条筐的缝隙间，筐，倒覆着斜倚在道行树下。

"健牌有吗？"

一旁，街沿边，侧身蹲着的胖子恍若未闻，他手捧作茶杯用的大号雀巢咖啡瓶，指间夹支烟，不抽不喝，只虎视眈眈地看定面前。他面前，当路分堆许许多多小堆沥青拌就的料，它们正逐个被人扒开、推平于夯实的路基，更远些，业已铺峻的路面上，有两辆压路车驱动硕大的"肚子"，缓缓去、来……

"'万宝路'呢？"问话者略提高些声又问，"'登喜路'也可以呀。"

4/2 升平街93号跃进厂，门房（内，日）

非但把路对面的问话者看得清楚，福康甚至连话都一字也没听漏，"生意来了，"他虽没缩回半探出窗的头，催得却甚殷切，"还不快去。"

背后有人接他嘴，"去是作死。来的是我冤家。"

4/3 升平街，42弄1号侧门前（外，日）

问话者显见已不耐，"有什么牌子的？"边问边踢筐，"喂！"

"问我啊？"胖子半掉过眼，斜斜地打量问话者及其同伴，一竖夹烟的指，"'飞马'倒还有半根。要吗？"话没完，反手，狠狠将烟朝马路上空一掷。

先闻脆笑再看见脸，"老虎灶歇业，"小谢令人眼前蓦亮地从42弄1号侧门内出现，互捏着湿漉漉且沾些米粒的双手，打拱般斜拱向马路对面——对面，和跃进厂门房只隔条弄堂的那家早给点心店占掉一半而成单开间的老虎灶里，有决心拆它为空壳的木匠和泥水匠乒乒乓乓地忙得不亦乐乎。"并给点心店，"她告诉问话者，"他要换岗，在发神经。"

莫名受宠，问话者哪还有心思问香烟，"老早就应该淘汰了老虎灶。"

小谢又朝夯实的路基拱，"煤气刚刚接通。"

问话者急忙替对方高兴，"好！烧煤气好……"

"好什么？"胖子截话抢白，"可以白烧？烧开了会自动灌进热水瓶？今朝端午，裹粽子要烫粽叶，老虎灶还在，叫一声，沸滚发烫挑到你面前。自己烧，烧煞你。"

扮个鬼脸，小谢退步进侧门去。

问话者想跟的，没敢，却也没不踮脚耸身伸脖子张望。门内这个跟28弄1号一模一样的空间里，放有大盆，盆中满是水浸的粽叶，还有好些锅，锅锅都满是淘过的米，有的还或赤豆或红枣或白果地掺有各种别的，原来，小谢在裹粽，刚才那互捏的手翘着兰花指，动如蝶飞燕舞……怎不要看痴了问话者。

问话者的同伴远不如问话者对美敏感，他径自来拎插有外烟纸盒的筐。

"哎哎，"胖子还憋着火，不给好脸更没好气地问，"这是你的？"

"那，是你的喽？"

"是不是我的，跟你搭界吗？"

好像怵了，拎筐者放筐，捻捻也不知沾没沾尘土的指，掏裤后袋。

听得胖子的恶声，小谢探头看。

"裹这许多粽子，"问话者赶紧问，"准备摆摊头卖啊？"

笑起来，小谢故放狂言，"开粽子公司。"

问话者也笑，"那，少了，少太多了。"

拎筐者让胖子看他掏出的证件，"卖外烟的呢？"

胖子一看便怯慌，"跟我不搭界。"

"既然吃准不是我的，就是知道筐是什么人的。"拎筐者和颜悦色地告诉胖子，"你有责任协助执法部门……"

连听都不敢，胖子边溜边防后患地声明，"跟我浑身不搭界。"

小谢问问话者，"你们是哪里的？"

问话者告诉小谢，"开粽子公司要办执照，来寻我。"

4/4 升平街93号跃进厂，门房（内，日）

看拎筐者复拎起筐催促同伴和他一同走，福康直看到看不见筐，才边转身边摇头，"做生意，"感叹道，"真不容易啊。"

这间门房与常见的门房间大体相同，小异在，一，随处摆、挂着从可口可乐到午餐肉的……各种罐头，都是空罐，还盛水；二，屋里只有两个地方可坐，其中之一是福康现在占用着的方凳，再就是小床床沿了。正从那儿站起的这位，穿化纤西装，西装颇不合身，实际上，不过只只袋袋都鼓鼓囊囊而已。他开心地笑着，"给他拎走我的话，"跟福康说，"会哪能，你猜。"

"进'庙'？"

"这倒不至于。"他遍抚西装的口袋，"香烟统统充公。"告诉，"外加罚款，起码三百。"

福康大惊，"不起码呢？"又问，"这生意，还做什么做？"

"只要不常常拎走我，毛毛雨，没有关系。"他牛哄哄地说，"反正赚得动，十张分一日，稳的。"

福康更吃惊，愣怔好大会，"一日赚一百？"问罢再问，"万元户了你是。"

"没有没有没有，"顿觉失言，他忙往回收话，"在别地方做的时候，差不多每个月要给捉牢三四趟，伤啊……"从语气、神色、体态看，他的遗憾、心悸、肉疼不完全是假装。

沉默，福康默算……"那也半个了。"喃喃道，"半个万元户也不得了啊。"

说着想起什么，福康想出了神，连对面这位去到他倚靠的桌边也未觉得。

桌边即小门，穿化纤西装的欠身看，没看对马路，他看的是旁挂长木牌的洞开的大门里，里有各种形状的纸盒坯堆得紧密，出入必须缓步侧行。边看，他边背手伸进鼓囊程度稍低的裤后袋，摸索着捏什么到手，这才转回来，用那手碰福康的胳膊肘，碰了再碰碰。

"刚刚吃过，"福康连声这么说，接却没有不掉眼接，接触到对方的手，发觉递送的并非香烟，而是一张捏拢的十元钞票。仿佛触电，倏的，缩个连臂带肩，他斜着半个身体，"做什么？"

钞票在被送到手边，"意思意思。"

福康竖掌挡，且推，并瞥门和窗外，"用不着、用不着……藏好。"

穿化纤西装的不由扭头，头即扭回，但，没继续往前送没藏起的钞票，"做我这种生意的，一天到夜立在马路上，像根打着的桩，给人家叫作'打桩模子'。"他说，"我额骨头高，例外了，不立马路改成坐，在这里坐你坐的凳子、你睡的床。相差不起啊。我这一坐，他们就顶多拎走香烟壳子和筐，拎不走我啦。"

保持挡推态势的福康听得忘了保持。

"我拎得清的，这，全靠你。不意思意思，我怎么好意思？给点面子，你让我做做人。"穿化纤西装的说完晓理动情的这番话以后，要握手般探抓福康的。

不想，却遭遇到较先前更坚决的推拒。

"意思意思什么呀，"福康还说，"这算什么意思。"

懂了他的意思，穿化纤西装的想摸裤后袋，只扯了扯衣摆，"刚刚，"他说，"话还没有讲完。我的意思是，从今朝起，这生意算我跟你合着做的。不管我好多好少，你每日拿十块。"

一吓，福康吓得退，退离凳，"开什么玩笑，要敲掉我饭碗啊你。"

"敲掉饭碗？"穿化纤西装的进，进到桌前，"开玩笑了真是。"

"头头知道了……"

"有特异功能啊头头。"

积极地边说边寻觅福康的衣袋口，穿化纤西装的灵活地往里塞钞票，还趁福康保护之机抓他手；福康既要藏自己之双手又要躲对方的更要撅衣袋，同样丝毫不敢消极。忙得像练太极推手的他俩，你进我退、你避我截，脚步也大乱。

忙乱中，福康用力过猛推得穿化纤西装的趔趄着，倚上门框才没有倒下。顿时，谁都不动了，谁都不知道怎么说、说什么好，都不知道拿那张钞票怎么办，都很尴尬，都禁不住掉眼看别处。

发现什么似的，福康转去齐整起床上整整齐齐的被褥来，继又小心地将什么拈到两指尖，用长长的一口气吹飞。吹飞了不知什么的福康蓦地开口，"再讲，好吗？"问罢，强调，"再讲……"

可，没被搭理，扭头看，门房里已不见穿化纤西装的。

4/5 升平街42弄1号，侧门里（内，日）

小谢裹粽子不用细绳绑缚，用针，较缝被针更粗长些些的。现正在裹肉粽，相互沾点边地叠起两张粽叶，卷成不漏的斗状，米装至半满，放五花肉块，再满满地加米，裹拢，然后取针到手，她将粽叶尖细的末梢穿进针眼，由这侧刺入裹拢的，从那侧拔出带粽叶末梢的针，抽紧……

刚裹好这个，福康来了，进门便往东边的口拐，"来，"他关照小谢，"跟你讲桩事情。"

4/6 升平街28弄1号，侧门前（外，日）

尤起林没摁铃，也没抬脚抵墙，下车踢起撑架停好车，分明要进门去的，他踌躇了。正这时，有人招呼他，"时间不对嘛今朝。"

是个青年，三十出头年纪，戴秀郎架眼镜，文质彬彬的，似乎从未见过。

青年见此情状，探手摸摸自行车座，"好借我踏踏么？"问着，说，"知道是公家的东西，踏坏了，我赔。"

"'滚圈'！"尤起林惊喜得几近叫喊道，"毛毛！"又问，"听讲你留校在北京教大学，出差回来啊？忒好了忒好了。"他这"忒好"是要毛毛帮忙，"帮我喊杨家姆妈下来。"

"为什么不自己喊？"

4/7 升平街42弄1号，客堂间（内，日）

显已听过福康要讲的事情，小谢很是着急，"怎么不答应呀你？"急着的她忽笑，"我真戆，"笑中既含自嘲也带讥讽，"一日十块，三年就是万元户，这么大一只皮夹子，送到手上，你会不朝袋袋里藏？"

福康未以为忤，"虽然跟你，全民所有制、部属单位、大劳保、奖金多、福利高，不好比，我端的饭碗，作孽巴拉，街道工厂、小集体，可将来退休、个人劳保和只差钟点不差日期的工资，碗里还是样样都有的。这饭碗是敲碎不得的。"他自卑而略有些自诩地说至此，宣布道，"所以，钞票，我绝对不拿。不过，"话锋突转，他接着说，"可以拿香烟。"

说着，他从床沿起身，向南窗下桌上拿烟取火。早先作待客用的这间屋，不能算小，朝东那排落地木窗外，有个小它三分之二的天井，七件家具成套，九成新，绸面被、床单、枕巾，以及粉刷皆亦然，北墙挂彩色结婚照，写字台上摆九英寸电视机，四下无处不整洁。

"朋友之间吃包把香烟，很正常很普遍，什么人也扳不牢我错头。"

耳听吞云吐雾的福康这么说，小谢心里想的是，"怎么拿法？"

福康早有成算，"一日一包。"

"那，你的香烟钱就省下来了。"小谢即算，"不对，一个月你顶多吃十包，还多出两条外烟。"

福康摇头，"外烟忒凶，我仍旧吃'飞马'。"

"是舍不得。"小谢撇撇嘴，问，"拿拿来的外烟去卖？怎么卖？也在门口摆只筐？"

福康摇摇头，"稍微便宜点，"说，"卖还给他。"

"从他那里拿来，再去卖给他，一番手脚两番做，烦也烦煞了。"小谢又撇嘴，又算账，"九折吧顶多，三条外烟，至少两百六七十，不就等于我跟你的工资翻个倍么。"

福康又摇头，"要剩四五包，袋在袋里，三天两头给大家发发，特别是头头到门房里来吃香烟的时候。"

"不会发'飞马'呀？"小谢反对。

福康一笑，"不论做什么，先寻好退路顶要紧。"说，"万一，风声刮进人家耳朵，有话可以辩，香烟，是我一个人拿的，吃，没有人没有吃过。"

"你呀。"小谢再次撇嘴，"换我，敲饭碗就敲，敲出条金光大道……"

沉下脸，福康不容她说完，"脱头落攀的话少讲。"斥着，起身向外去，临去交代，"要跟他碰头，中饭不回来吃了。"

"碰头怎么谈……"小谢不放心地问，福康把握满满，"打过草稿了已经。"

4/8 升平街28弄1号，侧门前（外，日）

门旁多了蒋玉英，没胖些，瘦，或许因为她本来就瘦吧，倒并未有变化，然而，发已花白，两颊颧骨那儿各多了块黑斑，阴影似的，有核桃般大。好像由于见到大概也多年不见的"滚圈"的缘故，她的双眸和脸庞一样明显地蕴含笑。笑吟吟地拉着"滚圈"，蒋玉英看的是尤起林，"什么事情啊？"她问，"寻我。"

"市局领导收着封信，"尤起林告诉她，"美国寄来的，写信的是个美国的中国女小人。她讲，她姆妈故世了，临故世关照她，无论如何要寻着她外婆。信里附一封寄来过退回去的信。"

蒋玉英不禁动容，"你们帮她想想办法呀。"

"是的，是的。"尤起林忙说，"附来的那封信，因为地址不对，无法投递退回去的。平升路，上海现在没有、从前也没有过。拿'平升'调个头，一样。不过，分检处突然想到，升平路没有嘛有升平街的呀，还有两条。一条在静安区，其实是条弄堂，已经试过了。落实不了，转到我们这里。收信门牌写的是28号，收信人姓美女姜，叫姜玉英。我想会不会是28弄，上海人蒋、姜不分，会不会……"说着，从上衣袋里掏出个航空信封，"所以，想麻烦你看看。"递上。

如柴的手颤颤的，欲接不接。

"写信的女小人是从台湾到美国去的。"尤起林有预谋地把这句话留到这时才说，说完，又告诉，"她讲，有必要可以拆信，读。"

拆不开，蒋玉英拆不开接到手的信。

扶着，关注着，毛毛和尤起林都没代替她。

4/9 升平街，42弄1号灶间、楼道，93号跃进厂门前（内/外，日）

1号的灶间没通弄堂的后门，西南两壁皆设双扇窗，窗和窗台以及或高或矮的碗橱和或宽或窄的案台均蒙油垢，唯独三副煤气灶崭新得铮铮然。

揭开一只热气蒸腾的锅忙不迭地拈角取一只烫手的粽子……尖翘翘装满一大碗，小谢端它朝东出灶间，拐出侧门，穿过马路直往跃进厂门房去。

还没到呢，"喂，"她先喊，"吃饭啦。"

"嘎？"探头看的福康惊呼，"四只，要吃煞我呀？"

递、接着香烟，小曹正和老赵一道从洞开的大门里出来，他闻声接嘴，"放心，有阿哥、爷叔在。"及见小谢端的碗，更大喜失声，"喔唷，粽子！"忙抢步拦截并问，"甜的咸的？"

"是甜是咸，"小谢一抬碗，"自己尝。"

福康赶紧转身，"哎哎，是我的中饭。"

小曹当然不会等福康赶到门外，他不顾烫，拿过一只，又夹烟于耳，连拿两只。一直在旁没响的老赵看了粽子一眼，再看一眼，眼睛一亮，上前伸手。

望空碗兴叹，"急吼吼的看见过不少，"福康跌足道，"没看见过这样……"

小谢忙扯福康的衣，默语低叮了句，方作声，"当心烫。"又边递碗边推福康走，还作态地问，"我顶他歇班，要紧吗？"

无答复，小曹忙着寄放粽子到窗台，老赵则在打量。

把粽子打量到家了，老赵又嗅闻，"唔，肉粽。"继而，凑去窗台闻，"这个，"他指定其中之一，说，"是玫瑰豆沙。"分明垂涎，可不跟小曹商量，他转问正要进门房的小谢，"嫂嫂，好让我也玫瑰玫瑰吗？"

"你叫我什么？"小谢惊且喜，"再叫一声，我替你拿红枣的、白果的……"

开剥粽叶的小曹当即积极响应，"嫂嫂，嫂嫂……"

"叫小阿姨。"小谢打趣地立抬身价，笑对老赵说，"等福康过来，噢。"

托着剥开的粽，小曹大咬大嚼吃得香，而老赵犹自慢条斯理地边剥边欣赏边感慨，"裹得这么好的粽子，长长远远没有看见了。"

小谢也在欣赏，从门房间窗口里，欣赏赞美她所裹之粽的人的神态，很觉自得，自得得甚洋洋。

"剥的时候剥着绳子么？"老赵忽问小曹，又不等回答地说，"现在的粽子，全用细麻绳扎。那，不算裹。绳扎，难免松紧不匀，松紧不匀，米粒汲收汁水的程度也就不一样，口感、口味当然也要大打折扣。裹，就要完全靠粽叶。"

小曹这才发现窗台上的粽子上果不见绳，这才奇怪，"全靠粽叶怎么裹？"

"用针。"老赵答罢，掉头问小谢，"对吗？"

小谢诧异，"你怎么知道的？你也会裹？"

"真正会裹粽子的人，"老赵喟然叹道，"整个上海滩恐怕只剩不多几个了。"他和小曹不一样，下嘴只在尖角咬一小口，慢而细地嚼着，"吃粽子要少咬多嚼。"小曹在旁见了，不觉模仿起来。只听老赵又说，"品它的糯，品它的韧，品它的弹性。"见小曹学样，他问，"品出来了么？有粽叶的清香有糯米香有猪肉香……哦，你吃的不是肉粽，"他插了句，才续说，"唔，肉再肥一点就腻了，再精的话会嫌干，酱油再多颜色会发黑、少一点呢鲜味就出不来……"说着，愈加长地叹一声，他再次掉头对小谢说，"嫂嫂啊，这样的粽子，你下趟千万不要再拿出来害人。"

洋洋自得得很的小谢顿时呆若木鸡！她要问为什么的，被福康搅了。

"回去，回去！再不回去，家里的粽子全要去掉了！"从对马路过来的福康迭声催着。小谢只得去，临去关照福康，"夜饭还是粽子噢。"并预知其必追问地先回答，"隔壁、再隔壁、再再隔壁，还有37弄、45弄、51弄里全有人家来叫我相帮裹粽子。为叫我裹，相骂也已经相骂过了。好意思不帮吗我？"

小谢的声音在暂时封路的升平街传得很远。福康听得不住摇头。摇着头，他看见那边来了穿化纤西装的，拎一只没插香烟壳子的筐。

4/10 升平街42弄1号侧门里，灶间/南窗外（内/外，日）

都没少，盆里水中的绿叶和盛满米的锅，掺杂别物之米的花样还较前多，好像尚未开始裹粽。取叶装米扎针，小谢有条不紊地忙得心无旁骛，听得叫"嫂嫂"，才发觉门前立着老赵，和小曹。"啊呀，"她急忙起身向西口，"一忙，忘记了。"

她刚站到灶间北边的煤气灶前，南窗口已出现老赵和小曹。

"怪我，"老赵向她检讨，"吃了你的粽子，回车间没有熬牢。一讲，吊起了大家的胃口。下半天上班，做生活的心思越做越没有，人人在馋，馋你的粽子。那几个赤佬坏啊，一口咬煞我吹牛，用激将法，要我过来开口。我懂的。懂，还是来，是因为我也馋得心痒难搔。"

小曹抢话，"还有我。所以说谎，到地段医院去……"

"我来，"老赵争着续说，"还因为我知道自己回到家里还会熬不牢。我阿姨姨夫娘舅舅妈叔叔伯伯婶婶一听，肯定不会不问我在什么地方吃着这么好的粽子，阿爸姆妈那就不要谈了，非逼我领得来不可。他们年纪大了呀，嫂嫂……"

小谢将手扶住窗下别人家的灶台，"好了，好了，你不要讲了……"

"要讲的，"老赵坚持，"嫂嫂，我什么出身，福康可能没有跟你提过……"

小曹又抢话，"老早，升平街的房子还没有完全造好的时候，整条马路两旁边的地皮全是他家的。后来，他家的司机结婚，他阿爷一高兴，当贺礼送掉了。"

"我可以夸句口，"老赵说，"没有什么东西没有吃过。用不着为吃你几只粽子这样恶形恶状。老实讲，来嘛来，我心里在害怕。怕你的粽子，大家吃了还想吃。你一年只裹一趟，叫我到什么地方去觅？各到各处只有绳子扎的扎粽……"

小谢真熬不牢了，"老赵师傅，我已经给你讲得脚软得立都立不直了。要多少粽子，你进来，尽管拿。"

如得将军令，小曹即拐，进侧门，拐进灶间，将拎着的篮往水斗里一放，揭盖端起北墙前灶上的锅便往里倾倒……

老赵没动窝，"对了，嫂嫂，玫瑰豆沙粽的米，你用什么水浸的？"

"玫瑰花干泡的水。"

老赵大点其头，"这样裹玫瑰豆沙粽的人，我活到现在只见过两个，一个是你，另外一个是我外婆。我外婆讲，别的玫瑰豆沙粽，全是卖野人头。"

老赵本还要说的，被从侧门拐出来的小曹扯个只得跟着穿过马路去。小曹勉为其难地抬抬拎着的沉甸甸、水淋淋的篮，"嫂嫂，"扭头对小谢说，"粽子算你替我们裹的。"

及至回头看见灶台上的钞票，小谢方始明白这句话的意思。

钞票两张，皆半新不旧的拾元人民币，看着，小谢拿它们在手，又看，横看竖看，好像从没见过似的，边看边向门外去。门口摊满盆和锅。见到它们，小谢禁不住再次看起钞票来……

4/11 升平街42弄1号，客堂间（内，黄昏）

看似在看钞票，其实，是想什么想出了神，小谢连福康进来也未觉得。

一屁股，福康坐到床沿，哑半天，才开口，开口之前，先唉地长叹一声。

"事情给我弄坏了。"他负疚沉重地告诉小谢，告诉得絮絮叨叨，"想好的，直截了当，还再三关照自己，首先用他那句——不管他好多好少，我每日拿十块，套牢他。刚刚讲过，总不好意思赖，头总要点一点吧。他一点头，我甚至预备，连点头都不等就提出，改一改，改一日给我一包外烟。结果，没有这样开头，就在舌头尖尖上的话，讲出去变成功：'你要意思意思的意思，我懂的。我不是不让你意思意思。我也知道，不让你意思意思，你会不好意思的。只不过，钞票，我不好拿。'现在想想，简直是绕口令，七绕八绕，绕糊涂掉了清楚。当时，我还觉着自己表达得相当到位，特别强调了钞票两个字，他应该听懂我在告诉他，钞票不好拿，别的，我是好拿的。你猜猜，他怎么接我嘴？"

小谢没猜。

"他讲，"福康模仿穿化纤西装者的腔调，说，"'我懂的，你是有单位的人，有难处。阿哥，我绝对不让你难做人，不会坏你。坏你就是坏我。你其实也是替我想，只要人家起一点点疑心，你就不好再让我拿香烟和自己放在门房间。那对我是很伤的啊。所以，我明朝就开始不来，去兜'上咖'和'德大'，打游击，过几日再来。以后一直这样，来来不来，不来不来又来。安全点。'听他这样讲，我知道出毛病了，我的话，他懂了钞票不好拿那一半，别的好拿这一半没有懂。两种可能，一真不懂，二装戆。不管是不是装戆，我决定挑明。就在这时候，他敬我一根香烟，替我点火。肯定是心里急，我一口吃得咳起嗽来，我拼命屏，结果，越屏咳得越厉害。他又讲了，'一抽外烟你就咳，要不然，我可以承包你每日的香烟。'是一抽外烟就咳吗我？"

小谢没回答。

"就算是，那，抽国烟我又不咳，有什么不可以承包我香烟的？装戆嘛。事情到这地步，挽救的办法不是没有。有两个，硬讨和等。想来想去，我觉着硬讨不好，忒急吼吼外加授人以柄，他好斩我咬我。所以，决定等。等他给工商拎走几趟回来，重提跟我合做的要求……再讲，卖外烟又不是只有他。总而言之，下趟我要吸取这趟的教训。"说着，好像要振作萎靡的精神，福康起身向桌上拿烟取火，发现烟旁有两张拾元钞票，并不在意地问，"这是……"

答了，小谢答以问，"我裹的粽子真那么好么？"

"当然喽，"福康不假思索地说，"你裹的粽子一直好得只此一家……"

"'只此一家'，"小谢琢磨着，"这个名字好。"

福康奇怪，"什么名字？"

"你说，"小谢征询道，"卖粽子的摊头可不可以也有个名字？"

福康更觉奇怪，"卖粽子的摊头？什么人的……"见小谢神色有异，敏感到不妙，"你……"

"我想，"小谢指指摆方桌的南窗下，"拆掉点墙摆摊……"

福康大惊失色，烟和火机皆脱手，戟指连点小谢，说不出话地"你"着。

被他的错愕和惊慌逗乐了，小谢忍不住笑得花枝乱颤般。

第 五 章

丙子　中秋

1996年9月27日　星期五

5/1 升平街，45弄弄口，28弄1号侧门前（外，日）

改造门面换内涵，照相馆现在是婚纱店。

店旁，依旧故我着45弄口。

步出弄堂，鲁亚男和宠物般的胖儿子手牵手，伫立街沿边。

"中秋节，"背后有人问，"带儿子上哪吃好吃的？"是个头发染成黄、红条缕，左耳垂悬大环，拿女式绿盒外烟和火机，穿夹克和露膝牛仔裤的姑娘。

周正即答："麦当劳。"

"叱，"姑娘撇嘴，鲁亚男赶紧皱眉微摇头，但，姑娘已经在教唆周正，"敲她，要吃牛排。"

周正轧出了苗头，跺脚连呼，"麦当劳！"

"好好，"鲁亚男边哄，"过去打的。"边牵儿子斜穿马路。

路北人行道上，驰过一辆绿色自行车。车近28弄1号侧门，尤起林抬脚抵住山墙，喊，"蒋玉英，挂号信！"

其音量之大，令受惊被吓的鲁亚男横目。没想，继又传来势若震耳欲聋的，鲁亚男慌忙趋避得唯恐不远。

两声喊罢，也走了，尤起林蹬车拐进旁侧的30弄。

5/2 升平街30弄（外，日）

站在右侧最后那家石库门前的男孩，至多五六岁。欲迎不迎，他期待地谛视着，看尤起林取且将信往左侧后门的下缝或门上的小箱里塞、塞个几乎逐家，看尤起林接近，看尤起林对他笑。

"宋家没有信。"尤起林告诉他，等什么似的，少顷后，才掉转车头。

想追，男孩没追，只仍那样看着打铃东拐的尤起林。

5/3 升平街28弄1号，侧门前（外，日）

一瞥，尤起林看见了那枚椭圆形水晶章，和拈它的干瘦的手，和带黑斑的又添皱纹的脸，和略显稀疏的仿佛银丝的白发，和眼里的笑。

他问蒋玉英，"怎么回来了？"

蒋玉英问他，"没有想到我回家了吧？"

尤起林答："所以，喊得穷凶极恶。"

蒋玉英答："厌气（上海方言，寂寞）。"

尤起林又问："外孙女……"

蒋玉英告诉，"她成日忙，我在那边也是一个人，"顿了顿，补了句，"更加一个人。"

说话间，他送给她信，她递给他章。拿章在"万金油"那样的铁盒里沾沾印泥、往回执的空格中盖，他没看他曾经不认识的三个篆体字。

"又要添你麻烦啦。"

"什么话，工作嘛。"

5/4 升平街，45弄（外，日）

"哗！"只此一"哗"，穿露膝仔裤、夹克的姑娘将中有绿烟盒和火机的手紧捏成拳啃般抵住张大的嘴，再也作不了声，她的头摇得黄红条缕及大环甩如拨浪鼓的绳槌，另手推门，半出地僵在橱窗被过早照亮的婚纱店门口，她，瞠目看定周正与鲁亚男。

周正两手各抓个不比他脸蛋小多少、受咬程度不等的汉堡，而累倍于两个的麦当劳纸袋，则由他身后的鲁亚男叉指下托靠在腹胸部，真可谓危若累卵，倘无臂围、颏压的协助，它们随时会崩溃。

姑娘终于能开口了，"厉害！怪不得才回来……"

"已经……回来过……"周正说话远不能跟先前作同日语，含混至糊，显见最少含不止一口汉堡没咽下。

尽管自己言未毕也未听懂周正的意思，姑娘还是边藏所拿之物入袋边更推开些弹簧玻璃门边抢前边表示，"我来帮你……"

"不用不用，"鲁亚男不顾颏有所须压的困难，迭声强调着，答道，"你忙你忙。"还堆出致谢的笑。

竟，她竟边笑边以膝顶周正，以不惜令其跌跤的决心拱其前进。周正居然没摔，居然跟跟跄跄、跌跌撞撞、举步维艰地走向和进弄口——毋庸说，是迫于他妈妈双膝交替一再再三地顶、拱、推……进到第二条横弄，左拐，在第四家后门前，停，因为，门关着。

企图丢弃手托臂围颏压的麦当劳纸袋的，鲁亚男瞥两旁，见弄堂两头均有年甚老迈的男或女，便急命周正，"帮妈妈拿钥匙。"

周正委实聪明，试过嘴叼失败后，他改用左腋夹右手的汉堡，腾出空来，去拉他妈妈的挎包的拉链。

5/5 升平街45弄90号，二楼（内，日/黄昏）

电话铃声歇，又响，在吊顶与地毯与贴纸的四壁夹成的统厢房里，响作两处。一处似是酒柜的背后。酒柜，左右与门及柜式空调为邻，靠北墙，面对长餐桌和相应的高背软椅。西边墙上挂出于也许以后会成名家者笔下的油画，东边立三门冰箱，桌椅的南边，29英寸电视机和CD和VCD和音响功放和喇叭箱坐立在四不挨的低架之上或中或旁或下，南墙与东墙的南半截均上半截全是窗，茶色玻璃塑钢框，垂着白纱帘，黑丝绒的再一层分束两旁，窗下，摆两单一双三只沙发。沙发前自然少不了矮几，这儿，是电话作声的另一处。

沙发、冰箱之间，有两扇门，稍南的那扇向那边半掩着，关着的这扇开了，先只一点点，继而陡荡开，几乎撞着冰箱。随之，摔倒般进来了周正，鲁亚男紧跟着跨入，儿子直趴往软椅，而桌是妈妈的目标。鲁亚男拔指展臂抬颏，崩塌的麦当劳纸袋顿然占领半张桌面。

没就近入座，她推门去那边摆整套卧房红木家具而装修与这边一样的正房，将身躺上贵妃榻。

"电话！"实在乏力接听的周正在责任心的驱动下，报告，"妈妈。"

那边的妈妈毫不理会，这边，电话倒也不再响，周正却想起了左腋。取不成模样的汉堡到手，周正又看看左手拿的，"妈妈，"再次报告，"我吃不下了。"仍没被搭理。勉为其难地撑起身，他软疲疲地站向厢房与正房的隔间门，"真的，"强调着报告，"我实在吃不下了。"

"扔掉！"

周正以为这是反话，不敢执行也没敢响。

"扔呀！"鲁亚男厉了声。

一吓，周正忙去关进来后没关的厢房门，踏冰箱旁大号塑料垃圾桶的踏板。盖翘起，他扔下那不成样的汉堡，抬脚，桶盖"啪"地合上。他重踏翘盖，扔左手的，抬脚又"啪"，再踏，发觉无可扔，瞥瞥长桌，他怯声试探，"台子上的呢？"

"统统扔掉！"

以"啪"作答，周正赶紧过去拿个纸袋来扔，来去去来，"啪、啪"……不"啪"了，垃圾桶已满得合不拢盖。周正正要再请示，厢房门开，"怎么不拔钥匙？"边问边进来的周克明，边关门边又问，"你在做什么？"

"扔汉堡包。"周正说，"妈妈叫我统统扔掉。"

周克明斥，"瞎讲，"扬起拿钥匙串的手，吓唬，"打喽。"没听得鲁亚男作声，他颇奇怪，转身探头看正房，见鲁亚男侧卧于榻，不闻人语似的，目光呆滞地把不知什么看着，不由趋前，"怎么了？"放钥匙和另手拿的方铁盒在柜上，坐到榻沿，"出什么事了？"

鲁亚男连眼皮都没抬，答的是跟来的周正，"找着了假钞票。"

周克明并未当真，"是吗？"

"在麦当劳买汉堡包时候找的。"周正积极地告诉，"妈妈给他们一百块，找了一大堆钞票，大多数是十块。我在吃'巨无霸'，没有看……"

觉得可能是那么回事了，周克明故意调侃轻松气氛，"你呀，要看看的呀你，你看，你一不看，假钞票就找进……"

倏地耸身，鲁亚男捏拳便打，她丈夫没躲，儿子则逃出了正房。

"打，打臭嘴。"周克明乐着认错，"你看得出的，不是看出来了么你？"

鲁亚男打得重了。

"是'差头'（上海方言，出租车）司机看出来的。"扒住门框窥看的周正又告诉。

周克明抓住鲁亚男的手，"这，你就不要惭愧啦。'差头'司机是什么角色，眼光多少厉害……"

"'差头'司机还讲，"周正插嘴说，"我不是妈妈的儿子，妈妈生不出我。"

周克明拿抓住的手捶自己的脑袋，"看我，看我，"说，"我一直感觉看你在眼里有点不对，不对在什么地方又说不出。这么一提醒，是了，后生啊你。"

"扑哧"，鲁亚男被说得忍俊不禁。

周克明松手，"还生气啊？听见这么适意的话。要是我，不要讲换一张，一张换我十张也肯。"

鲁亚男奇怪，"你怎么知道他要换一张？"

"肯定的喽，"周克明说，"发觉钞票有问题嘛，要求换一张。"

没说话，鲁亚男愣着。

"全怪你。"周克明打岔地责备儿子，"到了弄堂口，要赶快下车的呀。"

周正急了，"我坐在里厢……"

鲁亚男回过神，"假使，"说，"他不那样看我，不那样朝我笑，我就换了。"

"他怎么看你？"周克明问，"怎么笑？"

鲁亚男告诉，"上车的时候，儿子跟他讲'到升平街'。他掉转头来看我，我跟他确认，'升平街'。头还不转过去，还看牢我，意思是，'甩什么派头，这么几步路还打的。'等到到弄堂口，要我换一张的时候，看我的眼光是在讲，'噢，怪不得，原来是想用掉假钞票。'那笑，就像他讲的最后一句话……"

周克明注意听着，也很注意听的还有业已回到榻前的周正。

"他问我，'有么？'讲，'没有不要紧，算我带你们兜趟风。'"

周克明问："你怎么讲？"

"我讲，你要这张钞票，我也不会给你了。讲完，我关照他，开我回去。"

"开回去？回什么地方去？"

周正接嘴，"当然是麦当劳喽。你怎么这么笨的啦。"

"回到麦当劳，"鲁亚男继续告诉道，"我就找主管。那主管要我指出，哪个营业员接我单子、找给我钞票。我，老老实实的人，从来不瞎讲八讲，是哪个，忘记掉了。再讲，凭什么要我记牢？买样东西就要记牢个营业员么难道？你随便寻个人问问，记不记得刚刚买东西时候对面朋友长什么样？"

周克明不得不承认，"这倒是个说法。"

"当然啦。主管给我讲闷掉，过了歇，他问我验过钞票吗？我一句顶过去，验钞机又不是随身听。他讲他办公室有。马上去拿来，一验。没有响。"

周克明不禁失笑，"搞了半日天，不是假的。好了，好了。"

"好什么好！"鲁亚男气咻咻地说，"吵得更加厉害了。我讲，既然不假，那跟我换一张。他讲，'不是假的，换它干吗？'不假为什么不可以换？吵不过我，他就改口，讲他很理解我的心情，又讲，'你难得出来消费一次，碰着这种事情，确实很不爽，外加不是一角、两角。'边讲边摸出一只瘪搭搭的皮夹子，拉开有拉链的那一层的拉链，抽出一张十块，讲他个人换给我，弥补我的损失。"

尚未听完，周克明已知不妙，忙抓鲁亚男的手来抚兼拍，"不要生气……"

"我一点也没有生气。"鲁亚男冷冷笑道，"看他那只皮夹子，看他抽钞票出来抖豁的样子，跟我换了这十块，恐怕要得忧郁症，跳楼自杀都可能。"

"你没有这样讲吧？"

"为什么不讲？"

"太伤人了。"

"你是说他，还是说我？"

周克明只能表示，"他伤了你，你也伤了他，扯平。"好像身处彼时，他息事宁人地劝，"算了，走罢……"

鲁亚男服劝般告诉，"是走了。"可是，她有后话，"从验钞机上一抽那张十块，我掉头就走。"

"拿什么拿，"周克明又劝，且以帮腔的姿态，"扔在那里气气他。"

鲁亚男不服，"找给我的凭什么不拿？这家不换，我换一家用，反正是麦当劳，哪里来哪里去……"

不断换位始终坚持依着听者的周正听至此，又扭头告诉他爸，"我也去的。"

"点一个九块多的汉堡，"鲁亚男继续她的告诉，"我付十块……

周正接嘴，"人家不要。"

"让他用验钞机。"

"坏啊！"鲁亚男恨恨地说，"不讲是假钞票，很客气，'请你换一张。'"

"那，不买。"

周正插嘴，"'鱼香汉堡'，我最喜欢吃的。"

"不让不买，"鲁亚男说，"讲，已经打进电脑里了，还不让我走。"

"那，就讲没有别的钞票。"

"我不，"鲁亚男拒之坚定，"我不坍这台。"说，"争气不争财，我买。买了，再换一家……"

周正接嘴，"再换一家又买一只，再再换一家……"

"家家这样。"

周克明急中生智，"麦当劳是连锁店，"误导地说，"他们打电话通气……"

鲁亚男岂是好蒙的，"串通好跟我作对、气我？他们吃多汉堡包啦？我踏着麦当劳的尾巴啦？还有'差头'司机呢？当我戆度（大）啊你！"

"绝对不可能，"周克明急忙撤回话，"我钻牛角尖了。"

鲁亚男却不罢休，"那，为什么人人全要我换一张？"

"是啊，为什么呢？要想，"周克明又有招，"非想出究竟不可。"说着，起身走，走到厢房那头酒柜旁，推开门。

四壁贴彩绘瓷砖，顶棚正中装"浴霸"，大块大理石铺满地，迎门的双扇磨砂玻璃窗下设带柜的脸盆，柜这边墙角矗着扇形淋浴房，旁有个难辨是摆设呢还是可用之物件的东西，像贮物小箱又像稍矮的方凳，其旁的不锈钢架上悬卷筒卫生纸，全自动洗衣机蹲坐在盆柜另一边墙角，挂着的除了煤气热水器和电话，还有各归各的浴巾和毛巾。

取毛巾过去，右转抬起脸盆的龙头，让毛巾被凉水浸泡了好大会才关，周克明略略用劲地拧毛巾……

5/6 升平街45弄90号，二楼正房（内，黄昏）

毛巾没递给鲁亚男，"来，揩把冷水面，"周克明说，"醒醒头脑，好好想。"边说边托颏，他要为妻子擦。不想，一托托着了什么，再一看，鲁亚男脸上果然有泪。忙搂她向怀，"做什么呀亚男，至于吗为了十块。"他说，"上趟，我落掉皮夹子，四五千呢，你只说了两个字，'算了'。"

"用一趟打一趟回票，用一趟打一趟回票……人人看得出那张钞票不对、有毛病，只有我看不出，人人知道要换一张，就我不知道。"鲁亚男应该说是痛心疾首地自责着，说，"它，绝对不会是麦当劳造的，肯定有人用进去、他们才找出来。人家用得那么容易，我用来用去用不掉。你说，我……我心里……"

举着湿毛巾，周克明用搂住妻子的手拍妻的背，"我懂，我懂。"

一被理解，鲁亚男更觉委屈，禁不住呜咽起来。

周正在旁连连瘪嘴，他也要哭了。

"钞票呢？"周克明忽问，并说，"让我看看。"

鲁亚男刚指，周正已经向地上那个挎包里掏，掏出一张十元钞票，正自审看着，被他爸劈手夺走。

"我去试……"

不等他爸把这话说完，周正扭头便跑，"我也去我也去，我去帮你。"

5/7 升平街，45弄（外，黄昏）

跑进弄堂的周正差点撞着要出弄堂去的鲁亚男，抬眼看清是谁，"用掉了！"他高举起手捧的那团大红，雀跃，嚷，"用掉了！"

"怎么用掉的？"鲁亚男非但没兴奋，甚至连喜悦也无，抢那团大红过来，抖落开，是男装三角裤，三条。

周正的兴奋已经升华为自傲，"爸爸一用就用掉了！"

"怎么一用就用掉的？"鲁亚男又问，问的是赶到儿子身后的周克明。

周克明有些神抖抖（上海方言，表示得意），张嘴就数落人，"是你有问题。"并展开道，"用得不得法，一面孔用假钞票的表情。不过，也难怪，老实人嘛你是。"

"讲，"鲁亚男欲知详情，"究竟……"

周克明告诉得颇不当回事，"上去问他，三角裤怎么卖？十块三条。质量怎么样？自己看。就看三角裤，挑挑拣拣，不一定买那样。等他掉头招呼别人的时候，拿钞票递过去……"

"喔唷，"鲁亚男酸溜溜地撇撇嘴，"本事大煞了。"

周克明这才坦白，"不是本事大，是人多，外加天夜了，要不然……"

鲁亚男不由担心，"一点都没有起疑心？"

周克明忙挽鲁亚男的手，拉她折向弄堂里，"快走，已经报110了。"

笑，鲁亚男伸另手拧丈夫，没得逗，因为，插入了儿子。周正掰开并径自各牵爸妈的一手，且使劲蜷身缩腿，"荡我，"吩咐，"荡我回去吃汉堡包。"

"给我统统扔掉了。"鲁亚男说。

周克明告诉，"有月饼，我托人从香港买回来一盒，是你们去年八月半吃过，说好吃得一塌糊涂的那种。"

周正使劲地坠自己，耍赖，"我要吃麦当劳，我要哭了，我要就地滚……"

"好好，"周克明屈服，"去麦当劳……"

鲁亚男坚拒，"我不去。"

周克明打趣，"恐怕再找给你假钞票啊？"

"不怕，不怕！"周正嚷道，"找来就去买三角裤。"

鲁亚男怔，怔怔地问，好像没听清楚，"你说什么？"

"儿子说，"周克明复述道，"不怕找着假钞票，可以用它买三角裤。

周正使劲往弄口拽，拽动了爸，他没能拽动他妈妈。

鲁亚男犟着，想着什么，突然问："三角裤在什么地方买的？"

周克明一指弄口。弄口并无卖三角裤的摊。

5/8 升平街，丁字路口（外，黄昏）

摊，移师到了丁字路口，其实，它只是辆黄鱼车。车斗里站个就在外裤外套穿着条大红三角裤的并不年轻的小伙子，"十块三条，"他的吆喝甚洪亮，"三条只卖十块。"

被招徕的顾客不少，都是男的，都反复挑拣。挑拣者之一忙中取乐，"买五块可以么？"

"五块一条半。""三角裤"答得利索，"半条，你要前爿还是后爿？"

问的听的答的皆笑，笑着交钱取货，笑着边眼数边收钞票往另手捏的那叠里插边吆喝，也有人笑着抽身离开……挤进来了一手硬拽周正一手递钱的鲁亚男。

"小人的和小姐的全没有。""三角裤"见执拗在眼前的是张大钞，慌忙改口，"替家里买，五十块，好！我给你拿十六条，尽拣不动气。"

急匆匆赶到的周克明赶紧声明，"买过了已经。"

"对对，"鲁亚男喘着，"他买的，"不让"三角裤"拿走钞票地说明，"他付的十块是假钞票。你先还给我。"

一听此话，"三角裤"缩手一捋，将那手捏的那叠钱捋得像把展开的折扇，杵向鲁亚男，"哪一张？"

看着，鲁亚男傻了。发傻的还有周克明。周正大觉稀奇勿煞地举小手摸。

"认不出啦？""三角裤"急了，"你……"

挑拣者中的一个年长的开了口，"算你运道好。"他从背着的包中取出个盒，放上三角裤堆，打开着，"我正好替公司买便携式验钞机回来。拿钞票放进去过一遍，发现假钞就停，就叫。来，试试。"

验钞机很精巧，"三角裤"把合拢成叠的钞票放进顶端的口，长者按钮，钞票飞快地从一侧的口吐出。连买三角裤的都看得起劲，最起劲的自然是周正，只他爸妈例外，而他妈妈还不住地反对，"不灵的，验不出的。"

钞票过完，验钞机没停也没叫。

"没有叫。"周正不知道别人也看见似的嚷着，又无对象地问，"怎么不叫？"

长者不由笑，"没有叫就是没有假钞。"

"吃我豆腐嘛你。"忙收钞票的"三角裤"埋怨着鲁亚男。

鲁亚男摇头，"那张钞票会用不掉的。"

"放心，""三角裤"指指周克明，说，"他用得掉，我也用得掉，或许已经用掉了。"说着，见长者已收机入盒，顾客与围观的也因散而散，便扭头坐向车座，要转移，不想，竟没踩动黄鱼车。

车斗后铁拦被鲁亚男双手抓住得用力，"你找掉了，"她说，且问，"找给什么人了？"

"没有，"急于离开的"三角裤"坚决否认，"没有。"

鲁亚男不松手，"瞎讲，会个个都刚刚好、用不着找零的么难道！人家……"

"小姐，放我一码好吗？""三角裤"求道，"我叫你阿姨、外婆，谢谢你，放我去做生意，"

硬掰开鲁亚男的手，周克明且将身挡着，让"三角裤"把黄鱼车蹬个落荒而逃似的。鲁亚男不罢休，挣着要追，周克明忽作声大喝，"你那张钞票在这里！"

错愕，鲁亚男瞪着周克明，看他从裤后袋里掏出来一张钞票。落手比鲁亚男快的周正抢去，审看，尔后递给他妈妈，"是的，是这张，有我吃的'巨无霸'肉酱。"

接钞票到手，看了又看，鲁亚男犹存怀疑地抬眼看丈夫，"没有骗我？"

"是骗骗你的。"周克明承认，"看你气得那样子，怎么说都解不开心结，我心疼，只好假装去用，假装用掉……"

鲁亚男禁不住跺脚，"正正当真了呀！"

"用掉的，"被搞糊涂的周正琢磨着没琢磨清楚，不由问他爸爸，"怎么没有用掉啊？"

鲁亚男递手中的钞票给儿子，"折好，"关照着，告诉，"是爸爸没有用。"周正刚说个"我"字，她即检讨，"妈妈要用掉它，是不对的。"又说，"妈妈拿这张钞票给你，是要你学爸爸，一直一直不用，用得掉也不用。不可以为了自己适意，让人家不适意。知道吗？"问着，关照，"藏好。"

"噢。"周正将叠起的钞票放入衣袋，又应了声，"噢。"只不知真懂没有。

周克明拉妻子的手，要说什么的，却被鲁亚男说在了前，"刚刚，你假装得很像煞有介事。下趟也不要。"

"舍不得你嘛。"周克明解释。

鲁亚男一笑，"一旦穿帮，要结疙瘩的。"

并不声明地插足爸妈间，周正一手拽一个的手，使劲蜷身缩腿荡起了自己。

　　"……我会想，你怎么这么会假装？"鲁亚男低声絮语地告诉丈夫，"是不是老吃老做？假装给我看过许许多多事情。"

　　边说边走，这荡着儿子的小两口，走过那个原为茶馆兼书场兼老虎灶后改成老虎灶兼点心铺再由点心铺独自经营现在亮着"只此一家——专售各味粽子/香粳米粥"霓虹灯的两开间店面，走过门前那小山般的餐巾、卫生巾纸箱正被搬上卡车的升平纸制品有限公司（跃进纸盒厂），走过美甲美容最后才提及美发的美容室（理发店），走过属于"华联"的小超市（烟纸店）……其间，对面弄堂里蹿出来个踏在滑板上的孩子，继又有孩子踏着滑板超到其前。

　　谁，他们和他们中谁也没注意有圆圆的中秋之月斜悬在夜空。

第　六　章

壬午　重阳

2002年10月14日　星期一

6/1 升平街28弄1号，侧门前（外，日）

　　像舞台上的布景，有远和不远、高和更高的大楼，鳞次栉比地矗在街尽头以及马路两旁房屋背后的天幕下，将那一排排石库门弄堂与相对的带老虎窗的假三层衬得倍显低矮，也令升平街更具狭窄感。

　　见缀着28弄1号门牌的侧门渐近，尤起林不由自主地摁了摁车铃，正待驰过时，一眼，他看到门里背风处站着蒋玉英。

　　煞停，尤起林分明不愿让蒋玉英跨出门，他边偏腿下车，边有些抱歉似的告诉她，"今朝没有你的挂号信。"

　　"当然不会有。"蒋玉英说。她已迎至门外，话，仍说得轻；动作，仍甚缓慢；孱弱，当然仍旧；老，同样如以前，仿佛未经岁月催。"因为，"她告诉他，"我没有给自己寄。"

不诧未惊，尤起林只点点头，既像表示知道，又像道别——还真推车要走，却听蒋玉英跟他说，"听讲，你要退休了。"

"人手不够，拖牢我三年多……"尤起林的抱怨里含着堪称洋洋的自得。

蒋玉英笑了——她一笑便不显瘦，有当年那帧不知道现在在不在的合影中的风韵。

她献给尤起林的笑，充满欣慰和羡慕，羡慕得带些许妒忌，但，暖暖的，"身体好真好。"

痴痴的，尤起林看着她的笑。

蒋玉英忽问："还记得我跟你讲的第一句话么？"

尤起林即答："'我叫蒋玉英。'"并提醒，"那天，你就是这样对我笑的。"

"四十七年了。"蒋玉英不胜感慨之至，"你给我送了四十七年挂号信。"她说，"在你前头也有人送过……"

尤起林插嘴，"是我师傅。"

蒋玉英不让她的话被打断，"……大约三年。五十年罢，从我搬到升平街开始，五十年的信，积满一小箱。满满一箱信，全是我自己写给自己、寄给自己的。"

尤起林又点点头，仅仅表示知道。

"为什么要自己给自己写信，等读过我那些信自会明白。"蒋玉英说着，强调，"全世界只有两个人，可以在我死掉以后读那些信，一个是我外孙女。"似乎忘记才强调了一半，她岔开去说，"五十年里，我只收到过一封别人寄给我的挂号信，收到的日期是一九七零年七月廿三号星期四。那时候，'文革'当中的'一打三反'运动正在深入开展。写信的人

没有署名，信上也没有抬头。看完一遍，我就知道，只要活着，我一定能
够随时背出来。"

谛视着尤起林，蒋玉英肃容正色，背将起来，"'寄给你的挂号信逗
号地址基本不对逗号不是写错弄堂号就是门牌有笔误句号请转告他们注意
句号。'"

像个做错事情的小孩，尤起林赧然地垂着眼睑。

"他怕我……"蒋玉英结束着岔开的话，"怕我因为收到地址不实的
来信，被揭发、受怀疑、遭揪斗。"并续完强调道，"另外一个可以读我
那些信的人，就是他。"

没抬头，尤起林害羞那样地瞥瞥蒋玉英，"谢谢。"他说，"不
过，我好不好读没有什么关系……不读信，我也明白的。"笑了笑又说，
"四十几年想下来，再想不清爽嘛，'杨家姆妈'，我也戆戆了。"

"哦？"蒋玉英好像并不怎么相信。

尤起林抬眼迎接蒋玉英的目光，"生着病，过一个人的日子，再要连
封信都没有的话，那就……那就……"他从蒋玉英的双眸中看到了盈盈，
看得模糊了自己的目光，看得没能把话说完，"……"

"那，为什么非要挂号呢？"

"你想让大家知道你有朋友。"

蒋玉英点头，"在好些好些年里，要是被发现不光亲眷，连个朋友都
没有，"说，"会哪能，不用我跟你讲吧。"

"幸亏没有一直那样。"尤起林点头说着，提出刚才没提成的建议，
"所以，我觉着，不如把它们印成书，让大家知道知道，一个人是怎么一
个人过日子的。"

先前袅袅婷婷地走过去的那位小姐，此时踅了回来，"请问，"她问
尤起林，"升平街69号乙在哪？"

"朝前，"尤起林指点着说，"过十一条弄堂过马路，71弄的过街楼

就是。"

等小姐道过谢走开，尤起林扭转头，侧门前已不见蒋玉英；敞开的门内，有三个口的小小空间里也空无人影。

6/2 升平街，71弄弄口（外，日）

沿斜倚在门旁墙边的马桶桶盖黪笑，穿过脚撑架起的竹竿和竹竿上晾晒的衣裤，从或蹲或坐着拣菜的男女的背后或面前，小姐袅袅婷婷地行去过马路……

她首先看见个摊。

那摊明显不同于当年的，一是多了架缝合皮革的手动机车；二，木板搭建已陈旧得不堪；三，蹲般坐在搭建门口、铁鞋撑后的折叠小凳上的是个中年汉子。

他用套脖子遮胸的帆布围裙盖住双膝，口衔鞋钉手握锤，正给铁撑撑着的男皮鞋装后跟，活像老皮匠变年轻了。

这狭窄得形同条头糕又呈直角三角形的搭建，看来完全不适宜居住，显见也的确未作此用——门里搁好几层板，每层均排放各式各色皮鞋和皮革、鞋底、鞋跟之类辅料，好像还有个煤气灶灶台。

走过以后才发现，搭建其实有顶，顶板就斜在靠边的梯下面。

梯，与搭建同宽，即，狭窄得一样，以并无支柱的铁杠当扶手，梯阶也由铁板制作成，须抬脚屈至膝90度方能踏上一级。高且陡的梯尽头，关着扇门。门牌在那儿。

升平街69号乙，原来是间悬空横跨弄堂的房间。

打量了会，小姐回到弄堂口，去坐鞋撑旁靠马路的矮椅，"师傅……"

不等她再说，师傅便接嘴，"脚背两边有点夹。"眼都不抬一抬地告诉她，"小毛病，弄倒蛮难弄的。想修，鞋子要放在我这里。"

没脱鞋，小姐只弯腰揉她翘起的脚，揉的正是脚面两侧，正是所穿的方头方口方跟黑皮鞋系带方扣扣住的地方，然而，"楼梯这么陡，梯级又踩得那么光溜，"她提出的问题跟她的鞋全然无关，"小孩上下太危险了。"

师傅这才拿眼看小姐，直勾勾的，看了又看，小姐委实很……非常漂亮，不过，他看小姐，是因为奇怪，"你怎么知道楼上有小人？"

"听说，那小孩很笨。"

"笨得不转弯。像我。"

轮到小姐奇怪了，"像你？"

"我是他爷。"师傅嘿嘿笑了笑。

一恍然，小姐还是奇怪，"你还笨？看也没看，就说准我鞋的毛病。"

"连这点都看不出，我怎么吃这碗饭？"师傅大不以为然地说着，承认，"瞟过的。"

微笑着，点着头，揉着脚，小姐默默地看着师傅，等着。

"下半天，"师傅说，"晚上拿来也不要紧。"边说，边埋头钉他那别人的鞋后跟了。

小姐咳嗽。

师傅听懂的，继续干着活地解释，"我没有好借给你穿的鞋。"

小姐忍笑，"我叫胡雪蓉。"再忍，改请问，"你不是林先生林国荣吗？"

"全叫我小皮匠，知道林国荣名字的人很少。"更觉奇怪的林国荣昂着头，瞠目问，"你怎么会知道？"

6/3 升平街1号，大楼、饭店、包房（外/内，日）

深色玻璃幕墙自楼顶垂至底层，映出马路对面跟3和12号雷同、或许正是它们亦未可知的两上两下洋房以及房前高高的绿树。

嵌于其中的双扇大门自动旁移，步入大堂的这位，简直就是换过行头的小皮匠。夹克、T恤、皮带、西裤、革履皆世界顶级品牌且并非同一种，随意搭配，他很潇洒。

进电梯……梯门开处，"欢迎光临。请问，"有小姐迎前，几疑胡雪蓉在此就职，仅因身穿旗袍更漂亮些而已，"预订过吗？"

"姓林。"见小姐迟疑，他说明，"林国光。"又补充，"等一歇还有七位。"

"胡雪蓉"小姐忙抢步引道，"这边请。"

请到拐弯再拐弯那儿，请进个华丽之至的大包房，拉出些主位的椅，请坐。

"请问，""胡雪蓉"小姐问，"用什么茶？"

林国光略沉吟，"冻顶有么？没有，就普洱。"关照着，拿起犹如国家级聘书的绒面大夹子，关照，"点菜。"

"胡雪蓉"小姐恭敬地请示，"不等等客人？"

"先点。"

6/4 升平街71弄，弄口（外，日）

试着往红色女皮鞋肚里的块木间塞木片，木片有厚薄之差异，这差异只些许，绝非肉眼所能辨，但，林国荣的手确切地说是手指知道，而究竟何种厚薄才适宜，则心里明白。然而，分寸分明依然不容易把握，他不断换着试。

与林国荣相对的那边墙脚，也有人在忙，忙于吃，吃得其实不多，忙的是手。这个大约十岁的男孩，用这手捏所拿的小块什么，同时用另一手拨、挑、拣、拔出其内部的什么，扔掉，然后，咬点剩下的什么，抿过再咽，身边矮椅前骨牌凳上的菜、汤、米饭，别说吃了，他根本无暇顾。

搭建中响起女人的唤，"小宝，"问，"面，要不要？"

"不……"男孩答得轻而含混且不完整。

少顷，那女声又唤，"老公。"

"嗳！"林国荣应得响亮。他刚应罢，国荣嫂已经出现在门口，端着满满的热气腾腾的各插一双竹筷的两只大碗，碗内有面，光面，没任何浇头。

6/5 升平街1号，饭店的包房（内，日）

大龙虾居中，冷盆只只如画似花，茅台与VSOP（轩尼诗）与五粮液与XO中西合璧在转盘四边。

林国光举杯。七席嘉宾响应，无论男女，他们都指戴克拉不小于三的钻戒。

6/6 升平街71弄，弄口（外，日）

倚着弄口的墙，林国荣很香地把光面吃得呼呼的。国荣嫂听着，也不知道出于嘉奖之心呢还是想让他留些肚子，她告诉丈夫，"晚上有带鱼。"

可刚落座到空出的折叠凳，筷还没挑起面，国荣嫂就嚷着叱儿子，"怎么长长长得缩了回去，"道，"连吃带鱼都用手啦？"

"这半边，"小宝高举捏住什么的手，说，"刺多得要命。"

国荣嫂气得，"带鱼呀是……"

挑一筷面在嘴边不吃，林国荣作"嘿嘿"的笑。

国荣嫂侧目责诘，"怎么？"

"犯了错误还糊里糊涂。"林国荣讥嘲道，"头和尾巴留给我们，他吃中段。也不想想，带鱼中段肚皮嫩肉里，有不少又细又软的骨头，那，是你儿子的嘴巴抿得出来的？"

"这种儿子，"国荣嫂只能自怨自叹，"怎么生的呀我！"

林国荣忙认领罪责，"怪我。"

"怪大伯伯。"儿子却替爸爸申辩，还代表群众，"弄堂里都这么说。"

怕让路人听见生歧义，国荣嫂将筷指定小宝，"给我，"命，"你吃没软刺的半边。"

"噢。"小宝爽快地答应着，过来放弃捏着的进妈妈的面碗，回去重拿半块带鱼用嘴咬着吐骨吃。

国荣嫂看到这时，方始动筷。

碗里的面已全下肚，林国荣打个嗝，蓦地来了句，"来过了。"

正吃面的国荣嫂只能拿眼乜视着，看林国荣说。

林国荣没就说，"问讯问到了我头上。"又过好大会，再续说，"她问我，小人上下这楼梯不危险呀？"

嘴巴早闲着的国荣嫂没了等的耐性，"谁？这么细心，想得这么周到。"

"叫胡雪蓉。"林国荣宣布，"张老师帮我们给小宝请的家教。"

国荣嫂两眼一亮，"你怎么说？"

"我问，你怎么知道楼上有小人？"

"她怎么说？"

"她没有回答，"林国荣告诉，每次，他都只说一句话，"又问我，'听说，那小孩很笨。'"

没问，不用，国荣嫂料事如神地替答，"你说，"道，"是的，笨得不转弯。"

林国荣和他儿子同时兴奋起来，分别问："你怎么知道？"/"在说谁？"

国荣嫂只能摇头。

爸爸回答儿子，"讲你。"

儿子向爸爸表示失落，"我只当还有一个也笨得不转弯的呢。"

国荣嫂的头越摇幅度越大，"不能这么说的呀。"

"怕什么，笨又不坍台。"林国荣满不在乎，"有人聪明有人笨，个个聪明还了得啊！"

国荣嫂急不胜急，"在别人面前说说，关系不大。她，"说，"要来家教儿子的，一听笨，好！涨价。"

"这，"林国荣吃惊，"我倒没有想到。"想了想，发觉其中有误，"哎，要是聪明，书读得好，还给儿子请什么家教呀？"

国荣嫂长叹，"现在，门门功课九十多分的，也在请。"

"那就是，"林国荣鄙视地说，"爷娘全是戆度，"并不屑地补充，"外加钞票多到黄梅天要拿到外头晒。"

国荣嫂无心争讲，"说多少钱一次了吗？"

"一开口，"林国荣告诉，"就要四十。"

"啊？"国荣嫂大惊失色，"张老师说过，帮我们请最便宜……"

林国荣告诉，"我就是这么讲的。"

"她怎么说？"

"她讲，已经最便宜了。"

"你还跟她说了些什么？"国荣嫂见丈夫支吾，便提醒那样问，"一开始，告诉人家孩子笨得不转弯的时候，你没说孩子像你？没说你是孩子的爸？"

林国荣不由忍俊不禁，"你怎么猜着有这两句的？"

"我还用猜？"国荣嫂恨得连顿两脚，"毛病就出在这两句上。"见丈夫茫茫然，又使劲一顿，"儿子笨得不转弯不算，还是遗传他爸爸的。当然要四十块啦。"

林国荣想着想到，"她讲我不笨——眼睛一瞟就看出她鞋子有毛病、是什么毛病。"

国荣嫂恨极气极得笑，"这下可搔着你最痒的地方了。"

"妈妈、妈妈，"小宝扬声问，"爸爸什么地方最痒？"

国荣嫂哪还顾得理儿子，"你答应了？"

林国荣失笑，"那也要我拿得出呀。"

国荣嫂喝令，"别一句一句。"

"她讲已经最便宜以后，我讲，再优惠点。她吞吞吐吐半日，讲，'至少三十。'"林国荣还真不间断地告诉了起来，"老老实实跟人家商量，我不怕坍台。我讲，不瞒你，穷凶极恶，我一个月只轧得出两百块。二十块一趟，好吗？你三天来一趟。"

国荣嫂瘫痪般靠向墙，"完结。"

"不会。"林国荣反驳得坚决。

国荣嫂最大限度地耐着性子，"还不会。"指出，"你杀了人家半价，又要人家三天来一次——不像做别的生意，家教不要本钱，一礼拜一次是来，一天一次也是来，进账相差几倍！"

林国荣察觉了严重性，"啊呀，这笔账我忘记算了。"

"跟我一样，"小宝忙说，"上次测验，我就是做过加法，忘记做乘法……"

国荣嫂斥，"先乘除后加减——一年级二年级读了四年、读到三年级，连加减乘除的先后也不知道，就知道插嘴。"斥罢儿子，追问儿子他爸，"她究竟怎么回答你的？"

"考虑考虑。"林国荣说得听不出是喜是忧。

国荣嫂将胀干在碗里的面挑个挑了又挑，只一筷也没往嘴里送，"嫌小孩笨，又嫌楼梯陡，还给杀半价，外加三天一次……下午，她不会来了。"

"她讲了，"林国荣极力争辩，"考虑考虑。"比先前那句多了三个字。

国荣嫂郁郁且忡忡，"这种情况还来，那就是落脚货，存心来淘糨糊的。"

"再落脚也好过你我。"未作此担心的林国荣说，"皮匠的儿子还想做诸葛亮？我只求小宝三年级不要也读两年，不要再给人家叫'小留'。"

小宝急忙报告，"他们早叫我'老留'了。"

他爸没理他，他妈也没理他，还要说什么的小宝大概是想起了妈妈刚才的训斥，赶紧闭嘴。弄口立时凸显出升平街并不很僻静。

国荣嫂扒饭也似的吃开了碗里的面，林国荣则将一滴汤都不剩的空碗送进搭建，"嘿嘿"地笑着出来时，"近来不得了嘛，"他对妻子说，"先乘除后加减搞得煞清。连什么'遗传'都懂了……直接家教儿子罢你就。"

"会连加减乘除都不懂么我。"国荣嫂说，说着想起，"小学又不是没读过，只不过后来，跟着爸妈离开老家，到处打工，再后来又嫁给你，买、汰、烧，生儿子、带儿子，忙得……遗传，公司里有个留学生，是她咨询给我的。"这么补述了句，她续接前话，说，"……要是给我一直读下去，哼！"

倒并非怕她说出不中听的话，林国荣是要告诫妻子，"居委会安排你进外资企业做保洁，很不容易的，多动手，少开口，不要东搭讪西搭讪，惹人家讨厌。"

国荣嫂很明白、完全认同，"在公司里我可巴结呢。"

"妈妈，"小宝没不忍，所以，等他妈妈不说了，才急忙问，"留学生是不是留级留得比我还厉害？"

"四年升两级，"林国荣一拎挂在搭建门上的书包，"没有人厉害得过你。"

国荣嫂起身截下书包，"我送他。"递剩不少面的碗和筷给林国荣，"煤气灶旁边有盒重阳糕，你带着。"

"又让我去。"林国荣耍赖似的坐上折叠凳。

国荣嫂忙劝，"是重阳节呀今天，听公司请来开会的专家讲，遍插什么少一人，意思是，今天，兄弟要在一起聚聚的。"

"那，"林国荣捧着空碗连围裙地抱住双膝，"更加不去了。"

国荣嫂不解，"为什么？"

"你又不是不知道。每趟都是，我刚刚坐进沙发，他就摸出皮夹子，数钞票给我，后来，又改要给卡了，弄得好像我去哭穷。穷，的确比他穷，不过，开销我们够的，对吗？就算不够，我们也想都没有想过要伸手，对吗？跟我没有话讲，不要紧，就让我在旁边坐坐好啦。弟兄两个一道坐坐，不讲话，也可以的呀。"

国荣嫂再劝，"看在重阳节面上……"

"喔唷，过节呀，还拎东西，皮夹子摸得更加快了要。不去，不去。"

国荣嫂没奈何地摇着头，"猪脾气又发了。"一拽早已等在弄口外边的小宝，"我们快走。"

林国荣没容她就这么走，"嗳，"问，"怎么跟家教讲？"

"不会来的。"

"万一呢？"

"我来跟她说。"国荣嫂缓步扭头，"在学校再问问张老师，"说，"三点多就接小宝到家了我。"又回身叮嘱，"你去看你哥。"

6/7 升平街1号，饭店的包房（内，日）

毫不狼藉，当然，没有未被品尝过的菜肴。酒，则瓶杯皆空。

"还要点什么吗？"林国光含笑地环顾着征询。

取烟的这位瞥见劳力士腕表，"哟，不知不觉，三点多了已经。"

"连下午茶嘛算是。"林国光打趣道。

座中客个个笑，笑出满意、尽兴和"不要了"。

林国光转向侍立在窗下的服务员，"埋单。"

临要开门，服务员请示，"包怎么打？"

林国光一摆手，"不用。"

服务员去了……来的是"胡雪蓉"小姐，她递账单到林国光面前的桌边。

没看，林国光从T恤口袋里夹出张卡，置于其上，"没有密码。"

颔首致谢，拿起卡和单，"胡雪蓉"小姐侧身向门外走······

6/8 升平街71弄，弄口（外，日）

胡雪蓉背个包，拎着只塑料袋——袋中黑乎乎的，装的是她原先穿的皮鞋，见搭建与弄堂口之间的空当里没鞋撑及凳椅，窄门上挂有锁，便拐······拐到铁梯前，梯顶端那扇门也关得严严。

觉奇怪，胡雪蓉犹豫着。

6/9 升平街1号，饭店的包房（内，日）

"胡雪蓉"小姐一愣，眼前的包房里有服务员在收拾桌面，没客人，给她卡的那位自然也不在。扭头转身，她急急地去······

6/10 升平街71弄，弄口/过街楼前（外，日）

右脚刚踩上，作梯阶的铁板即弯出弧度，虽然，度非常之大。胡雪蓉像要招呼地又看看高在陡梯顶端的门。她没作声，没拿下脚，抓紧手捏的晃着的细杠，战兢兢地加上左脚，让弧度在身下变小、一级、再一级······

6/11 升平街，1号门前（外，日）

冲出左右移开的玻璃双扇大门，升平街拐弯的这边不见要追的人，人在前有十字路口的街那头。"胡雪蓉"小姐先喊，"林先生！"随即赶，小步，带得甚紧，鞋跟高，她不敢跑，"卡！"

没迎，林国光等着，淡淡的笑里并无感激之意，只不过，似乎为免对方多受累，在"胡雪蓉"小姐将到他跟前时，"留着罢，"说，"算给你的小费。"

6/12 升平街71弄，弄口/过街楼前（外，日）

"当你不来了呢。"

闻声回头，胡雪蓉看见半截梯下横弄弄口站着个中年妇女，端一只水淋淋的锅，锅里有好几只湿漉漉的大小碗和筷，她猜出了这是谁，"晚了么我？"

"上午你打听过我们，"国荣嫂仍作着审视，"现在，介绍介绍自己吧。"

加手把住铁杠，胡雪蓉转身得很是当心，"我在读研究生……"

6/13 升平街（外，日）

"……不不，"这两个字分明并非第一次说，捏卡的手也应该称之为是仍坚挺地杵在林国光面前，"胡雪蓉"小姐的脸色较语气和手更决然，"谢谢你，我不收小费。"

林国光笑了，"我真的没有别的意思。"分明是重复地说罢，他接着说，"包括酒水，今天消费不会超过八千五，有点上落的，只有龙虾和苏眉，我算好了点的，所以，这卡里，最多只剩百把块。"

"八只冷盆六只热菜，随看随点，你……""胡雪蓉"小姐意外至讶异。

林国光好像颇惭愧那样又一笑，"实在不肯收，"说，"你就随便给个人，或者丢掉。"

"掉"字未断音，掉头走，林国光一步跨入来、去的两道车流中。

看着，"胡雪蓉"小姐看着险险被车撞飞的……

6/14 升平街71弄，弄口/过街楼前（外，日）

胡雪蓉俯视着国荣嫂，显然，她已经向对方介绍完自己。

"兼职家教多久了？"国荣嫂问，"教的人家多不多？"

胡雪蓉告诉得坦白，"请我的人非常多，谈成的也很不少，就是做不长。"

"为什么？"国荣嫂有些疑惑和更多的不放心。

胡雪蓉坦白告诉得毫不迟疑，"因为，我不算难看。"

"你要算难看，世界上哪还有漂亮。"国荣嫂咯咯笑起来，"是想让你转岗、怕你转岗给小孩他爸做家教，对不对？"问，"还有不入调、动手动脚的，对不对？"遂正色道，"以前做过钟点工，我明白。"

也不等胡雪蓉再开口，国荣嫂蹬蹬蹬把铁梯踩得整体打颤地上楼，越过躲个紧贴墙的胡雪蓉，"小宝，快，来接老师上去，"边喊边推开门往里。

惊魂甫定而满怀余悸的胡雪蓉没看到小宝，只见国荣嫂没锅的手中分别拿着暖瓶和磁杯，如上去一样地下来，并说着，"我替你泡茶。"

到最后一级忽止步，国荣嫂背靠铁杠，回望胡雪蓉，"老师，"压低声问，"要用洗手间吗？"

胡雪蓉一时不知怎么回答。

"楼上没洗手间，要方便得用马桶。马桶，那是我们外来户从没用过、肯定坐不下去的。再说，是个统间，没遮没挡，小宝小虽小，终究不是女的……"

胡雪蓉听得慌忙摇头，"不、不用，茶也不用……"

"要泡的，你是老师。"国荣嫂说。

不见拐向弄堂口的国荣嫂踅回，胡雪蓉松了口气，平平呼吸，方松开一手，瞥见梯顶门口站着迎接她的小宝，把一声"老师"叫得毕恭毕敬。

6/15 升平街71弄，弄口/搭建（内，日）

将暖瓶中的水倾入铝壶，置壶于由半圈厚铁皮围住的煤气灶，扭开小火，向搁板去取罐，国荣嫂发现了灶旁的重阳糕，不由叹息。

6/16 升平街69号乙，过街楼（内，日）

明亮，南北皆有窗四扇，但，这窗也害得橱柜只能分立东西，大床在北而小床在南，兼作它们之间那张方桌的座位用。

胡雪蓉独占着方桌近门这边的两只骨牌凳，一只放她带来的包和塑料袋，一只放她。她挪开些桌上的课本和作业簿，将一张打印好的A4纸摊向端坐在小床床沿的小宝。小宝惶惶地看它，和她，嗫嚅着，从口形可见是叫"老师"。

"叫我胡老师。"

小宝的声仍在齿舌间，"胡老师。"他报告，"好多功课我都不会。"

"不会不要紧，老师就要知道你不会什么。知道了好教你。我一教，不会的你就会会的。"

胡雪蓉柔言软语，又说得把握满满，顿令身与心同陷于恐慌和紧张的小宝有了希望。放胆驻目看胡雪蓉手指指的，看了好大会，小宝摇摇头。

胡雪蓉移指，小宝又摇头……胡雪蓉移着指。小宝摇着头。

胡雪蓉收起那纸，折拢。不知是再要拿出什么来呢还是要放纸进去，她取过她的包。

"胡老师，"小宝企盼希望别成泡影地问，"你肯教我吗？"

"你肯用功，我就教。"

"我一直很用功的。没有用。因为，"小宝只差没哭地说，"我笨得不转弯。"

胡雪蓉坚决地摇头，"不可能。"

"一年级，我读了两年，两年级又读了两年。"小宝摆出事实，"一二不过三，三年级恐怕最少也要读两年。"

心生怜悯，胡雪蓉抚慰地摸摸小宝的脑袋又摸他脸，"不会。"

"会的。"小宝忽然抬头，用噙泪的眼看定胡雪蓉，"妈妈说，我笨是遗传。爸爸说，他笨是我大伯伯害的。"

抿嘴，胡雪蓉竭力保持住严肃。

6/17 升平街71弄，弄口（外，日）

端杯提暖瓶，国荣嫂一跨出搭建，就瞥见走过弄堂口去的林国荣。

"哎！"她拔直喉咙喊，"家都不认识了？"林国荣踅了回来，可，没省悟到错，甚至连反应也没。发现丈夫拎着双黑色男皮鞋，国荣嫂又问，"这是什么？"

林国荣看了看，"修好的鞋子，给人家送去的。"

"那，"国荣嫂察觉苗头有些不对，"怎么拎回来了？"

要放鞋向手动机车肚里的，林国荣将手扶住车头，欠着身，像站不稳。

惊了国荣嫂，"怎么啦？"

"你，"林国荣唤住往搭建缩身的妻子，气短地关照，"去把那根铁杆……拿出来，还有毯子……现在脚软，有点抖，爬不动楼梯……等一歇，我再上楼……"

放杯瓶进搭建的国荣嫂已将取得的折叠小凳打开放到林国荣脚边，她边问，边扶丈夫坐，语音颤颤充满害怕，"哪儿不舒服？"

"心里。"

"不舒服还要架杆挂毯……"

"让我歇歇再讲。"

6/18 升平街69号乙，过街楼（内，日）

"……我爸爸和我大伯伯是双胞胎。"

听小宝这么说，胡雪蓉不由莞尔，"是吗？"

"我大伯伯先生下来，集中带去了我爷爷和奶奶的全部智商。所以，我爸爸笨，我大伯伯聪明。"

实在害怕忍不住嘻嘻咯咯作笑，胡雪蓉赶紧转移话题，"你爷爷奶奶呢？"

"一道在保密地方搞科学，汽车翻掉，死掉了。那时候，大伯伯和爸爸还小。"

"那他们谁带大？"

"他们的爷爷……"

胡雪蓉截话向小宝指出，"是你的太祖父。"

"老师，"小宝也向胡雪蓉指出，"你不要不相信。"说，"是真的，弄堂里谁都说，要不，怎么会一个聪明得那样一个这么笨。"

没说话，胡雪蓉打量着小宝。

"弄堂里人人都说我大伯伯从小聪明，什么都一学就会，有的，还不学也会。"小宝再次摆事实，"一次，有个大人在吹口琴，看见大伯伯眼红，就让他吹几口玩。大伯伯放到嘴巴上就吹出'1、2、3、4、5、6、7'，接下去，就'56、56、161'了。我爸爸一吹，所有洞洞都响。都响到他大，到他再也不碰口琴。"

胡雪蓉要否定的其实是由此事推导出的结论，"会吹口琴的人未必不笨。"

"大伯伯一个人就赚了好多好多钱。"小宝摊开两手，看着逐个屈指地数，"个、十、百、千、万、十万、百万、千万，"屈至第八个，他举起双手，晃，"弄堂里人说他的身价有几个八位数。"

胡雪蓉不信，"一个人开什么公司？"

"我不知道。"

"炒股票？"

"不是。"

"你大伯伯那么有钱，"胡雪蓉环指着无处不需侧身方能过的过街楼，问，"你们怎么住在这里？"

小宝奇怪起来，"老师，你也有不懂的啊。"他骄傲地告诉，"这叫

'桥归桥路归路'，兄弟归兄弟，钞票归钞票。"

点头，胡雪蓉长长地出了声，"噢——"

6/19 升平街71弄，弄口（外，日/黄昏）

"国光出事情了，"缓过气的林国荣无力地说，"倾家荡产了他。"

国荣嫂身子一晃，"嘎？！"怔良久，她托颏抬起丈夫的脸，"你怎么知道？"

"给人家送鞋子去的半路上，"林国荣有些困难地说，"碰着替国光开劳斯莱斯的东北人。"

国荣嫂呆等半天没等着告诉，一跺脚，"说呀！他怎么说？"

"中午刚刚请客吃过最后的晚餐。"

忘记手有所托，国荣嫂拧身向搭建取来磁杯，揭盖递到垂着头的丈夫嘴下，"喝口茶，定定神，中午吃晚饭，你在胡说……"

火了，林国荣抬头瞪眼，"东北人就这么告诉的我，"嚷，"刚刚请人吃过最后的晚餐。"

国荣嫂没敢再作声，却也没有不擎杯候着。

"东北人讲，"林国荣一嚷耗尽了精气神似的，哭丧着脸喃喃道，"不知道国光身边还有多少，除掉他袋袋里的，赤脚地皮光，所有钞票统统赔在期货里了。"

国荣嫂倒没丧失清醒，"胡说！几千万是什么意思，你知道吗？每个人发一万块，能发几千个人，几千个人在升平街上排队，可以打好几个来回，发要发到手发抖。怎么可能说赔光就赔光？"

"我怎么知道？"林国荣哀叹道，"我怎么懂啊？"

"那，戒指呢？手表呢？轿车呢？"

"抵了债。"

国荣嫂忽地一激灵，不敢问更不敢不问，"会不会……想不开？"

林国荣摇头，国荣嫂正要再问，只听丈夫说，"我们家从来没有碰到过这种事情。"

国荣嫂急得连连跺脚，"还不快去找！"

"没有笨到那地步吧我。"

国荣嫂不由作吼，"找不着就不找啦？有你这种弟弟，真是倒了八辈子霉。"

"我一路都在想，"林国荣说，"要想不开呢，他已经想不开了。事情又不是刚出。想得开的话，我想，他会回来。"

国荣嫂恼得，"你想你想你想，"怒斥，"你当你是诸葛亮，有神机妙算？"

"这，还要算？"林国荣不胜奇怪之至，"不回这里来，他到什么地方去？这里，是他家呀。"

国荣嫂呆得一呆，"相差这么多岁，"忽问，"知道我为什么肯嫁给你么？"也不等回答，将杯往机车肚里一放，她扭头就走，临走撂下一句，"你坐着，房间我来隔。"

没坐着，林国荣长长叹口气，甩脱什么似的摇摇头又摇了摇，扶墙站起，去搭建，拿铁鞋撑出来竖在凳前，继又拖出一盏连着电线的灯，试着，看够不够悬到凳后的墙上……

6/20 升平街69号乙，过街楼（内，日）

"不是说，"胡雪蓉瞥瞥小宝，问站在大床这边桌角的国荣嫂，"桥归桥、路归路……"

国荣嫂嘴得快，"对呀。兄弟归兄弟，钞票归钞票，他俩是兄弟啊！"说着，将已掏出的一张二十元钞票递给胡雪蓉，"这是这次的……"

"不不。"胡雪蓉的反应也不慢，边抓凳上的包和袋边转身走，"我不能收。"

国荣嫂探手往胡雪蓉衣兜里塞，没够着，要夺胡雪蓉的包，可只抢得袋，追到门口，见手不扶杠、脚步不稳却不停的胡雪蓉在陡梯的三分之一处下着，让过挤向门外的小宝，她喊，"国荣，老师的钱你给给。"

喊罢，扭头松袋爬上大床趴着伸臂，她从橱旁的墙角拿过一根三指粗细的长铁杆，将其这头戳出半开的北窗，再外推，然后，擎杆站起，端正那头，对准南窗上方正中间的圆洞，朝里送……

6/21 升平街71弄，弄口（外，黄昏）

正单手掏裤袋，林国荣看见楼梯那儿拐来了胡雪蓉，慌忙迎，"老师，"他假笑着说，"真不好意思，家里有更加要紧的用场要派……"

"妈妈告诉胡老师了，"小宝在胡雪蓉身后报告，"大伯伯要住回家……"

林国荣递上掏出的钞票，"这是这趟的，下趟……就不麻烦你了。"懊丧地咬牙说罢，又心存侥幸地补半句，"以后……"

"时间没教足，"胡雪蓉的态度竟有大改变，从林国荣掌中的钞票里取一张十元的，她说，"只能算半次。"

另一手擎着带电线的灯，林国荣帮不了自己，"不可以的，"又要让胡雪蓉再取掌托的钱，他只能将身作有限的阻挡，"这怎么可以。"

左右一闪，胡雪蓉走了。

"小宝，"林国荣只能向儿子求助，"快。"

毋庸，小宝已经出弄堂去。

并不放心更未死心的林国荣忽然想到灯能放下，他正放灯欲追时，听到了呵斥，当然，发自他老婆。

"笨得不转弯，笨得不转弯，真没错说你！"

林国荣赶紧竖指上指，"收拾好再骂。"

"收拾好还骂什么。"国荣嫂一句顶罢，即问，"要架杆挂毛毯当帘子，把房间一隔两，让国光回来有地方睡，对不对？"却不让林国荣答，又问，"毛毯再厚也不是墙，一个大伯伯一个弟妹隔一条毛毯，谁能不尴尬？谁能不提心吊胆？再说，倒了这么大的霉，心里窝火，就像猫装进布袋，小宝要是去缠国光，你怎么办？他怎么办？"

林国荣毫无异议也毫无对策，"这，哪能办？"

办法，国荣嫂有，"在搭建里搭张铺……"

可她只说得一半办法，便遭林国荣毫无余地的反对，"不！不不！不不不！"

"只当搭给国光睡吧你？"

"给我搭？"

"放屁！"国荣嫂跌足骂，"再笨下去，你要连笔直都不会了！"

6/22 升平街（外，黄昏）

抓着胡雪蓉的手，小宝像要拖住胡雪蓉。胡雪蓉则像拽、拽小宝拽得力乏了，他们渐去渐慢……渐慢渐去的他们终还是近了"T"形路口。

分明要拐弯，驻步，她低头侧脸看他。

仰着脸，他正看着她，"老师，"他告诉，"我会转弯的。"

她转身蹲下，和他觌面，"老师不让你再送，是因为，"说，"礼拜四老师会来……"

"来拿皮鞋吗？"他问，见她一愣，又问，"塑料袋里的……"

她也抢话，"不是。"

"那，"他忙再问，"礼拜天呢？"

没答，她拉近他，搂他在怀，在他耳边告诉他，"小宝，你不笨，一点都不。"

"笨的。"他坚持说，"很笨。"

　　她紧了紧抱住他的两手，"在家的时候，"问，"老师怎么跟你说的？忘啦？"

　　他挣脱开些，对她使劲摇头又更用力地点，"我学乌龟，"说，"再先飞。"

　　"那，"她也点头，带着微笑，"老师保证，会把你教得比你大伯伯还聪明。"

6/23 升平街（外，夜）

　　无有圆木堆，堤，还在沿河的路旁，人行道已高筑得仅比堤矮半身，可由石阶上下。

　　步至阶前的林国光陡地返回，快如小跑般，来站到不及躲避的"胡雪蓉"小姐跟前，并伸出展开的掌，"还我。"

　　背手向身后，"胡雪蓉"小姐再退一步。

　　"从三点多钟到现在，兜圈子绕过十好几条马路，从升平街那头到这头，你始终盯牢我，不是要还我卡。"他说，"是觉着我奇出怪样，怕我寻死。"

　　不敢点头也不肯摇头，想避开逼视她的目光却又须察言观色，更还被说破心思，她尴尬，窘。

　　"期货的涨跌替我汰了个浴，汰得我只剩你手里那张卡，活不落的感觉确实蛮强。不过，这感觉，给你一盯盯光了。这感觉远远不如有个浑身不搭界的人怕你寻死的感觉好。"他感慨着又说，"给你盯光活不落的感觉以后，我就一直在想，到什么地方去缓口气，积积力爬起来。"说得真像只是走路摔过一跤而已。

　　她听着，很认真且郑重其事的。

　　"话全讲清爽了。"他同样认真、郑重其事地续说道，"谢谢你。"

　　过一会，见她仍背着手，仍缄口不语，禁不住诧异，"还要盯啊你？"他问，"你要盯到什么时候？"

"看见你回家。"她说。

林国光一时惘然，"家？"

"你也是外地人？""胡雪蓉"小姐不由问，"在上海没家？"

摇着头，他要回避此话题似的，举步去，"有。"但，没不说，"有个弟弟。同父同母同胞同胎。不过，零交流，白板对煞，我们两个没有好讲的话。"还没少说，"自从我有了点钞票，他从来没有拿过我钱，也从来不肯让我为他用。这还好算兄弟么？你讲？"问着一瞥，发觉她就在差一步的身侧，于是又说，"又不是偷来抢来骗来，我的钞票是我凭本事赚的。阿哥的钞票，弟弟为什么不可以用？把钞票看得很重的是他。把钞票看得比亲兄弟还重，你讲，我跟他还有什么好讲的？"

"我也是双胞胎。"她告诉他，"有个妹妹，在读研究生，我在上海打工一半是因为她。"

他真可说羡慕得要死，"你真太幸福了。"

她没接嘴，沉浸于想。

想得同样不少，他也没往下说。她没有不盯。并非由于被盯，他滞留脚步，是有话，"另外还有一方面，一间石库门弄堂的过街楼，夫妻俩带一个我的侄子，再轧我，他们怎么过。"

"那……"她不好意思问出口。

他告诉得坦然，"'汰浴'的时候，准备和我结婚的女朋友，让她的男朋友住进了我们同居的公寓。"

她忽叹，"要是个女的就好了。"

他竖掌截，"有你这一句，爷叔——做你爷叔应该够岁数吧——死下去也要爬起来活。"言罢，边掏手机边说，"还没有请教尊姓大名呢，"并问，"可以留手机号么？"

"胡，胡雪芙，"她说，"芙蓉的芙。"

6/24 升平街71弄，弄口（外，夜）

折叠小凳上方亮着拉出搭建来的灯，灯下，蹲般坐个埋头修鞋的林国荣。被照得半明不暗的搭建里，面貌已大变，搁有当然更狭窄的铺，那些板和修鞋的辅料和煤气灶台，统不知被秘藏去了哪。侧身弯腰，国荣嫂正在铺前缝合棉被。

较他们更显忙的是小宝，一会儿左一会儿右，他探看着弄口两侧的升平街，"大伯伯怎么还不回家？"问罢他爸问他妈妈，他不休地问着，"大伯伯怎么还不回家？"

林国荣忽然长声叹，"有一趟，送皮鞋到虹口公园去，鞋子是个作家的。我听他在跟朋友讲，'大千世界，乖人一半笨人一半，笨不怕，怕只怕笨人学乖。'他讲，这是他阿爷告诉他的。他阿爷长寿啊，活到九十八岁呢。"

国荣嫂没听明白，"你在说什么？"

"我在担心我们的笨儿子，"林国荣说，"担心他跟他大伯伯学聪明学乖。"

国荣嫂也叹了口不短的，"我担心的是煤气公司。搭建里放了煤气灶，就不准许放鞋底鞋跟，再放就拆表封管道，抄表的来一次这么训我一次，假如看穿帮还睡进人去，那还得了。"说着，又"唉唉"地道出心底的企望，"哪天，有个能让我笃笃定定放煤气灶、适适意意做饭的地方就好喽。"

林国荣没接她嘴，不知是没听清呢还是专注于手中的活根本没听，抑或干好手中的活就是回答。

第 七 章

乙未　夏至

2015年6月22日　星期六

7/1 "滴滴"专车，升平街（外，日）

"……明白了，"后座的乘客说，"这是私人汽车。"

司机失笑，"当然，出租哪有用'宝马'的。"又问，"升平街几号？"

"到升平街就可以。"乘客告诉。

司机将车往路边靠，"那，你到了。"

"不对吧？"乘客左顾右看，窗外马路宽阔，"这里不是升平街。"

司机郑重认真了，"我不会弄错，导航更不会。"

见车不再移动，乘客无奈，打开门，下到地上，站个挡得门没法关。体态迥异，周围皆高楼，路两旁的道行树粗若邮筒。乘客打量着，"开到什么地方来了把我？"不由火大，"我在升平街送信将近五十年，你……"

"爷叔，"到车外欲争讲的司机忽这么叫乘客，又叫，"伯伯，阿爹。"还趋近与之耳语。

乘客怔，愣，诧，退步盯看司机，"你是小小？"

7/2 闪回/升平街30弄（外，日）

拐进弄口便见，右侧最后那家石库门旁，站个五六岁的男孩，只见他期待地谛视着自己，看自己取并且将信往左侧后门的下缝或门上的小箱里塞，看自己渐近他面前……尤起林故作未觉，慢慢地掉转自行车头，要骑上，要走。

陡然连奔好几步，"30弄6号，"他问，"有信么？"

"没有。"

"为什么没有？"他又问。

再也忍不住笑，尤起林笑着煞车扭身，"你是宋家阿末头的儿子，叫小小，"问他，"对不对？"不等他点头，便续说，"等你问这句话，我等得肚肠都痒长远了。你的九个伯伯和他们的弟弟，全在不及你大的时候就这么问我啦。为什么没有信，我告诉过他们，因为你们家虽然人多，亲眷朋友也不少，但是全在上海，又住得近，有事情跑一趟就可以——跟你再补一句，现在更加了，除掉电话还有手机，所以，用不着写信。"

小小像个百岁老人似的叹了口气。

"要尝尝收信的味道吗？"尤起林问，并说，"叫声好听的，我教你办法。"

小小忙叫尤起林，"爷叔。伯伯。阿爹。"

鞠躬般弯腰，尤起林俯向小小的脸侧，与之耳语……

7/3 升平街（外，日）

"试过么？"尤起林问。

小小笑，"没有。"

"给我留个地址，"尤起林说，"我让你开荤。"

小小又笑，"来坐坐聊聊欢迎，信嘛，就算了。"他环指着，"不只是升平街，生活也大不一样啦。"

"倒是。"尤起林不由四下打量，打量着走去。

小小征询，"陪你还是等你？"

"全用不着。"尤起林摆摆手，没回头，他边看边走，走在看着的应该熟悉却不认识的升平街上。

汪十五外传

1.冷僻的小马路（外，日）

显然是玻璃器皿在内中相互碰撞，纸箔肥皂箱里时不时响出脆声音。

捧它于当胸的胡美丽，面孔实在一点也不美丽，且还有与之很匹配的身材。穿滚花边的缎袄和滚花边的绸裙，襟披花手帕，肩挎花布小包裹，她一枝花一样，一步三颤地紧挨着汪十五。

汪十五深度鞠躬般弯着腰，必须抽空擦擦汗、撩撩布棉袍前摆的两手，交替着拎兜住大大小小不少纸包的网线袋，或者托成捆前坠的十几二十本洋装书，自然丝毫帮助不了背驮的用绳与那捆书联结为整体的行李铺盖，只能任它把自己压得三步一跟跄地走个气喘如牛。

然而，先吃不消的是胡美丽，"怎么还不到呀，十五？"

"转弯就是。"汪十五脚下勉力带紧，向那边拐角，"有家烟纸店，看见吗？烟纸店楼上就是屋里。"

胡美丽看见的前途比来路更冷落，阒无人烟得连树木也少，倒有些茅草棚歪斜在旁，只是隔着水浜或麦田。"啊呀，"她急了，"借房子你怎么借到乡下来了。"

"边上。"汪十五侧转头看着胡美丽，"是租界的边上。"信誓旦旦地告诉，"划进英国地界已经半年多，马上就要热闹了此地。"

从汪十五眼里看懂了真意思，胡美丽无可奈何地叹一声，"烟纸店呢？"

"喏。"汪十五硬撑着腾出一臂，很快亦即很短暂地直指了指。

终于，胡美丽看见了，有一爿烟纸店，远远的，开在路这边那排沿路的单上单下的石库门之间。

2.烟纸店的店堂（内，日）

广漆的木框间镶嵌着整块的玻璃，兼作橱窗的柜台呈曲尺状。店堂里地上堆的架上摆的顶上挂的杂货和食品，和柜台橱窗中一样琳琳琅琅。

高凳上坐个女子，悠悠闲闲的，边抽烟，她边嗑着西瓜子。在四下忙碌的倒是男人，左手鸡毛掸帚右手抹布，掸了这边又擦那儿。

"一，二；一，二……"

听得从后传来反复数数的声，他抢步穿过狭而又窄的天井，直奔后门。

3.弄堂（外，日）

指点着汪十五和胡美丽数"一、二"的男孩，异大异大的至少有十岁，瞥见后门里有"鸡毛掸帚"出来，他乐不自禁地嘻开嘴，大喊，"三！"

不像胡美丽，汪十五有所预料似的没受惊。

"这位是二房东，"他边继续解那联结着铺盖和书的绳的结，边做着介绍，"快叫屈老板。"

屈二房东没等胡美丽开口，将掸帚和抹布往肥皂箱上一放，就手便接过去，"跟我来，妹妹。"

"我来，我来。"胡美丽说的是要自己拿箱子，她的行动也与此一致——伸出两手追赶地跟屈二房东向后门。

解开了结，汪十五提起铺盖和网袋，"弟弟，"他把地上那捆书委托给男孩，"帮我看一看。"

"噢。"男孩答应得爽快，更敏捷地坐到了书上。甫一落实屁股即埋下头，他一本一本地数书，"一、二、三……"只不过，数至"三"便打住了重新再开始，"一、二、三。"

4.汪十五住所，楼道（内，日）

被天井中的日光衬着，楼道里显得格外暗。

滞涩着脚步，胡美丽摸了几摸仍没摸着扶手栏杆，"当心！"她叮嘱在前上楼的屈二房东，"你当心啊。"

"日日十几趟，"屈二房东不觉失笑，"我闭着眼睛也可以上下跑。"边说，他脚下更带紧，也颠出了较前繁密的叮当脆声音。

这下，胡美丽更着急起来，她真正要求二房东当心的是，"箱子！"胡美丽提高声音关照，"当心箱子。箱子里的东西，经不起碰。"

闻声便怕，屈二房东忙欠身，小心地将箱子轻轻放上楼梯平台，探手推开亭子间门放进来亮，他掀开些盖，一看，发觉的确碰不起，东西都是玻璃的，但，怪形怪状，没有一样曾经见过——其实乃量杯、烧杯、试管、酒精灯、曲颈瓶等等。屈二房东不由好奇出声，"什么宝贝呀？"

"我的吃饭家牲。"汪十五在胡美丽背后答。

屈二房东愈加想知道了，"你吃什么饭？"

"药剂师。"汪十五告诉。

胡美丽怕人家听不懂，"配西……外国药的，"补了句，但，没进一步解释，她现在迫切地要知道，"房子到底借在哪里？"

"亭子间。"汪十五忙答，更急忙地补充，"不过，一切应用样样俱全。"

5.汪十五住的亭子间（内，日）

所谓一应俱全，可以说言之不虚。有桌、凳、床、橱，外加马桶。

但，都成单——只一只，床也还是单人的，而且，除了马桶漆得红里透黑，其余皆本色，白坯。

汪十五进门就忙，脱棉袍，挪碗橱，搭床架铺板，拉铅丝挂帘，擦小方桌和骨牌凳，解铺盖……

长伸出两手跟随在旁，胡美丽想要帮忙。然而，除了将肥皂箱塞进床底下，别的忙，她始终一点都没帮上。

6.汪十五住的亭子间（内，黄昏）

红格子床单，蓝花布薄棉被，其中之一套绸套的两只枕头。邻床摆小方桌、骨牌凳。桌上放粗细相差颇大的洋风炉和竹壳热水瓶。碗橱挪到了西边，既把房门挡个开不直，又遮住了墙角里的马桶。两扇北窗前都已垂有纱帘，帘外的一个窗台被书籍整齐地占领着。对窗的南墙的高处露出半根为纸所裹的长钉。

坐在床沿四下打量，胡美丽不禁一啧嘴，"正好。"她说，"大了，空荡荡，吓人倒怪的，我反而不敢住。"

汪十五没接话，去向碗橱中取来两只小碗、两双筷，和一只只有半碗咸菜的大碗，又从洋风炉上的小钢精锅里盛出热饭，一一放端正以后，"饿了吧，"他说，"吃饭。"

起身去关上门，胡美丽没坐回床沿，止步偎在了落座于骨牌凳的汪十五背后，并抱他进怀。

捉住胸前的手，汪十五抚着又轻轻地捏。

"我不吃。"胡美丽说，少顷，她又说，"吃了，你要走的。"急急的，她再问，"你会不会一去不回来？"

汪十五叱，"戆。"

"我现在不是小开了呀。"胡美丽将身与汪十五贴得更紧了些。

掰开胡美丽的双手，汪十五转过身，"我欢喜你，不是因为你是小开。"

说着，又补充个近乎重说，"我欢喜你，也不是看中你爹爹的药房。"

"那你欢喜我什么？"

汪十五将俯在面前的那张脸庞捧住，"就欢喜你不好看。"

"你是还没有碰着好看的。"

汪十五笑了，"不懂了吧你。讨老婆拣好看的讨，那是戆度，"他的话里有着不屑与自傲，"要一生一世担心到死。"

一撇嘴，胡美丽抽身向床，"那为什么要丢我一个在这里？"

"我，"汪十五说，"我是怕……"

胡美丽抢话，"怕爹爹姆妈寻到这里？"

"寻得到这里，你爹爹姆妈好算仙人了。"

"那怕什么？"

"没在红毡毯上嗑过头，我怕你不肯。"

"都跟你卷包逃走逃到这里了，你还说这种话。"胡美丽一下伏倒在叠着的被上，且将臂围住脸面，即刻间，呜咽便响出，两肩也抽搐起来。

汪十五忙去搂胡美丽，凑在她耳边絮絮地说。

良久，胡美丽抑止了哭。又让汪十五轻揉柔拍地安抚慰藉了好大会儿，她才不情不愿地支起，捋她散乱的刘海和鬓发，等汪十五将饭碗和筷端到她手上。

吮吮筷，胡美丽没拨饭，她先搛菜，一搛忽笑，"拐人私奔，你还带咸菜？"

"啊呀，忘记了。"刚复坐上骨牌凳的汪十五急忙站起，又去从碗橱里取来三只空大碗来，搭角摆在那半碗咸菜旁，然后，再把被胡美丽关上的门开出个小小半。

懵懂，狐疑，胡美丽呆看着汪十五。

"吃饭没有小菜的时候，"汪十五低声地正色告诫道，"千定要开着门。"他即又说明缘故，"有人走过，一眼瞟进来，喔唷，三菜一汤。"

胡美丽不由嫣然，"哼，"却又嗔嗔地叱一声，"门槛精煞了你。"

7.汪十五住所，楼道，店堂（内，黄昏）

亭子间门外还真有人走过，走过的是二房东娘娘，见门开着，她没好意思探头张望，及至下了一级阶，她踏着脚，步却不迈，倾耳偷偷地谛听。

"吃，吃。"亭子间里传出汪十五的声音，"这咸鸡（咸菜），茨菰肉（自家捏），蛋齄汤（淡齄齄），吃呀你。"

有了收获，二房东娘娘蹑手蹑脚下得楼，一溜烟来到店堂里，"吃得比我们还好，"她大惊小怪地报告道，"是有两钿的人家。"

"当然喽，"屈二房东并不意外，"配西药的外国医生嘛。"

二房东娘娘叱，"明明两个中国人。"

"人嘛是中国人，"屈二房东争辩道，"做的行当是外国医生。"

二房东娘娘惊得瞪大了两眼，"真的？"

8.汪十五住所，后天井（外，晨）

汪十五撅着屁股，躬在凸出的水池前刷牙，将狭而窄的通道阻堵得个严。

从店堂里出来的二房东娘娘，一手捻出另一手中的西瓜子来嗑，她将身依到门框上。

一眼瞥见，汪十五急忙让一步，又将身挨向墙。

二房东娘娘偏偏不过去，"听讲，"她核实着问，"你是做外国医生的？"

"半个，半个。"汪十五含混应着。

"那，"二房东娘娘一拍手，又拜几拜，"求你桩事情，好吗？"

吐了嘴里的沫，汪十五没顾上擦，"你讲。"

"我儿子，"二房东娘娘说，"吃晓得吃，白相（上海方言，玩）晓得白相，人头也识得，就是不开窍，十岁出头还只会数到三。"她不胜烦恼且怨个不胜，"中医看过不少，全赛过青天白日点蜡烛。"她哀声地求告，"你帮他看看。"

汪十五把水杯和牙刷一齐乱摇，"我哪里有那么大本事。"见二房东娘娘不信，他又说，"有那样的本事，会来租你的亭子间住吗我？"

"会。"二房东娘娘并不掩饰聪明地说，"我什么事情都看得懂。"她凑近汪十五，踮起脚，又把声音压低了，"此地是你的小房子。"还逼人家承认，"对吗？"

没承认也不否认，汪十五只嘿嘿地笑。

"不让你白看。免收房钱嘛，我知道你不在乎。"二房东娘娘往上一指亭子间，"她，我带两只眼睛，加倍替你看牢。"

汪十五被挠着了痒处，"那，我试试看。"答应的同时他留了后路，"不过，不一定医得好。"

9.汪十五住的亭子间（内，晨）

肥皂箱子被从床肚里拖了出来，汪十五将它放到了桌上。

胡美丽正从南墙高处那半截钉上拿下棉袍，听得响声，回头看，"不出去寻生意了你？"

"你拿它们放在水里煮半个钟头，回来我要合补脑的药水。"汪十五交代着，在胡美丽伺候下穿上袍子，"一寻着生意我就回来。"

胡美丽没这么笃定，"寻不着呢？"

"怎么会。"汪十五有成竹在胸中，"我老早就托过人了。"他又胸有成竹地说，"寻一脚生意，小意思。"他的话越说越大，说来一点也不像吹牛，"寻着了生意，我们马上结婚。下来，我还要开店呢。也开爿西药房。不能白白敲掉你的小开呀我，我还一个老板娘给你做。"说着，他边整襟扣，边向门外跨。

10.街头（外，日）

对着橱窗玻璃整了整衣领和襟扣，汪十五这才推开一旁的门，走进西药店里去。举步推门前，他先在脸上堆出可掬的笑。

11.西药店的店堂（内，日）

有热情真诚的笑迎着汪十五，还有藏在埋怨里的殷勤，"怎么现在才来？"

"晚了？"汪十五心中暗一凛，"约好十点钟的。"

白漆墙上有白壳电钟，这里的家什都雪白，映得玻璃柜里各色包装的药品分外鲜艳。"我到了，"汪十五一指先已瞟过一眼的电钟，讨好地打趣说，"它还没有到。"

柜台里边的那位揭起空当间的挡板，让，"进来坐。"

汪十五轧出苗头，"金老板没在店里？"问着，提议，"我再去兜一圈。"

那一位笑了，"一圈差不多要兜好了我们东家，他八点三刻就来坐等你，等得心焦，到春风得意楼去喝口茶，临走关照，用不着等他，你直接到伙开工。"

"那好，那好。"汪十五敛喜在心里，做出战兢兢的样，"下来要吃一锅饭了，不对的地方，老师兄你骂，噢？"他先接过那一位手上的挡板，这才侧身往柜台里边去。

那一位指点着汪十五，教训起了在旁看报的青年，"看看喏，看看有真本事的样子。"

虽没搭腔，青年倒拿眼打量起了汪十五。

汪十五忙赔笑，又伸出手，"小姓汪，汪十五。师兄怎么称呼？"

"不认识嘛也应该听说过呀，"仍是那一位接过了嘴，仍旧是说给青年听的，"站在店堂里会揽生意，转到后房间就是药剂师，人称一把刀两面快，小辈英雄……"

汪十五忙截住那一位的话，"是大家捧我场，其实……"

汪十五还没说完，店门推开处，跟跄着进来了把铜盆帽拿在手中的金老板，"你，"他喘得急，更着急地指着汪十五说，"来，你出来。"

愣，怔，那一位看戆在了那儿。而青年则放下报纸，饶有兴趣地作壁上观。

汪十五不慌不急不忙，端凳，揭板，在站到金老板身边的同时，将凳放到了人家的屁股后头，他还伸手要相帮脱大衣，"先坐一歇，你再吩咐。"

看得暗自赞许，金老板长长地叹了口气。将帽子胡乱往头上一戴，他从西装裤袋里摸出来三块银元，"我答应过你九块一月工钿钱，这是三块。"

"用不着的。"汪十五尽力把尴尬掖在心里，也没问什么究竟。

金老板抓过汪十五的手，硬塞着银元，"本事忒大你，我这里庙小。"

把银元钱放到柜台上，汪十五拿起一块，扬了扬，抱拳连连拱着，向外退。

12.汪十五住的亭子间（内，日）

三只空碗围着半碗咸菜。

独坐在桌旁的胡美丽，瞥见半掩的门里侧身蹑步进来了汪十五，佯作不知，埋头顾自数米粒般地拨着饭，难以下咽的样子做来真假难辨。

到背后，汪十五将一个由纸绳系着的小小扁扁的竹篓悬向胡美丽的鼻前，晃着。竹篓内装个油纸包，面上有商标红底黑字，写的是"真正陆稿荐"。

一下扭转头，胡美丽高兴得两眼亮晶晶的，只把汪十五看着。

"猜不出里边装的什么，"汪十五打趣说，"罚你看我吃。"

胡美丽要听的不是这个，"寻着生意了？"

"当然。"汪十五答来爽快得紧。

13.西药房，后间（内，日）

等饭桌旁走得只剩对汪十五青眼有加的那位了，金老板这才把勺往汤碗里一丢，不胜庆幸之至地叹，"幸亏想起来去喝茶，"他又往前凑了凑，"要不然，祸就闯大了。"

不动声色，那一位等着听下文。

"你猜，在春风得意楼，我碰着谁了？美华的老板胡宏生。一个多月没有见面，他瘦得落了形了都。为什么，你晓得吗？"金老板总是用一句问话来转折自己的讲述，"为女儿。卷包逃走，他女儿跟人私奔了。你晓得跟谁吗？自己店里的一个伙计。"

见对面那一位两眼忽一睁，他以指叩桌，应声道，"对对，就是汪十五。"

往后一靠，金老板沉默着等人来请教。不过只等得没一会，他急不可待地开了口，"独养女儿，胡宏生一心巴望招个女婿回来，好接续他们胡家的香烟。汪十五门槛精，看准了这点，来个釜底抽薪，想要既得个老婆又得爿店。懂了吧你？"

"没有，"对面那一位摇着头，"我听不出来跟你有什么关系？"

金老板连连指点着，"你呀你呀，你怎么不想想？我也有爿店，也只有一个独养女儿。"

"那又怎么？"那一位还是没懂。

金老板一声叹来长长的，"怎么会看不出来的呢你？汪十五骗着了老婆，那爿店他没有到手。老婆是浇头，店才是面，面没有吃着，肚皮饿，他还要觅食的。"

"你也把你女儿想得忒戆了，"那一位质疑道，"都已经有老婆了，小姐还会受他的骗？"

金老板冷冷一笑，"男女之间的事情，从来没有定规。"

"那，"那一位提出了另外的可能，"汪十五跟胡家小姐也许是真好呢。"

金老板没否认，"倒不是不可能。"琢磨着，他说，"你当我不懂你的意思呀？你是想劝我用他。"他坚决地摇了摇头，"篱笆还是扎得紧紧的好。再说，桃花运后头接的往往是墓库，汪十五且得倒一阵霉呢，离他远一点为妙。"

14.汪十五住的亭子间（内，日）

临将小扁竹篓放进碗橱，胡美丽捻了一块在嘴里，"我顶欢喜吃熏鱼了。"边吃边说，她边又往嘴里捻了一块，"还有酱鸭，也是我顶欢喜的。"

没听见响应，胡美丽回眸去看。

汪十五屈臂枕着头，和衣躺在床上，两眼眨巴眨巴地想什么想出了神。

"下来你要间花着买给我吃，一趟杜六房的熏鱼、酱鸭，一趟陆稿荐的熏鱼、酱鸭。"胡美丽将身坐来到床沿，"噢？"她推搡着，又把原因告诉汪十五，"两家人家的口味不一样。"

漫应着，汪十五笑了笑。

胡美丽哪能会看不出山水，"想什么心事呀你在？"

"嗄。"汪十五的搪塞来得快，"在想合补脑药水。"且不容胡美丽琢磨，"家牲还没有消毒吧？"边说，他起身从床下拖出肥皂箱来。

胡美丽大不以为然，"不会到店里去弄呀你，店里要什么有什么。"

一个惑突，汪十五没反应过来。

胡美丽奇怪了，"哎，你不是寻着生意了吗？"

"刚刚到店就做私生活，"汪十五忙补漏洞，"不好。"

从背后打量着只顾埋头从箱里一一取出量杯烧杯曲颈瓶的汪十五，胡美丽打量了良久，"这么起劲，"她这才问，"给谁补脑？"

"二房东的儿子。"汪十五还是尽力不与胡美丽对上眼。

15.汪十五住所，烟纸店店堂间后面的过道（内，晨）

"这是给你儿子补脑的药水。"

药水装在瓶中，瓶拿在胡美丽手里，胡美丽的手伸在店堂后边的门口，身子却在门外头。

不等胡美丽的话断音，也没容屈二房东去迎，二房东娘娘一骨碌下了高凳，扬手丢了手里的西瓜子和壳，直扑过来抢也似的接过了瓶。

"我先生尝过的，"胡美丽交代着汪十五的交代，"你放心让他吃。"

"放心。"二房东娘娘说，她只顾打量瓶里的药水。

谄媚地对胡美丽笑着，屈二房东跟一句，"放心的。"

"我先生讲，"胡美丽又交代，"效果不一定有。"

"怎么吃法？"二房东娘娘问；屈二房东也问，"怎么吃法？"

胡美丽遥指着瓶上的量度痕，"一趟吃一格，"又翘起手指，"一天三趟。"

一扭屁股回头走，二房东娘娘咬出瓶子的塞，掐准了量度的痕，探手捏住儿子的鼻，即便喂将起来。

很为老婆的猴急觉得惭愧，屈二房东把谢忱表达得倍加积极，"汪先生呢，让我当面谢谢他。"

"他不在。"胡美丽忙拦住屈二房东，"他在外头……"顿了少顷，她才勉强一笑地续完这句话，"忙。"

16.街头（外，日）

倒退着，汪十五被轰出了玻璃门。

门玻璃上贴有"韦廉士大医师粉红药丸"的广告，显见得这是一家西药店。

"韦廉士大医师粉红药丸"的广告贴在橱窗里，汪十五推开一旁的门。进门只得真正一歇歇，他垂头丧气地出来了。

17.汪十五住所的弄堂（外，黄昏）

往儿子嘴里倒了一点点，二房东娘娘举瓶看一看量度的痕，这才又倒一点进儿子张大的嘴。她刚喂罢药水，瞥见横弄堂口那儿拐进来了汪十五。

"啊呀，跟你讲过多少趟了，从店堂里穿。"她迎上几步埋怨道，"偏要多走冤枉路。"

汪十五敷衍着，"一样，一样。"随口问，"药水吃光了吗？"

"还有。"二房东娘娘见汪十五捏着块手帕，讨好地说，"这天也真是，说热它就热了。"

紧着脚下，汪十五竭力肯定着，"就是呀。"

18.汪十五住的亭子间（内，黄昏/夜）

由胡美丽伺候着脱下了棉袍，汪十五没让她往钉上挂，边从方桌抽屉里拿出剪刀来。

"做什么？"胡美丽诧异得一呆。

汪十五一笑，即动手于缝线处拆开棉袍，取出内中的絮……

……汪十五重将面子与衬里缝合着。

看着，胡美丽的眼里有了莹莹，继而，瞳仁儿定定的，她有所思起来。

汪十五拎起改成的夹袍啪地一抖落，"等天热了再拆夹里，那就是件单长衫。"他似乎很得意地告诉胡美丽，"既用不着担心它霉，又省得找地方放，还可以一年四季都有穿的。"

扭头，转身，胡美丽从碗橱顶上拿下个盖着旧报纸的花洋布包。掀掉报纸，她把花布包递向汪十五。

没接，汪十五连连摇头，"你的行头我不会拆，拆了也缝不起来。"

"你替我送到典当里去寄一寄，"胡美丽说，"寄过黄梅再替我拿回来。"

汪十五心里明亮，嘴上却不说穿，"看不出你，门槛也精了。"

"哼，"胡美丽得意得很是认真地说，"也不看看我跟谁睡一张床。"

19.汪十五住所的弄堂（外，日）

独自倚墙坐在地上，屈二房东的儿子赤膊赤脚只穿了条短裤，嘴对嘴地喝着瓶里的药水，他喝得贪婪得紧。

"啊！"从后门里出来的二房东娘娘，见了大惊失色，"你！"

一吓，她儿子忙把药水瓶紧紧捂向肚皮，又躬背抬膝保护着。

"拿来，"二房东娘娘要夺却无从下手，"吃了多少呀你？全吃光了？"

稍稍松开些防备，她儿子从缝隙里看药瓶，"一，二，三，四，五，"他抬起头，又对他妈妈举手抻开着五指，"吃了五格。"

没说话，也没出声，二房东娘娘腿一软，一屁股跌坐在了地上。

她儿子吓得哇地哭了起来。

20.街头（外，日）

横挑竖挑地从人家的右肩挑到了左肩，汪十五终于没有再把拿到手上的鹅毛扇插回担子去。讫了钱物，货郎挑着两肩插得像鸵鸟似的鹅毛扇儿走了。汪十五也一摇扇，转过了身。转过身来发觉有人挡着路，并未在意，他朝旁挪一步。

挡住汪十五去路的这一位，也朝这边挪了一步，"你姓汪？"

"嘎？"汪十五抬眼看，见面前身高体壮的他，敞开着对襟短褂，束着宽宽的皮带，长着半脸络腮胡子，"啊。"

"叫十五？"

迟疑着，汪十五没敢不承认，"是。"

"那请你跟我走一趟。"人家把话说得客客气气，说话间，他把一只手搭到了汪十五的肩上，搭得也甚其轻。

不得不跟人家走，汪十五歪着的身子有些僵。几步外的路边有匹高头马，架着一辆四轮车，厢座漆黑漆，门角包黄铜，踏阶锃亮镀的是"克洛米"。

站停在踏阶前，汪十五一时忘了应该先抬哪条腿，"用不着，"他绝非客套地啰嗦道，"用不着这样。"

21.大宅深院（外/内，日）

缘着粉墙辘辘地行来，马车停在月洞门前。门内迎面立假山，半遮半掩着绿树红花。

被搀下车的汪十五，被搀着绕过了假山。

豁然现出荡漾的碧波，水上有桥，桥九曲，九曲桥尽头是轩，草书四字"湖光山色"的匾额下，设着桌和椅。座中男弹三弦女的抱琵琶，正唱着《玉蜻蜓》里"佛地寻亲"那折。

听弹唱的只有一位，身穿白纺绸衫裤，脚着白洋袜，此公半卧在榻。瞥见汪十五进门来，他抬起夹着支香烟的手，一指旁侧的盘交椅，便再不加理会了。

呆在那儿好一会，汪十五战兢兢地坐了。没敢坐满，他更没敢去碰椅边几桌上摆的茶。

碧绿的嫩叶半沉半浮于玻璃的杯中。

杯下垫一方精纺巾帕。

帕的一角有丝线绣出的"C.W.S"。

一式由老红木精工做成的几桌和椅和半桌，雕刻着的花饰边也同一式。

半桌居中摆自鸣钟，与之相邻的是只与之大得相仿的无线电，两者显见得皆是舶来品。

汪十五偷偷地瞟了一眼又瞟一眼，矗身挺胸的姿势却始终保持得相当完好，那把鹅毛扇，则被他两手合拿着置于膝头。

乐声止处，艺人继之以表白。

"听讲，"榻上的那位开了口，开口说来颇突兀，"你有补脑的药水。"

一愣，汪十五不知是祸是福，谨慎地笑了笑。

"听讲，吃了你的药水，小戆跳级，数到了五。"

一怔，汪十五不知是真是假，择了个问题作答，"先生怎么晓得？"

"我的跟班是小戆的过房爷。"

释然，恍然，汪十五深深一点头，"噢。"他即刻表示，"改天，我替府上送几瓶过来。"

"药水是英国货？"

"不是。"

"美国货？"

"不是。"

"法国货？"

"不是。"

"那么是东洋货了。"他一拂掉落在纺绸衫上的烟灰，"东洋货，我素来不相信。纸头上涂一层柏油，当香云纱卖——东洋人弄不出什么好东西。"

汪十五保证，"方子绝对不是东洋的。"他又半是提议半是征询地说，"你先吃一两瓶试试。"

"我，"他指了指地上，"你不认识吧？"

笑了笑，汪十五笑出着自惭自愧和自卑，"十五世面见得少。"

"新近在交易所里做点花衣做点证券和杂粮，"他没告诉汪十五他姓甚名谁是何许人，"本来是贪好白相，不晓得非但不好白相，还特别费脑筋。"他用指抵住额头揉了揉。

正此时，说书艺人落回了。于是，他款款地起身，又举起手来软软地挥，"好，"他既对艺人也对着汪十五说，"不送。"

22.汪十五住的亭子间（内，夜）

"用马车送你回来的？"胡美丽问，显见得她已听汪十五告诉了详情。

汪十五摇了摇头，"有剩的粥吗？"

"饿着肚子呐还？"胡美丽心疼地问，性急慌忙去开碗橱，"饿着肚子从虹桥一直走到家里啊？"她端出来了一碗葱烤鲫鱼和一碗走油蹄髈，接着被她端到桌上的是整鸡和整鸭。见汪十五看呆了，胡美丽做得战兢兢地告诉，"我的锁片，给我交掉了。"

汪十五的呆只是一时的，"二房东。"

"还有这个。"笑起来一晃拿到手上的锡壶，胡美丽承认着说，"还说拣个日子，请了大香大烛，要给你磕头呢。"

汪十五打量着摆满一桌的菜，"怎么一筷都没有动过？"

"你说呢？"

胡美丽刚坐到床沿，汪十五已经挨上来，探头噘嘴要亲她。她躲他。他抱她。她和他都倒卧了下去。

"酒，酒。"胡美丽急得直叫却没拔高声音，"啊呀，扇子。"继之，她又央求，"先吃，先……灯。"

23.汪十五住的亭子间（内，夜）

窗外无月，屋里的灯没亮。

"为什么不讲清楚药水是你合的？"胡美丽在暗中问。

没有汪十五的回答，他睡熟了难道？

"他再问你你怎么讲？"胡美丽又问。

忽有了汪十五的叹，"一直寻生意一直寻不着，一直寻不着一直寻，"他忧喜参半地叹道，"没有想到生意就在自己手里。"

"那还叹什么气？"胡美丽问。

没有回答，汪十五又叹了口气。

没再问什么，胡美丽用鹅毛扇扇着汪十五。

"我来。"

"哎，不是你买给我用的吗？"胡美丽又问。

24.街头/画室（内，日）

有眉有眼有鼻有唇有耳，都是画，集它们于一块的头像也不少，有男有女有老有少多是同胞，还有几个东洋和西洋人。

"就他。"汪十五一指那幅西洋老头的画像。

戴顶瓜皮帽插一张纸箔作帽檐的老画师忙用桠杈将之取下来。

"我要改一改，"汪十五问，"可以吗？"

老画师将画像挂到了原处，"那要重画。"

"可以。"汪十五答应着叮嘱道，"你替我画胖。"忽然，他一指墙上画中那个东洋人鼻上夹戴的眼镜，"画他戴眼镜。"过了一会，他又出花样说，"替我画点胡子，可以吗？"

已在案前执笔作画的老画师看了他一眼，"只要你肯出铜钿。"

"那，多画点，画阿胡子，"汪十五比划着交代，"阿胡子长得像一大蓬草。"

25.汪十五住的亭子间（内，日）

脸庞圆滚滚，鼻上夹了副框滚圆的眼镜，连鬓大胡子足有尺把长，画上的他已经迥然不复可辨是谁个了。

瞪着这个陌生人，推门进来的胡美丽不由得不呆，"谁呀他是？"

"冯·海因特。"汪十五执笔疾书在画像旁的桌边。

胡美丽没懂，"疯喊赢的？什么意思？"

"名字，他的名字。"汪十五停住笔，似念非念地说，"冯·海因特，医学博士，乃欧罗巴洲，茄门（德国英文的音读）人。"一想，他在纸上改了几个字，"还是说白的好。"

汪十五重新开始向胡美丽作介绍，"冯·海因特，医学博士，乃欧罗巴洲，德国人。在德国，冯·海因特被工业巨子百万富翁克虏伯氏聘为私人医生，后又出任德皇陛下和皇后陛下的御医。因高超的医术而受赐'冯'字，即册封为贵族，括弧男爵。44776补脑汁系冯·海因特毕生心血之结晶，有改善大脑营养的特别效果。"

胡美丽听得佩服之至，"怎么给你想出来的？"

"你怎么知道是我想出来的？"汪十五倒意外了。

胡美丽一笑，"一听你讲生意就在自己手里，我就猜你要出花样。"又一笑，她拿出始终背在身后的手，把个不小的布包放到桌上，匍匍的很沉，还有响声挺亮，"我想，你再出花样，生意再在你手上，没有本钱还是个空。"

像是没在听，汪十五只把并不美丽的胡美丽出神地看，看着，起身，他又伸出手。胡美丽以为他要抱，也将身依过来。汪十五解开了她的领扣，又要解襟扣，还不让她躲不让挣。露出来的胸脯雪白粉嫩，雪白粉嫩的胸脯上什么都没有。

"链条锁片你全交掉啦？"汪十五且怨又责，"怎么不跟我商量商量呢你。"

深为此觉得情、觉得甜，胡美丽却撇了撇嘴，兰花着手指一拎汪十五身上的对襟单布衫，"许你剥长衫，"她诘问，"噢，不许我交首饰呀？"

"可以当嘛。"汪十五的惋惜在于此，"当，等有了铜钿好赎回来。"

不服，胡美丽生了嗔。不服与嗔其实都是假，她歪头靠上汪十五的肩，"等有铜钿了，你不会替我买啊？"

"那是爹爹姆妈替你打的，"汪十五还有着深一层的惋惜，"摸摸，可以不忘记他们的好。"

胡美丽想得不一样，"等你给我买了，"她一一数来，"链条、锁片、镯头、嵌宝戒指，还有金刚钻的耳朵环，我戴回去让爹爹姆妈看，气煞他们。"

听胡美丽报一件，汪十五应声点一点头，他的目光却左右没离画像。

26.大宅深院，"湖光山色"轩（内，日）

画像缩得指甲般大，文字成行密集在花边框内，花边大红底色咖啡。贴有如是商标纸的扁瓶，内装的棕色药水稠似浆。瓶被掉了个面，这一面的商标更醒目，赫然竖着几字"44776补脑汁"。

"我也是脑筋一时没有转过弯，"曾经一身雪白打扮的那位今天西装革履，颈间系着蝴蝶结，"No阿美利坚，No英吉利，No法兰西，又No东洋，"他一晃手中的药瓶，"那只有茄门了。"他又嘲讽地补一句，"总不见得会是国货喽。"

汪十五笑而没有说什么。

"一五一十，"主人数着几桌上摆开的药水，"正好一打，几钿？"

汪十五陡地起立，"不让我做人呀陈先生？"

"好，好。"陈姓主人受来从容。"什么地方有卖，等歇告诉一声车夫。亲眷朋友要吃，总不能也让你破费罢。"

27.美华大药房，店堂（内，日）

狠狠地一把将柜台上的"44776"撸下，瓶在地上碎出来不小的一汪浆汁。

"骗人的东西，"胡宏生戟指着胡美丽，跌足骂，"跟了骗子，又跟骗子搭了档上门来骗，你还好算人吗？"骂着，他又冲上前来打。

幸而有伙计一齐拦住了他。

被骂傻了的胡美丽，忽扭头一拧身，拔脚就去推玻璃门。

"想骗我这爿店，骗光我家人家，做梦你。"胡宏生睪着要挣脱却挣不脱，气得破了口，"烂污×，给我滚。"

一个伙计松了手，另一个伙计告诉，"已经滚了小姐。"

"再敢上门，我送你巡捕行去。"胡宏生冲着空自晃动的门吼罢了，又回头训伙计，"从今以后，谁再提小姐，马上卷铺盖。"

28.街头（外，日）

抿着唇，憋住了气，胡美丽仰面昂头，一路急急地走，到了拐角没转弯，她直向对马路冲。

"美丽，"汪十五唤着，从拐角那边抢步出来一把拽住胡美丽，"走过头了。"

不认识似的把汪十五看着，胡美丽的眼里沁出来了泪珠，又簌落滚成两行。汪十五忙用衣袖替她拭，拭左又拭右，胡美丽的脸庞被拭得湿漉漉，泪，却犹自在流。

"怪我，"汪十五自责道，"怪我临出门忘记关照你，不要回去求爹爹帮忙。"

噎噎哽着，胡美丽摇头，"我没有爹爹。"

"瞎讲。"汪十五斥，即又告诉，"不让你去是因为不必，我自有办法把药水摆进别人家的柜台，摆遍租界上的西药房。"见胡美丽的泪眼里有疑惑有不信，他故意苦起了脸，"不过，还缺一个搭档。"

"我。"胡美丽见汪十五把头摇得跟拨浪鼓似的，急忙又表态，"要我怎么做，你讲。"

汪十五把话说得犹犹豫豫，"很难的呵，还很复杂，第一条，首先要，不哭。"

29.西药房，店堂（外/内，日）

画了眉点了唇，胡美丽显然还为自己上过些些胭脂，虽不美丽的脸倒也容光焕发。推开门，她边问边上前，"44776补脑汁有吗？"

柜台后头的那两位被问得面面相觑。

"哎，没有听见呀？"胡美丽的脾气似乎不小，"拿一瓶44776补脑汁。"

"对不起小姐，麻烦你再讲一遍。"

胡美丽不耐烦了，"44776补脑汁。"

"没有听见过。"

胡美丽扭头便走，"真正是，"边走，她边嘀咕，"连44776都不晓得，还算什么药房。"

"嗳，对不起小姐，那药是吃什么毛病的？"

胡美丽挂出一脸的轻蔑，"补汁，是补脑的。"

"你吃过吗？"

胡美丽好像受着了侮，"你这是什么话？"

"效果怎么样？"

胡美丽觉得奇怪，"不好，怎么还要买呢我？"

"小姐原来在哪家药房买的？"

胡美丽说来如滚瓜，"大马路二马路三马路五马路静安寺路西藏路大药房里全有，法租界嘛我只在公馆马路和宝隆路买过。"她又主动告诉，"听小姊妹淘讲，原来有买的店家近来都断档，讲是德国轮船脱班。"胡美丽不胜懊恼地摆了摆手，"正好断档时候吃光，"临推门跨出去，她自咕着，"到别人家去觅觅看。"

看晃着的玻璃门晃停了，柜台后的那二位都拿眼来看对方。

"补脑汁。"

"44776。"

30.街头（外，日）

"44776补脑汁，"胡美丽边走边告诉汪十五，"他们已经想忘记也忘不记了。"

汪十五赞许地点着头，"辛苦，辛苦。下一爿店我来。"

31.金老板的药房，店堂（内，日）

"有你这样回答客人的吗？"金老板冲那个青年伙计大发其火，"'没有'。"他学着青年的声调说罢，一拍柜台，"只好讲断档，晓得吗？"

看冷眼的年长者冷冷笑着。

失了面子有点急，青年嘀咕了一句，"断档和没有，意思差不多。"

"差得多呢意思，"金老板斥，"没有那是缺货色，就是品种不全。这么大一爿药房，品种不全？你存心坍我招牌呀要？"

青年只得屈从，"懂了，断档算脱销，再大的药房也难免，下趟回答断档。"

"回答断档就可以了你当？"金老板气得又一拍柜台，"柜台也太好站啦。"他更教训道，"晓得店里补脑汁缺货嘛，马上要出去打听的呀。打听清楚什么地方进得着……"

瞟一眼年长者，青年忙报告，"打听过了。"他又补充，"我看上门来问的客人不少，想晓得44776到底是什么。"

"为什么早不讲？"金老板的脸色顿时缓和。

青年不尽然是因为老实才实言相告的，"在茶馆店问同行宗，我问了至少十七八个，十七八个同行宗全讲没有经手卖过44776，也没有看见过。"

"在茶馆里问问，就打听得出来啦？"金老板即指出毛病，"什么好卖什么俏，人家会随随便便给你问出来？同行宗？同行宗全是冤家，你晓得吗？"

青年这回倒是真讨教，"那，你讲怎么打听？"

"你看，"金老板气得什么似的指着青年，对年长者说，"他倒问起我来了。"

年长者这才开口，"老板，你还记得汪十五吗？"他又提醒，"我那个同乡。"

32.茶楼（内，晨）

四下看了看，汪十五这才跨槛进门，向尽里头去。

茶楼其实是平房，两开间门面的店堂内八仙桌摆了十几张，座客有五六成。客多嗜烟，水烟旱烟香烟好来又不相同，晨光中有轻烟如薄雾。生煎馒头蟹壳黄馄饨或面，各被送外卖的小厮往各桌上送。最是忙碌茶博士，拎着擦得光可鉴人的铜壶到东到西，高提低放中，将白练投入紫砂壶，不溅不漏一点水星星。

33.茶楼，一角（内，日）

挪开面前盅儿也似的杯，汪十五摆上一瓶44776补脑汁。一把拿过去，金老板先看反面后看正面。

"是茄门货。"金老板端详着，边暗自琢磨。

汪十五解释，"德国的方子，我照着配的。"

"德国方子怎么到了你手上？"金老板盯问。

汪十五笑了笑，"蟹有蟹路，虾有虾路。"

"什么来路？"金老板追诘。

汪十五显得很为难，"可不可以不讲？"

"可以。"金老板将药水瓶放回到汪十五面前。

犹豫迟疑好一会，汪十五未告诉先要求，"听我讲了，金老板你要烂它在肚子里。"

"我嘴巴向来紧。"金老板忙安人心。

欲说，汪十五先自长叹了口气，"是家母临过去的时候给我的。"又扭捏了好一会，他才接着说，"实不相瞒，先母是长三堂子出身。"他一指商标上那个画像，"他和先母有过一段关系。"

34.茶馆（内，日）

"乱话三千，"胡宏生一拍桌子，对犄角坐着的金老板说，"千万不要上当。"

金老板先捧一句胡宏生，"不防他一脚，我怎么会来请教你呢。"接着，又假劝真怂恿，"不要动气，喝口茶你慢慢讲。"

"阿姐兄弟他一共有十六个，"胡宏生顾不上喝茶，"一个一个，死到最后只剩下他。早先住在城里小北门，一个卖长锭锡箔，一个替人家浆洗衣裳，爷娘倒全老老实实的。上代头好像还出过个秀才，是耕读人家。"

金老板一听过汪十五父母那节，便不再专注了。琢磨着，他收起烟盒火柴，又翻转茶壶盖，放上掏出的一块银洋钱，那样子是要走。

"他的底牌，瞒不过我呀，老金。"胡宏生竭力取信于人，"在我店里学了三年生意。又帮了两年半，临了，骗得我女儿给我看脚底。相信他，吃苦就在目前了你。"

金老板连连点头，"一不合伙，二不让他进店，我就进几瓶补脑汁卖。"

"噱头那是，"胡宏生探手拽住金老板，"他哪里弄得着什么茄门货？"

金老板替汪十五申明，"是茄门博士的方子，他只不过照着配配。"

"麻皮。"胡宏生忽然想起来了，"送他进店拜师的时候我看见过他姆妈。一面孔的麻皮，有什么资格进得了长三堂子，你讲？"

正色肃容，金老板提出了个假设，"瞎讲自己嫡嫡亲亲的娘在堂子里做过倌人，我做不出来。"他拍了拍胡宏生的手，问，"你做得出吗？"

胡宏生被问得瞠目结舌，怔着。

"所以，"金老板说，"这句先母是倌人出身，我相信汪十五。"

"就算是罢。"胡宏生以退为进，"是，就一定有洋恩客？一定有补脑汁处方？"

金老板笑了，"老胡啊，店里的学生意能够学着点什么，你清楚我也清楚，汪十五他自己合得出补脑汁来？笑话嘛。"

"你呀，真不识好坏。"胡宏生指点着金老板，说来痛心疾首，"从来骗子个个聪明，小鬼心术不正，聪明倒真是极顶聪明。"

笑着摇摇头，金老板抽身离座，临走没忘记关照，"账我惠啊。"

35.金老板的药房，店面/店堂（外/内，日）

冯·海因特在门玻璃背后受着瞻仰，推颂他的事迹介绍罗列于旁侧的门上。"44776"则被书写得很花哨，与一式的"补脑汁"相连着分竖左右，字字大如拳，远远便可见。

推门进店里的男士，还没来得及开口，即听见了对别人询问的回答。

"实在对不起，44776补脑汁断档好几天了已经。"

36.空屋（内，日）

有隔间的墙有顶梁的柱有搭着的阁，之外别的什么都没有。

"唔，"汪十五走步丈量着长与宽，暗自在心中作盘算，"做工场间小了点，将就将就先开了工再讲。"他站到门洞处，向里间一张望，"没有窗，正好当栈房。"汪十五又打量起了阁，"阁楼上可以睡。"

37.汪十五住的亭子间（内，黄昏）

"啊，"胡美丽把夹在筷上的烤子鱼停在了嘴边，"要睡到工场间去呀你？"

桌上照样还是摆着四只大碗，不同的是已经不是三空一半满。

汪十五即退让，"那我把方子交给'拿摩温'。让他照着配。"

"你在热昏。"胡美丽急得连鱼带筷往桌上一扔，"拿着了关子，他还不卷包逃走？"及至话出口，她才明白中了汪十五的圈套，可女人有女人的办法，"那，我也睡得去。"

不料汪十五一口答应，"索性退掉此地，省得你两头跑。"

"只怕是想省房钱罢。"胡美丽撇着嘴说。

汪十五承认着放下了碗筷，"省一钿是一钿，一钿用到工场里，眼睛眨眨就是十钿百钿。"他又喟然叹道，"补脑汁卖得俏，英租界法租界，连城里也有药房要货色，偏偏我们只有这么一点本钱。"

"急什么？"胡美丽并非只是宽汪十五的心，"只要方子偷不去，谁也抢不掉你的生意。"

汪十五有着急的理由，"我答应过你，要还你一个老板娘。"

"一搬过去，"胡美丽眉开眼笑，看得出她百节百骱都非常的舒服，"我就是了。"

汪十五大不以为然，"本来你是美华大药房的女小开，老板娘当然也要是大药房的。"他又告诉，"我连药房的名字也想好了，叫美丽华。"

"要我做美丽华的老板娘，"胡美丽不但敛了笑，还沉下脸，"你要答应我一个条件。"

汪十五应得爽快，"你讲。"

"药房要开在美华的对马路。"

38.美华大药房，店堂（内，日）

看着，胡宏生站在柜台里隔着橱窗玻璃，看路对面。

39.街头（外，日）

对面一家药店门面三开间，左右橱窗各朝着一条马路；一边橱窗内陈列着产自各国的各种粉剂片剂针剂水剂西药，另一边则由"44776补脑汁"专用——自然少不了冯·海因特先生之画像和他的业绩及生平之介绍，更特别在四角醒目地标出着"德国秘方、沪上精制、独家代理、各地经销"。

居中的双扇弹簧玻璃门内缩于门洞，门洞两旁凸有花岗岩廊柱，正对着热热闹闹的十字路口。门洞上的招牌呈弧形，店名书法出自名家，铁划银勾六个大字"美丽华西药房"。

玻璃门开处，从门洞里踏出来了汪十五和胡美丽，各各坐上停在一旁的黄包车。

一色黑漆的两辆黄包车由穿得山清水绿的车夫拉着，一前一后颠颠而去。车座中的两位都架着二郎腿，都怡然地看着野眼，只是谁都没瞥一瞥路对面的那家美华大药房。

40.美华大药房，店堂（内，日）

扭转头，胡宏生边向里边走，边嘟嘟哝哝地嘀咕着。

一旁有伙计来献殷勤，"怎么了老板？"

"胸闷。"胡宏生没好声。

另一个伙计急忙从柜中取出一小瓶，"喏，专门医胸闷的，"他递瓶到胡宏生手边，"茄门货。"

一巴掌，胡宏生将伙计递来的德国货打出柜台，"茄门货茄门货，"他骂，"样样茄门货，我看你们全给鬼摸了头了。"

41.茶馆（内，晨）

"不单单是鬼摸头，眼睛，"胡宏生痛惜得眼泪汪汪的，"眼睛也统统戳瞎了。"

同桌坐有另两位，一个拿根烟筒在吸，一个捧着黄铜的水烟壶。几乎异口同声，他俩都劝胡宏生，"火气不要这么大。"

"再怎么，"吸旱烟的吐着烟接着说，"他汪十五的女人，是你的女儿。"

胡宏生即宣布，"我没有女儿，我登报声明过了，跟她脱离父女关系。"

"既然已经脱离了关系，那你还火气大个什么？"捧铜烟壶的"卟"地吹燃了纸媒头。

语塞，胡宏生摇着头，掉眼来看这位。

"哪怕登过报，哪怕登遍上海滩上所有的报纸，爷女儿还是爷女儿。"吸旱烟的说。

胡宏生忙用事实来驳斥，"东不开西不开，偏拿药房开在我对过。我叫美华，他叫美丽华，我单开间，他三开间，我单开间的叫大药房，他三开间偏偏挖掉个大字，存心剥我面皮呀在，不让我做人。"

"当初，"捧水烟壶的咕噜噜地又吸了一口，"跟的男人蹩脚，给你骂给你赶出门。现在男人发达了，她想出口气。人情上讲得通。"

吸旱烟的忙接口，"为什么要出气？还不是因为她心里有你，没有忘记你这个爷老头子？"

"倒是，他们没有忘记我。不忘记好啊。"胡宏生在两面夹攻之下，犹自有可嘉之勇，"我索性成全成全，拆穿他的西洋镜，让他们永生永世记牢我。"

42.美华大药房，店堂（内，日）

"将。"放下棋子的响和随之而起的警告声，凸现出来了店堂里的安静。两个伙计都侧着身都以肘撑着柜，他俩之间有木盘，盘的里外都有子。被将的一方在苦思对策，将的一方也没松懈警惕。所以，等到发觉推门进来的是老板，除了愣和慌，别的反应都已晚了。

"着，着。"胡宏生抬手往下按了按，并未滞留脚步。

43.美华大药房，后间（内，日）

关上门，胡宏生从热水瓶里倒了杯水，这才拧开始终没放下的那个瓶。喝了一大口，他举瓶到鼻前来看说明，先看见的是冯·海因特的脸。

"老板。"

一听唤，胡宏生来不及盖上盖，便将瓶往西装内袋里塞，"什么事？"

"店里生意这样清淡，长下去不是个事情啊，"伙计掩了他开的门，"我想……"

胡宏生小心翼翼地转过身，"你想怎么样？"

"进点44776补脑汁……"

胡宏生一声喝住了伙计，"放屁。"他咬牙又切齿，"情愿关门我，也不卖野人头。"见伙计尴尬着进退不得，胡宏生即缓了脸色告诉，"我在动别的脑筋。"说着又称赞勉励一句，"晓得为店里着急，好，下来仍旧要这样，啊？"

"我倒还有个主意呢。"伙计看来听不得好话。

胡宏生相信不了，"我一直在动脑筋都还没有动出脑筋。你？"

"不是我，"伙计忙说，"我是想指点你去寻一个人，请他帮你出主意。"

"谁？"

"樊先生，樊宝根。"

"人称万宝全书多只角，名气响得刮朗朗的那位？"胡宏生顿时来了精神，"你认识他？"

伙计摇头，"认不认识他不要紧，要紧的是要有他认识的东西。"

"送礼？"

伙计点头，"送的人多，送得一般，他只敷衍敷衍。"

"那，"胡宏生又犯难了，"送什么对他的路呢？"

44.樊宅，客堂（内，日）

鹿茸，整支的，又成着对，卧在绿绸上，装于红盒内。

"好东西，好东西。"她边从胡宏生手上接，边眉开眼笑地唤，"宝根，你来看呀。"

樊宝根应声出厢房来，瘦弱的他坐到八仙桌的这边，与壮壮实实的她成一对，侧目向盒子里端详。其间，他曾经在胡宏生脸上停过一停移动的目光，也还上下动过一动头。

"张妈，"捧着鹿茸盒的她唤着吩咐道，"送茶呀。"

樊宝根忽笑了笑，"有什么为难的，"他这才掉转脸来对着胡宏生，"你讲。"

45.烟纸店，店堂（内，日）

门前停下辆黄包车，车上的汪十五正往下跨，店堂里奔着迎出来了二房东娘娘和屈二房东，"啊呀，啊呀呀，"一个喊着，一个招呼，"汪先生。"

汪十五一如从前那样客气又亲热，"弟弟呢？"

"在后弄堂里疯。"一个搀汪十五进店堂，一个跟脚端来了凳。

汪十五关切得甚真，"近来怎么样？"

"还是一二三四五。"一个说，一个道，"数到第二只手就糊涂了。"

汪十五琢磨着，"我再给他想想办法。"

"数一二三数了多少年呀，跳到五还不算长远。"一个说，一个道，"不急，我们有耐心等。"

车夫搬进来了整两箱子44776补脑汁，放到柜台上。

"这么许多啊？"一个惊叹，一个着急，"这要吃到什么时候？"

汪十五禁不住笑了，"还是按老样子让他吃，"他交代道，"多的寄在店里，有跟弟弟差不多小孩的人家来打听，你们替我送送。"

二房东娘娘愣着，愣得怔了的是屈二房东。

46.樊宅，客堂（内，日）

"是个聪明人。"樊宝根把玩着一瓶"44776"，称赞道，"聪明人发明出好让人变聪明的药，既在情理中，也在意料中。"

胡宏生不由得着了急，正要说什么。

"来对了地方，你寻对人了。"樊宝根自顾自说着，显得兴趣盎然，"除了我，上海滩只怕没有第二个人对付得了他。你等着，看我叫他焦头烂额得……"顿了顿，他才又说，"拿自己发明的补脑汁全喝光也无济于事。"

放心了，也高兴了，胡宏生起身告辞，"我回去等樊先生的消息。"

"用不着，"樊宝根离座，抬手向东厢房一伸，"吃了便饭，我教你怎么做。"

47.樊宅，东厢房（内，日）

放下酒盅，樊宝根拿起筷来让一让胡宏生，便自撰了只油爆虾。没等吐出虾壳，他已经自语了起来，"最好是爷。"

"什么？"胡宏生没听清楚。

吐出个完整的壳，樊宝根咽下了肉，"我讲人呀，再什么都没有，一个爷总还是少不掉的。"呷了口酒，他一喷嘴，"不过，看他胡子一大把，爷还活着这句话讲出来有点口软。那就儿子罢。"

"你讲……谁的爷、谁的儿子？"胡宏生没听懂。

樊宝根一皱眉，"当然是冯·海因特喽，冯·海因特的儿子。"随即，他又狡黠地笑起来，"现在每天有外国轮船到上海，每班船上全有做梦到上海来发财的外国人，你去替冯寻个儿子。"

48.码头（外，日）

看得见轮船看得见舷梯，也看见下舷梯的外国人中女少男多，而多的中间有衣冠楚楚者，瘪三样的倒也不乏。

胡宏生看在眼里，心中很笃定。于是，他又仔细地打量，逐个比较着物色。

衣冠楚楚者都甚轩昂，丝毫不给胡宏生搭讪的机会，纷纷由车马接着扬长而去。至于近似瘪三的那些个，则各各被三五成群操洋泾浜英语的"露天通事"围住了争夺着，胡宏生根本轧脚不进。

胡宏生不免着了急。急中生智，胡宏生上前拉过一个跟同行争抢着洋人皮箱的，不等他开口，先让他看见手掌上托着的两块银洋钱。

"帮我寻个人，"胡宏生又拿出来了补脑汁空瓶，一指冯·海因特的画像，"要长得像他的。"

画像太小，那位"露天通事"忙低头凑眼看。

49.樊宅，客堂（内，日）

颏下蓄有一蓬黄不黄红不红的大胡子，金发，碧眼，眼前这位洋老兄还真跟画上的冯·海因特有几分像。

打量了一眼，樊宝根即摇头，又连连摆手。

"go, go."那位"露天通事"一提洋老兄的破皮箱，跨出落地窗向石库门外去，洋老兄讪讪地在后跟着。

跳起身也似的离了座，胡宏生没去追，而是趋向樊宝根请教，"你讲，怎么不好？讲了，我再去觅。"

"不好在他刚刚下轮船，"樊宝根说，"到上海发横财的梦还没有醒，寻他做事情一不情愿，二要敲你一票。"

胡宏生不胜感激之至，"对，对。"然而，他又作难得苦起了脸，"再要找个相像的……"

"不怎么像也无所谓，"樊宝根大咧咧地说，"外国面孔看在我们中国人眼睛里，只要差得不多，就是像了。"说着，他一笑，"再讲，不像有不像的好处。"

胡宏生糊涂了，"不像会有好处？"

"我先告诉你像有什么不好。"樊宝根意在卖弄地教导起了胡宏生，"看见来一个活龙活现像煞冯的角色，还自称小冯，说是儿子。汪十五必定要疑惑——聪明人往往多疑，心思活，他要想，会不会一滴雨落进油瓶里，恰巧德国真有个冯？这样一想就存了戒心，存了戒心就要动脑筋，脑筋一动就会想出别的办法，譬如破财消灾——塞点钞票给来的朋友私了了事情——铜钿银子人人欢喜，外国人也是人啊。他们双方一拍一挨缝，不就破了我的锦囊妙计了？"

胡宏生佩服得差点要给樊宝根磕头，"险，险险让我坏了事。"

"你再想想，"樊宝根又启发胡宏生，"要是来一个像都不怎么像爷的儿子，汪十五他立时三刻会怎么样？"

胡宏生一想也没有想，"要跳，一跳八丈高。"

"那，你调教好了派得去的小冯呢？"樊宝根问。

胡宏生知道得清楚，"一口咬死自己是儿子。"

"如此这般，结果怎么样呢？"樊宝根又问。

胡宏生的脸上有了笑意，"吵到巡捕行去。"

"我问的是最后的结果。"

胡宏生笑来像朵花，"要么西洋镜拆穿，要么一家一当统统交给小冯。"

50.樊家所在的大弄堂（外，日）

三上三下的石库门房，夹成的弄堂甚宽敞。过街楼骑跨在弄堂口，下设铁栅的大门。在门上倚着的正是那个露天通事。

出弄堂去的胡宏生见了一喜，"在等我？"

"看见个熟人。"露天通事一指路对面内竖着挡羞牌的门洞，牌上有个偌大的"当"字。恰这时，从挡羞牌后转出来了个人，一望即知不是同胞，他着肉穿西装，光脖子上系根领带，一只裤脚的贴边奄出在地，半露出的皮鞋裂了好几道。到得门外风中，他环抱双臂自己暖和着自己。

51.典当门前的路边（外，日）

露天通事直等走到他跟前，才出声招呼，"密斯特（先生的音译）史密斯。"

听得唤，史密斯颇意外，"啊，"见是露天通事，他更意外，"啊哈。"

叽叽咕咕，露天通事跟史密斯说了一通外国话，且还伸出手。

史密斯点头连称"Yes"，掏出一块银洋，放上露天通事的手掌，继又加了两只角子。

"领他寻了三个月人，他欠我一只洋。"露天通事趁史密斯掏钱时，告诉跟来在旁的胡宏生。一见史密斯多给了两只角子，他又补充评论道，"断命外国人，穷嘛穷，派头倒一落。"

听懂了单词、没明白整句，史密斯点头指指自己，"外国人我，投亲不遇。"

"他会说中国话？"胡宏生奇怪。

露天通事一摇头，"几句洋泾浜，我教他的。"

胡宏生禁不住笑了起来，他对史密斯有了兴趣，复又上下地仔细打量。

史密斯跟露天通事说着什么，露天通事听得急得连声喊"坏脱坏脱"（上海话"坏脱"的发音与英语的"What"近似）。

"坏脱了什么？"胡宏生问。

"'坏脱'是英文，翻成中国话，就是'什么'的意思。"露天通事说明罢，又告诉，"一只挂表，朝奉当给他五十块洋钱，那不是摆明了让他赎不回去，想吃没呀。"

说着，他又跟史密斯说开了外国话，史密斯的神色顿时变了，叽咕着，边掏出一本派司，边拉露天通事进典当。露天通事掣住，摇头称"拿"（上海话"拿"的发音与英语的"No"近似）。

胡宏生也探手来拽露天通事，"要拿什么？"

"挂表是他老太爷临死留给他的纪念，"露天通事告诉，"他要去退当。"

史密斯情急之下，对胡宏生叽咕了起来，还取出派司里夹着的那张当票，让胡宏生看。

接过当票，胡宏生又一把拿过那本派司，"你替我讲，"他吩咐露天通事，"表，我替他赎。而且，他要回去，我给盘缠，不想回去，到我店里我养他到死。"顿也没顿，他又说，"条件是，替我做桩事情。"

52.汪十五的新家，卫生间，楼道（内，夜）

身坐在抽水马桶的盖上，汪十五捋起睡裤裤管，将两脚伸进地上的木水盆。

"我来替你洗。"胡美丽一跨到，即蹲下，她捉住了汪十五的脚，且不让挣，"我欢喜呀。"

似是被碰着了痒处，汪十五禁不住笑起来，笑得嘿嘿的。

"先生，"有娘姨登梯上楼来报告，"先生，有客人来。"

忍不住笑，汪十五开不了口。胡美丽没回头，"什么人？"

"讲是外国来的，是冯先生海因特的儿子。"

笑的不笑了，洗脚的住了手，汪十五和胡美丽都呆着。继之，胡美丽笑了起来，笑成咯咯的，她咯咯地笑着抬起了头，"滑头货的爷来了个崭货儿子，"边嘀咕边起身，她边下楼去边又说，"让我去见识见识。"

呆呆想着的汪十五，忽一下站起身，一拔脚，就那么光着湿漉漉的急急踏梯朝楼下奔。到得底楼，他跑得更快了，将胡美丽往边上一拨拉，他看见在敞开的大门外头，那台阶之上站有一个中国人和一个外国人，汪十五长长地伸出双手，直扑上前。

53.汪十五的新家，门前台阶，客堂（外/内，夜）

史密斯和露天通事站在台阶上。台阶高三级，一边与邻家共个扶手，另一边的小块绿地中立有棵幼树。见汪十五直扑来，史密斯不由得缩身。

像捉个贼也似的，汪十五双手一把抓住了史密斯的手，抓来紧紧，且晃个不住。他两眼兴奋得亮晶晶，晶晶的泪一个没噙留得了，夺眶而出，刹那间便流了满面，"啊呀，啊呀，啊呀。"半天，汪十五才说出来那一句就在嘴边的话，"想不到今生今世会有跟你见面的日子。"

惊而慌，继之呆，后又失措，史密斯不知如何应对为好。还算露天通事活络些，边点头哈腰对汪十五笑，边低声嘱咐了史密斯一句。史密斯急忙激动起来又热情起来，激动热情既来得仓促又现在尴尬中，自是十分虚假。

胡美丽在后看得莫名其妙，愣愣的这才回转神，她一扯汪十五睡衣后摆，"做什么你？"

"啊，"汪十五似是被提醒了，"里厢来，里厢来，"让着史密斯他两个，他关照胡美丽，"泡茶。"

汪十五将史密斯拉进客堂，按坐在长餐桌边，"还没有吃过罢？"不等问得答复，他便关照胡美丽，"打电话给'老半斋'，叫他们马上送，清炒蟮糊，鸡火干丝，蟹粉狮子头，"见胡美丽不应也没动，汪十五提高了声音，"快呀。"

随即，他接过娘姨送来的茶盘，亲手把杯端送到史密斯面前。好像这才发觉史密斯的装束脏而且蹩脚，汪十五忙又关照胡美丽，"再打只电话给斯曼达老板，叫他送两身西装来，中等身材的尺寸，里外上下全要配齐。"继之，他冲着后边喊起来，"吴妈，烧洗澡水。"

54.汪十五的新家，卫生间（内，夜）

抹净蒙着的水汽，史密斯打量着镜中的自己。继而，他拎起他的那件西装闻了闻，往一旁地上一扔，至于领带则闻也不闻便被丢弃了。接着，他又对镜练起了兴奋、激动和喜悦，一练之下，他发觉种种表情竟都自自然然地出自内心，禁不住得意了。然而，方一得意，史密斯感觉到了僵，感觉到了迷惑，感觉到了忐忑，感觉到了慌、悸。他更感觉到迷惑、忐忑、慌、悸也都是从心底里发出来的，那僵也卸脱不了。

55.汪十五的新家，客堂（内，夜）

"……他到上海好几个月了。"露天通事又抽（烟）又喝（酒）又嚼（夹进嘴里蟛糊、干丝和掺杂有蟹粉的肉糜）又要告诉，还要注意不露马脚，他忙得不亦乐乎，"怎么认识的嘛，是他请我帮他寻朋友。他要寻的朋友回国了。后来，在马路上看见你的补脑汁广告，他认出来了……广告上的那位是他家老太爷，就叫我领他到你店里。"

只听，汪十五没问，没问不是不开口，他专注地看着对方的脸，不住地点着头，不住说着"噢"，"好的"，"是吗"，"亏了你"，"真谢谢"，把感激之情表达得淋漓。等人家说完了，他再次诚心诚意表示，"实在太麻烦你了。不过，"汪十五从睡衣袋里摸出几张钞票，塞进露天通事的襟袋，"我有一肚皮的话要跟他说，他呢肯定也有，偏偏我跟他语言不通。可不可以再麻烦你？"

"没有关系。"露天通事应得爽快。

汪十五又涎了脸，"客房楼上有，不过要委屈你跟他合一合床。"

正说着他，他就从后边门里出来了——白衬衫，红底洒金的领带，米色背带，黑西裤，白麂皮拼黄牛皮的皮鞋。他与前一会儿的史密斯有着一天一地的差别。

56.美华大药房，后间（内，夜）

合拢史密斯的派司，胡宏生又拿来那张当票，把它们放进保险箱，锁上。

去躺到搭在一旁的地铺，胡宏生翻了个身。少顷，他又翻个身，翻来覆去的，他不能眠。

57.汪十五的新家，卧室（内，夜）

胡美丽一下坐起，开了床头灯。

"吵醒你了？"站在门前的汪十五笑嘻嘻地抱歉着。

胡美丽白他一眼，"在冒充呀，你做什么拿他当真？"

"晓得我是在当他真的，"汪十五坐到床沿，"为的什么你还不明白？"

胡美丽早就猜过，"稳住他们，明朝叫巡捕来捉？"

"明朝替他老兄接风，定在四马路杏花楼。"汪十五伸个懒腰，躺下了。

胡美丽俯卧近来，"不摸底细，没有人抱腰，两个小瘪三哪里敢来敲竹杠？你要当众打狗，叫背后的人死心。是吗？"

"算算跟我在一张床上睡了好几年了，"汪十五埋怨道，"门槛怎么还精不到家呢你？"

不服，胡美丽撇撇嘴躺过一边，顾自琢磨起来。

背过身去的汪十五也两眼睁得大大的，了无睡意。

58.饭店，雅座包厢（内，日）

满桌佳肴，无非是天上飞的水里游的地上爬的……当然，都被烹饪得令人大动食指。有深院大宅的陈姓主人有西药店金老板还有穿长衫马褂或笔挺洋装的，总之，高朋满座。

"诸位……"

汪十五指着主宾座上春风满面且含笑如仪的史密斯，给大家做介绍，"这一位，大家都还不认识，不过，他的父亲，大家一定知道，不但知道，而且一定见过，当然了，是在照片上。对了，他就是赫赫有名的德国医学大博士、44776补脑汁的发明人冯·海因特的儿子，冯·海因特·史密斯。"

等众人不再交头接耳了，汪十五这才继续，"史君密斯跟十五是世交，叨长两年，他算是我弟弟。舍弟初到沪上，请诸位多带只眼睛。"他举起杯，"先敬大家一杯。"

碰杯，干过后，汪十五还要说什么却没有了机会。

"令堂还健在吗？"

"阁下一定是子承父业，不知道专攻哪一科？"

"此番来沪，阁下是要办医院呢还是开药厂？"

"除44776补脑汁之外，令尊还有什么发明？"

"或者有什么专著，是不是准备介绍到中国？"

"请问补脑汁为什么题名44776？"

"令尊怎么会想到研制补脑用品的？"

也只不过平均一人发了一问，史密斯却已被问得如坐针毡，被吓得垂下目光不敢看人。挨着他坐的露天通事结巴着翻译个七零八落，却还知道不敢看人便是怯，一旦露怯必露马脚，一露马脚必被看穿，一被看穿必要扭送巡捕行。他用外国话低声告诉史密斯，又在史密斯腿上拧了一把。史密斯赶紧抬起头。

以为史密斯要满足大家的好奇了，众人一齐默默地看着，单等他开口。

史密斯哑着，无话可说。

"诸位，"汪十五坐在史密斯的另一边，丝毫没有发觉异样似的他又举起杯来，"第二杯酒为舍弟洗尘，大家干了。"

59.旅馆，客房（内，夜）

"危险呀危险，"露天通事心有余悸地告诉着胡宏生，"要不是汪十五一歇不停劝酒，只怕要当场弄出人性命。"

胡宏生却笑眯眯的，"姓汪的肯定轧出了苗头，他是什么样角色，我清楚。"

"还有呢，"露天通事又报告，"散出来的时候，我听见有个戴金丝边眼镜的在跟汪十五讲他，"他一指坐在窗台上看野眼的史密斯，"讲他是茄门人，怎么用个通事是讲英文的呢？"

胡宏生一拍双手，"好，提醒得好，"他急着问，"姓汪的怎么讲？"

"他讲，"露天通事报告说，"人嘛是茄门人，从小留学在英国读的书。"

胡宏生奇怪，"哎，他怎么给我们补起漏洞来了。"

"会不会已经给汪十五看穿帮？"露天通事怯怯地问，"汪十五会不会已经报告巡捕房？"

胡宏生琢磨着，"作鬼了，他在作鬼。"

"真给他弄进去，"露天通事骇慌地问，"你到底有没有办法弄我出来？"

胡宏生忙拍胸脯，"笃定。"

"这样，讲好的两百块洋钱你先给我，"露天通事的怯和骇慌其实都不十成十，他另有着目的，"我们先把账结结清。"

胡宏生岂会上当，"你想滑脚？"他即又宽慰人说，"事情了了，洋钱少不了你的。有爿店在那里，还怕我逃跑啊你？"同时，胡宏生也因露天通事要钱而有了主意，"史密斯密斯。"

"是密斯特史密斯。"露天通事笑着纠正。

史密斯先已应声下窗台，边还"What"着。

"不要坏脱了，"胡宏生吩咐露天通事，"你替我叫他回去跟姓汪的讲，补脑汁是我——也就是他，他爷发明的，只好他做、他卖，姓汪的不可以再做补脑汁生意，前头赚的钞票要九一拆账，他九，姓汪的只好拿一成。否则不然，先扭送巡捕房，再告到会审公廨。"

边听，露天通事边翻译着。史密斯听一句，点一点头，说一声"OK"。

60.汪十五的新家，客堂（内，日）

长餐桌一头坐一个，史密斯和露天通事都绷着脸，严阵以待汪十五。听得有下楼的脚步声，史密斯起身迎，露天通事忙站到他后侧。果然，后边门里出来了汪十五。

"十五汪，"史密斯用他的洋泾浜中国话说，"你有事情，我要说。"

露天通事把史密斯的话理顺了，"他有事情要跟你讲，汪先生。"

"等歇，等歇。"汪十五一搀史密斯的手，便出前门去。

61.汪十五新家所在的弄堂（外，日）

搀着史密斯，下得三级阶，汪十五环指着四周五联体的三层楼小洋房以及由它们组成的幽静的弄堂，"此地闹中取静，是高尚地段，在上海很吃香。"又指自己，"好像知道你会来，我用十根条子，一下子顶了……"最后指定自己家和相邻的那幢，"两幢。"

没等露天通事翻译完，汪十五已偕史密斯向弄堂外走。

62.美丽华西药房所在街头（外，日）

坐落在车水马龙的路口、橱窗临着两条街，气派十二分大的美丽华西药房。

"独个老板，我开的这家药房。"汪十五指点着告诉史密斯，"这样的药房，我可以再开两三爿。"

63.银行，库房（内，日）

仍指着，汪十五这回指的是打开的保险盒里的长、短金条。

"这叫大黄鱼，"他告诉史密斯，"这叫小黄鱼。"继又告诉，"另外，我还有现钞存在折子上。"

64.工场（内，日）

作台长长靠着墙，面壁坐一排女工。拿了商标往瓶上贴，贴了放进纸盒中。商标与盒上都有小小的一张笑脸。

"全靠他啊，"汪十五指着冯·海因特的画像，不胜感慨又不胜感激地告诉史密斯，"没有令尊大人先太老爷海因特，哪能会有我汪十五的今朝？"

始终挽着史密斯的手，汪十五此刻把它握得更紧了，"知恩图报，十五一直存着心，只恨没有机会。老天有眼，拿你送到了上海。"他恳求道，"不要回国了，兄弟。"

65.汪十五新家所在的弄堂（外，黄昏）

"你就住我隔壁这幢，"汪十五指指他先前指过的与他家联着的那幢三层楼房，然后信誓旦旦地说，"拿我的家当当你的家当，你想做什么就做什么，想怎么用就怎么用。万一，"顿了顿，他才又说，"我讲万一有一天落难了我……"

"哪怕自己家里喝粥，我们也要供饭给你吃。"胡美丽接嘴说，她笑吟吟地站在自家门前的台阶上。

汪十五强调着点了点头，"要讲的，我讲光了。"他把捏着的手晃了晃，"现在，你讲罢，有什么事情？"

除了"NO"，史密斯没有再说出别的什么。跟在他后头的露天通事那就更无可讲的了。

"十五呀，"胡美丽告诉，"有位陈先生等你半天了。"

打过招呼要举步，汪十五忽然掏出钞票，数了几张给露天通事，又将剩余的一厚叠塞到史密斯手里，"先用，"他关照，"先用起来。"

看离开的汪十五匆匆踏级进了家门，史密斯与露天通事掉转脸来相顾着，两人眼里都混杂有诧异和惊喜，良久，相顾着的他们都乐了，乐着转身向外走。

走着，史密斯忽蹬脚腾身，翻了个空心跟斗。

66.旅馆，客房（内，黄昏/夜）

独坐在窗下面对房门，胡宏生等候着。

67.西装店/浴室（内，夜）

史密斯周围人有好几个，量颈，量腰，量臂，量腿，量脚，各司所职。

也各司其职，扦脚，敲腿，修甲，捏背，烧烟，个个都在伺候史密斯。

68.旅馆，客房（内/外，夜）

趴于窗台半探出身，胡宏生只把楼下门前那阒无人迹的长街望个不休。

69.舞厅（内，夜）

不休的，史密斯搂着怀中的舞女旋着，旋东旋西，旋停下来便走，他与她手携手地去推那弹簧门。

70.汪十五的新家，客堂（内/外，夜）

　　推开门，露天通事一眼便看见长餐桌被挪开了，屋里有胡美丽与女伴在作方阵大战。

　　"喔唷，总算回来了，"汪十五迎上前来，又探看着露天通事的身后，"哎，他呢？"

　　露天通事颇意外，"没有回来呀他？"他忙解释，"我到家里去弯了弯。"他把警觉隐藏在关切之中，"有事情？"

　　"不是什么大事情，"汪十五轻松说来，"明朝有个见面会，一些药房老板，还有留洋到过德国的医生，跟几家报馆的记者，要跟我兄弟碰个头，听他谈谈老太爷，譬如老太爷怎么会想到研制补脑用品的啦，譬如补脑汁为什么要叫44776啦，譬如补脑汁的药理啦，譬如44776在茄门国和欧罗巴洲受欢迎的程度啦，全是他拿起来就好讲的。"

　　露天通事听得暗自心惊，"那是要紧事情，"急急忙忙的，他一开门便走，"我来去寻他回来。"

　　"那，一道去。"汪十五紧随其后。一下台阶，他便看见就在不远的暗中有个史密斯站着，一边咯咯笑一边把联体的两幢楼指来又指去，显见得是醉了。

71.汪十五的新家，客房，楼道，灶间（内，夜）

　　史密斯迷糊在床上，似乎仍为酒所醉。

　　门刚漏出条缝，即传进来有楼下和牌的响动以及女人的埋怨和庆幸，露天通事闪出身，轻掩上门。他蹑步下楼梯，去向灶屋间，一探脑袋，只见灶间里有人两个——幸好汪十五与娘姨都背着身在忙。露天通事吓得慌忙踅回，进客房，关上门。他倚着门，喘着想着，忽然有所悟，他直奔至窗前。欲爬，探头往下一看，迟疑了。

　　蓦听得声冷冷的笑，露天通事不由一惊，忙回头，见床上的史密斯正看着他，两眼之中只有不屑和轻蔑，丝毫没醉意。

露天通事一步蹿上前，举拳把史密斯打个抱头躬身，忽然，他住了手，脱口便问竟忘了用他的洋泾浜，"是不是有对付的办法了你？"

没等露天通事结巴着重用英语问完，史密斯连声地"NO"起来，且摇头又摇手。

一屁股坐到地上，露天通事叹了一声又叹一声，一声更比一声重，一声更比一声长。任史密斯叽叽咕咕地跟他说个不住，他就是不抬头。史密斯不耐烦了，复躺下身，一拉被子蒙住脑袋。露天通事却起来了，起来即打开床头夜壶箱的门掏了又看，接着又逐个地开门拉抽屉检查梳妆台大橱五斗橱。

听得响动，史密斯从被里探出头来看。

"Drink白兰地，拖帽路，you no go。"露天通事连说带比划地把自己灵机一动之所得——再喝个酩酊大醉混过明天的想法告诉史密斯。正表达着，一掏他从床另一边的夜壶箱里掏出了个高粱酒瓶，不料竟是个空的，他气得狠狠地将瓶掷向地上。一掷即后悔，及至酒瓶落地响出声，露天通事更是屏气噤声，动也不敢再动一动。

史密斯也侧耳谛听着门外的动静。

门开，进来了汪十五，"好点了？"他似乎只关心史密斯的醉况，"要不要喝茶或者热汤？"

"他还要吃酒，"露天通事补着漏洞，"看见是只空瓶，就瞎吵。"

汪十五坐到床沿，扶史密斯躺下，"睡吧，明朝还要跟人见面呢。"

"My father……"史密斯忽然想到了什么，对汪十五说了个头，急忙转向露天通事叽咕下去。

露天通事迟疑着告诉汪十五，"他讲，他记得老太爷的补脑汁配方很长。"

"满满一张纸头，"汪十五点着头，"成分很复杂。"

听露天通事翻译后，史密斯又说了一通。露天通事怯怯地又转述，"他讲，你倒不怕弄错呀？"

"怕，当然怕，"汪十五正色说，"所以，一开始合药的时候，我先吃过，还让你嫂嫂也吃……"

72.见面会会场（内，日）

麦克风就像不大不小的蜘蛛网，史密斯和露天通事嘴前各竖一个。

"44776补脑汁有各种成分，写下来可以写满一张纸头。"露天通事在史密斯说了一通以后，如是说，"什么成分嘛，是秘密，不便公开。"

史密斯接着又说一番。露天通事忙把声音送进麦克风，"史密斯先生说，听他家母讲，他家父在发明补脑汁的时候，亲自吃了不知道多少瓶，为的是晓得效果。"

经历过一番相同的程序之后，露天通事再次开了口，"家父所以能够成功发明补脑汁，就是因为他脑子好，他脑子好，就因为多吃了补脑汁。"

四下里响起来了唏嘘声。

73.讲演会会场（内，日）

麦克风虽然仍还是只竖了两只，讲演会的场面却比见面会大不小。

唏嘘声听不见，听得见的是掌声。

待掌声平息以后，史密斯起身鞠躬行礼。较前自如了许多，他还能临场作发挥。继之站起来的露天通事也把他的话翻译得一如曾经排练过那样的流畅。

"冯·海因特·史密斯先生讲，上次他讲447766补脑汁的成分是个秘密，还有另外一层意思，那就是他家老太爷，只把这个方子给了他的红粉知己，所以，世界上只有在中华民国在上海滩在美丽华西药房里，有人知道怎么配出44776补脑汁。"

掌声又起，且杂有惊呼。

74.美华大药房，后间（内，日）

报纸的标题通栏，"44776补脑汁举世无双"，还有小一些的黑体字也一目了然，"公开德国医学博士之艳史，冯·海因特之公子昨日再度讲演"。

将报纸团作一团扔到地上，胡宏生抚着胸口，冲外屋喊，"给我拿点药来。"

门应声开处，进来的却是樊宝根。胡宏生一呆，竟忘了招呼。

樊宝根既不坐也没客套，"我跟你讲过他是个聪明人，还讲过上海滩上除了我，没有别人对付得了他。现在看起来，我还是有点小看人了。"

"是，本来是烂污二的底牌，让我们一揭倒揭成了个黑桃A，"胡宏生又恨又恼又无奈，"贼门槛忒精了他。"

樊宝根哼出一声，"他还精得过万宝全书多只角？跟我绞手，谈也不要谈。"

"樊先生有什么杀手锏？"胡宏生看见了一线生机。

樊宝根笑了，"我的杀手锏，是三十六计里的第三十七条。"

75.闹市（外，黄昏）

有四轮马车有黄包车有脚踏车有独轮车有汽车，还有循着轨道行进的电车，来去络绎。各式的喇叭争相鸣响各样的声，没喇叭的也不示弱，车夫们吼那样地连连吆喝。两旁多店家，家家门前高挑出布制的招牌，旗也似的飘在晚风中，赤橙黄绿青蓝紫，五光十色，被夕照映来艳得缤纷。

史密斯披着件西装呢大衣，手中那根"司的克"并不点地，一路行来得潇洒；露天通事东张西望着橱窗，落在几步之外的后头。

"就是他！"

只听一声喊，还不知什么事，史密斯和露天通事已经被五六条汉子围住。

"你当过一只表，是吗？"问话的人并非核实，只是宣布而已，"那只表是假来路货。"一宣布，他还就动手，"来，跟我们走一趟。"

露天通事吓得说不出话，史密斯说的什么谁也不懂，被推着搡着，他们再不肯跟着走也只能跟着。

76.小路（外，黄昏）

行着的一伙，又要转弯。弯的那边迎面转来了胡宏生。骤相遇，胡宏生"咦"出一声，止了步。

如见上帝，史密斯探手一把死攥住胡宏生。露天通事则跪倒在地抱紧胡宏生的脚，哭喊"救命"。

"什么事情？"胡宏生忙问那几个，"可不可以请到楼上我房间里去吃根香烟、喝杯茶？"

为首的汉子一拧眉，"什么人你是？"

"敝姓胡，开美华大药房的，"胡宏生忙交代，"跟老闸捕房的小乐子有一面之交。"

77.旅馆，客房（内，黄昏）

先进到门里的是史密斯和露天通事，胡宏生在他们身后将那几条汉子挡在了门外。

"好啊，人面不见，把我甩在这里。"胡宏生一关上门，便轮番地指点着鼻子骂，"再替你们解围，我胃口也忒好了。"

史密斯鞠着躬，露天通事又要往地上跪，两人一齐拔直了喉咙抢着说，说得一句也听不清。

"不是我不帮忙，"胡宏生叹出了苦经，"你的祸闯大了，当表的那家典当是帮里大字辈开的，敢在老虎头上拍苍蝇，他们要'种'你们'荷花'。"

露天通事急急地转述给史密斯听，接着又求，"那跟我没有关系，放了我。"

"你跟着他风头出足，人家又不是不长眼睛。"胡宏生斥道，"他们讲你们两个是连裆码子。"

露天通事要辩，听史密斯说了几句，改了口，"他讲，只要你帮他，他也帮你办到你要办的事情。"

"那好。"胡宏生当即开出条件，不容商量地关照露天通事，"你跟他就在这里过夜。明朝不是还要讲演吗？到时候叫他讲，他在冒充冯·海因特的儿子，讲教他冒充的是汪十五。"

听露天通事告诉完，史密斯一声也不响，只把胡宏生看着。良久，他才把头郑重地点了又点。

78.汪十五的新家，客堂（内，夜）

边搛菜吃又扒饭，胡美丽边看摊在手边的晚报，看着，她郁郁地叹出了一声，"唉。"

"唔？"坐在长餐桌另一头的汪十五抬眼来看。

胡美丽不胜同情之至，"真可以买块豆腐撞撞死了他，想来敲竹杠的，没想到反而给竹杠敲了去。"

"吃、着、嫖、赌样样都不等他开口就预备好，"汪十五大不以为然，"外加还替他预备回去的盘缠和安家费……他敲我的这下可不轻啊。"

胡美丽肉疼了起来，"开销是忒大了点。"

"要让他咽得下。"汪十五说，"咽不下这口气，他会朝我们身上撞，撞煞我。"

胡美丽还有点不善罢干休，"你真就这么放他动身呀？"

"去趟苏州杭州，再走广州到香港，送他上轮船，"汪十五告诉，"他一路讲44776，我一路铺货……"

胡美丽蹙起眉，叹一声，"你的门槛呀，下来我真要好好的当心，"她抱怨得不真，"当心给你卖掉了，我还懵里懵懂。"

"什么门槛，"汪十五谦逊得一点也不做作，"只不过顺水推舟罢了。"

79.会堂（内，日）

由人护送似的围着，史密斯和露天通事向前台来。临出帷幕，围着的止了步，容他们俩走进灯光去。

灯光下站有好几位，胸前襟上都佩红绸条，其中最红光满面的是汪十五。

站到麦克风前，露天通事看着史密斯，摆出恭听的架子，准备随时翻译对方的话。

史密斯又看了汪十五一眼，"我是英格兰人，不是德国人。"他说的是洋泾浜中国话，"我说我是冯·海因特的儿子，那是冒充，教我冒充的人是……"

一句话引起一阵啰噪，及至说到这里，会场里反倒静得鸦雀无声。站在台上的那几位都木鸡也似的瞪着史密斯，汪十五当然更加。

史密斯再次开了口，"教我冒充的人，"他一顿也不顿地宣布，"是胡宏生。"

"放屁！"在台下破口的是胡宏生。他这一骂，顿时招集了全场的目光，和全场的指点。站不是，坐不敢，走不得，胡宏生僵着。

汪十五回过神来了，一步一步又一步地去，踱个似乎从容不迫……等站到露天通事的位置上，他咳出几声，咳嗽声通过麦克风响遍全场，他又把嘴跟麦克风校正些，"大家晓得胡宏生老先生是什么人吗？"问得重又鸦雀无声了，汪十五这才告诉大家，"是我汪十五的丈人阿爸，老泰山，"他特别地转对史密斯来了一句洋泾浜，"发茶劳〔岳父（father）的音译〕。"然后，再接着说，"又是我嗑过头的师傅，和我的老东家。但不过，诸位，讲出来不怕坍台，我跟贱内的结合，老人家没有点头。他把我的铺盖扔到马路上，几年里和我、和贱内一点都不来往，还特别登《申报》申明，跟贱内脱离父女关系。所以，他怎么会帮我呢？他怎么可能帮我呢？"

打量着台下疑惑、迷糊、交头接耳着的人众，良久，汪十五终于把所有人都想问的话问了出来，"帮你？"

"对！不错！"他强调地自答罢，续道，"大家想想看，冯博士的儿子到上海来，对谁有好处？我，只对我。他来不来跟任何别人毫无关系。所以，弄个人出来冒充冯博士的儿子，是帮我。大家讲，我讲得对吗？"

他指了指在一旁呆着的史密斯，"那，这一位为什么要咬胡老先生呢？他们之间或者有恩怨，我不晓得。"继又对史密斯说，"我只想当着大家的面，问你，你讲你不是冯博士的儿子，那么，你怎么晓得补脑汁的方子写得满一张纸头？你怎么晓得44776的成分有二十八种？你怎么晓得冯博士发明补脑汁的时候亲自喝来做试验？"

始终专心听露天通事翻译的史密斯始终哑着。

"讲不出。"汪十五得出结论，并据之引申道，"那就证明，不是你冒充冯博士的儿子，是你、冯博士的儿子想冒充别人。"接着，他告诉大家，"再讲了，不是阿猫阿狗来一个高鼻子蓝眼睛，我就会认他的。我手里有冯博士留给家母的遗嘱，遗嘱封面上写得清爽，留示吾儿史密斯。我请教过外国律师。"

听得史密斯像煞个戆大，汪十五含笑劝导着戆大也似的史密斯，"算了，兄弟啊。不管你跟我丈人有什么过节，今朝是你不对，你跟他说句对不起。当然了，假使肯看我面子，拿过节也一笔勾销掉，我看在场人人全会拍手。"

话未断音，全场所有人都举手拍起来，包括台上的史密斯和台下的胡宏生以及樊宝根。

拍着手，樊宝根欠身凑向胡宏生的耳朵，"你女婿这本万宝全书比我厚。"

"女婿？"胡宏生一时惑突，没反应过来。

樊宝根诧异，"还不认他呀你？"

"认，"胡宏生忙说，"马上认。"

樊宝根却又劝阻，"马上认不妥当，等事情冷一冷的好。"

80.汪十五的新家，卧室，楼道，客堂（内，日）

摇一摇头，又摇一摇头，胡美丽似乎再也不会别的了。

"后怕煞了？"汪十五不禁笑起来，笑问着的他又说，"怕人的还在后头呢。"

顿时，胡美丽连头都不会摇了。

"先生，"卧室门外有娘姨在通报，"二先生领来了个外国人客。"

抚抚胡美丽的肩头，又一捏，汪十五这才起身去开门。

他步来轻松，楼下得也快，就那么几旋已到底层。

笑吟吟的，汪十五一步跨进客堂。

那个不认识的洋人率先起身伸出手，又主动自我介绍，操的一口中国话还带些上海腔，"我是冯·海因特·史密斯先生的律师。"

"坐。"汪十五边让，边指指史密斯对律师说，"你劝劝他，换个通事，换个像你这样的。"又跟对方客套，"宽衣？"

没脱他的大衣，律师落了座，"冯·海因特·史密斯先生是冯·海因特先生的儿子。"清清楚楚地叙述罢，他问，"对此，你没有异议和疑义吧，汪？"

"我？"汪十五奇怪了，"怎么会呢？"

　　律师点点头，"作为冯·海因特先生的儿子，也就是继承人，冯·海因特·史密斯先生有权继承他父亲的全部遗产，包括他的发明和他的发明所产生的一切权益，你也不会有异议和疑义吧，汪？"

　　"怎么会呢？"汪十五毫不奇怪，"我们中国向来也这样。"

　　律师更严肃了脸色，"冯·海因特先生生前有一份重要文件在你手上？"见汪十五一点头，他便做个手势，且为求无误而坚决地说，"请。"

　　汪十五只得去拿。

　　他拿得比刚才的来更快。史密斯还没跟律师嘀咕几句，汪十五已经坐进原位，并将一个面上红竖框里空白的中式信封放到桌上了。

　　史密斯沉不住气，探手便拿信封，却被律师取去，交向汪十五。经汪十五毫无余地的拒绝过以后，律师撕开了它。

　　它装的竟还是个信封，不过，是西式的。西式的白信封正面有一行手书的并非中文的文字，背后，启口处骑缝压着块圆火漆封印，封印上嵌有章痕。

　　认定其完好后，律师将西式信封挪到史密斯面前。

　　史密斯仔细、反复地看着，认真的程度保持得很恰当。终于，他用力地点头，更用力地道出"Yes"。

　　"史密斯先生确认，"律师指指那行手书，说，"这是他父亲的亲笔签名，"又指背面火漆上的章痕，补充，"和他父亲的私章。"言毕，利索地撕开信封，抽出张信笺。读罢一遍再读一遍，律师将信笺按原样叠起、放回信封，又把它推移到汪十五手边，随即，拿皮包，起身向汪十五行礼，抱歉，"对不起。"

　　他要告退的样子，引得史密斯和汪十五都惊诧起来，都不让他离开。

　　律师改用英语跟史密斯说明着。

　　"讲中国话。"汪十五着了急。

律师苦苦一笑，"冯·海因特先生在他遗嘱里说，因为他儿子史密斯自己明白的原因，他剥夺了史密斯的全部继承权。"

"What！？"完全没想到的史密斯分明想到了什么，定睛看着汪十五。

没注意，汪十五只顾发急，"那，"他问律师，"讲了给谁吗？"

律师的头摇得坚定，"没有。"

"那，那那……"汪十五急糊涂了似的转向史密斯求教，"这、这究……"

史密斯在向律师求教，问、追，追、问，他跟在匆匆步去的律师身后出客堂，又下台阶。

从里边门里赶过来了胡美丽，她一下关上大门，并倚上身，好大一会才缓过气，"下来，"她问汪十五，"下来还会出事情吗？"

"大概不会了吧。"汪十五答来很没有把握。

胡美丽抚着胸，"祖宗保佑，"也不知是祈求呢还是庆幸，她说了一遍又再说一遍，"祖宗保佑。"

81.汪十五的新家，客堂（内，夜）

是除夕，在祭祖。大香大烛的后边摆各种供果和丰盛的祭菜，再后，则是个牌位，上写"汪氏列祖列宗之灵"。

拜过三拜，汪十五跪下身来磕头。头未嗑下，他已经泪婆婆；再磕头时，他哭出了声；第三次嗑到红拜毯上，汪十五号啕地哭个死去活来。

胡美丽趋前劝，并搀。劝不住，搀不起，胡美丽屈膝跪在旁，拍着、揉着汪十五的背，她也哭了。

…………

哭声里有了爆竹响。

82.也许是汪十五新家所在的弄堂（外，夜）

爆竹升空，炸出火花。花和响相应间有说话声。

"开开心心的日子，做什么哭成那样？"

"开心？有什么开心的。"

"有什么不开心？"

"自己发明的药水，用人家的名字去卖不算，还要坏姆妈的名声，我想想就要哭。"

说话声终也淹没于成片迭起的鞭炮连响中了……

待到响也不再时，只见爆竹的残骸和屑满地，在等新岁月的阳光?

雪窦娥冤记

说明

《雪窦娥冤记》，是青年作家陈吉与谷白合作，根据元杂剧《感天动地窦娥冤》改编的。

《感天动地窦娥冤》在中国四大文化遗产——唐诗、宋词、元曲、明清小说——之一的元曲/杂剧里居执牛耳的地位，王国维先生曾盛赞其（与《赵氏孤儿》）"列于世界大悲剧中，亦无愧色"。

原作者关汉卿（1219—1308），有"曲圣""东方的莎士比亚""中国古戏曲的奠基人"之誉，1958年被评为"世界文化名人"。《简明不列颠百科全书》认定他是"公认的中国最伟大的戏剧作家"。

原著系坤本——以女性担纲，由楔子与四折构成，说（楔子）穷书生窦天章将女儿端云，抵债给放高利贷为业的蔡婆做童养媳，得了盘缠进京赶考。（第一折）十三年后，早已随蔡婆迁居山阳县的窦娥（即端云）已结婚而且丧夫，成了和婆婆一样的寡妇。蔡婆在向赛卢医讨债时，被骗至郊外遭勒杀，幸得过路的张驴儿父子相救。张氏父子乘机要挟，逼蔡婆招他俩入赘（分别与蔡婆、窦娥结为夫妻）。蔡婆依从了，但，窦娥则拒之坚决。（第二折）张驴儿下毒药入羊肚汤，要毒死蔡婆，进而霸占窦娥及蔡家家产。不想，其父误服毒汤死在当场。张驴儿诬陷窦娥以怨报恩毒杀其父，胁迫窦娥顺从。窦娥不畏不惧，与张驴儿对簿到官衙。楚州太守桃杌昏聩，严刑逼窦娥招供认罪。

不屈的窦娥为使婆婆免受刑讯，含冤屈服。（第三折）窦娥绑赴刑场斩首，与婆婆哭别，骂天地无道，许下"血溅白练、六月飞雪、山阳亢旱三年"证其冤情的誓愿。窦娥的誓愿一一应验。（第四折）三年后，久寻女儿不得的窦天章，作为"肃正廉访使"到楚州勘狱。窦娥之鬼魂托梦诉冤。窦天章重审此案，处死张驴儿，昭雪了窦娥之冤。

尽管，从主要人物的设置到剧本的结构到故事情节到主题，都有很可能被视为颠覆的更动，但，《雪窦娥冤记》并没有背离、脱离作为不朽经典的《窦娥冤》，甚或可以说，是向经典的本质靠拢。

确确实实的，这次改编是晚生向宗师致以敬礼。

001.县城，闹市街口——法场（外，日）

蝉唱，一阵急一阵，唱来声嘶力竭犹不歇，聒耳。

炙目的阳光令房前屋后街头巷尾……无处不灼灼。灼灼中，有攒动的男女老幼。给衙役和兵丁拦阻得不能向前的他们，争相要看街口的当间。

街口当间，跪着个五花大绑、披头散发的年轻妇人。

突然，插在她颈后的斩条被一下抽走，又一把，撕碎了她穿的那件被绳索捆住的褒衣。

扬手扔掉碎布片，皂隶大踏步地将斩条呈上槐树荫里的公案。

戴幞头着绿色七品官服、端坐在公案后椅中的桃机徐徐收回环顾的目光，"去，"他吩咐，"悬丈二白练出来。"

"大老爷，"左侧的祇候忙低声提醒，"自古无此……"

桃机敛着笑，"不妨。"将袖拂正竖放于公案的斩条，屈指叩击，边轻言细语地解说，"看看天从不从她的愿。"说着抬手冲皂隶一弹食中两指，"快。"命令道，"别误了时辰。"

然后，他从从容容地将身靠实椅背坐惬意，又拿眼去候。

002.闹市街口——法场（外，日）

白练，宽尺半、丈二尺长，挂上高矗的旗杆，让不时或有的微风展开，像双面铜镜映出烈日的光，令人目眩……

更胜它亮些的是刀。

刀捧在刽子手手中，刽子手自若在旗杆前、那年轻妇人的身旁。

膝着砟石地，年轻妇人跪得正，背挺得直，抿嘴，阖眼，引颈，竭力地静候着杀戮加身，潸然的非泪，乃汗。她体弱形单，影儿只半个……终于，连半个儿身影也弃离了她。

"报——大老爷，午时已经三刻。"

即取朱笔，桃机一笔勾去书在斩条上的名字——"窦娥"。

"斩！"

祇候与两旁的皂隶们同声呐喊出的这一喝，喝断了蝉唱。

陡地，四下阒然，寂静得像个空空荡荡杳无人迹的处所。

紧随之，举起了那刀，竟才见举起，已斩落。斩落的头颅未及地，一跃也似的蹦得高，凌空旋圈。脸庞惨白、长发乌黑，黑黑白白在正午的日照中，格外色正，格外的瘆，更瘆的是不见血。

错愕，桃机拍案耸身，瞠目探寻。

血，花那样一朵喷薄在窦娥的颈项间，俄顷怒放，勃然冲天，箭般激射飘拂的白练，尽沾其上而无涓滴洒下，并不留丝缕白地将之尽染成赤。

刹那间，周围的五颜皆失色，连天光也黯淡了，只先前白的布练艳艳的红得胜过花火。它飘翻着，舞在没了头颅却直身跪个不倒的窦娥之上方，愈舞愈急。

风是蓦地起的，大至狂。狂风聚集来了云。云重重叠叠一天。天低，晦暗如了夜。石走沙飞间有白絮，倏忽便稠密，又凝成片，宛若鹅毛，果然，是雪！雪，纷纷扬扬，且下且紧……不大会就在屋脊、街路、树冠上积起茸茸。

似是冰冷的雪绵软了窦娥，她卧向洁白，又为洁白所被。

粉妆素裹间，独树一帜殷红。

003.闪回/法场（外，日）

高矗的旗杆。投影却只一截短短。

短影旁，跽跪着窦娥。手不能指，她抬眼、仰脸乃至仰身去看，"我要丈二白练，挂上旗杆。"看定高杆顶，她说，"刀过头落处，窦娥的一腔热血点滴不沾地，自当上喷，尽染白练成鲜红！"

强推出肃容，桃杌未说话先咳一声，"念你是将死之人，本县答应你。"他忙补充，"答应悬出一幅白练。"肃容没能尽遮住讪笑，桃杌也没有不再补一句，"拭目看它……"

他的话被窦娥截断了。"今日六月十九，时在三伏，"窦娥挪目光向那万里晴空，搜寻着，"苍天要降下瑞雪！遮掩我的断头尸。"

拂袖，桃杌径自回身往槐树浓荫踱去，只听窦娥在背后喊，"大老爷……"

窦娥的嘶喊竟压过了不绝于耳的蝉的聒噪，"因大老爷你不辨善恶，屈法冤斩我窦娥，山阳县将三年不见甘霖！"

"胡说！"桃杌陡地扭转头，乜斜的眼里像含有杀人的刀，他厉声叱喝道，"敢再胡说……"

窦娥未被喝止，"血喷白练，六月飞雪，大旱三年，若有一件不应验，那便是我窦娥不冤，该死、该杀。"

004.真真幻幻的空镜

飞雪迷乱，风掣旗杆颤，杆悬的那帜殷红却不翻不飘，亿于白花般的雪中。

005.县衙的签押房，签押房外的小院（内/外，日）

猛一激灵，桃杌这才省得耸在眼前、被他凝视的并非染血的布练，乃蜡炬而已矣。

正待吁口气，蓦地发觉书桌上的这枝红烛竟然是褐色的，桃杌忙取打石点它。

燃起的火虽和击出的光一样，亮，却幽幽的，泛白。

惊、疑，他不由看所穿之绿袍，尔后又四顾——非但袍不绿，室内摆设的一应物件那原有的各种颜色无一不深浅不一地呈褐。

尽管他完全不知道它们只不过仅仅黯然失色于他的视野，桃杌还是心悸，发了慌。

他急急地起身趋前拉开门。

门开处，唯见雪，雪白的雪厚厚地覆遍院中的空地、仄径、井栏、盆栽、花架……除了靠墙的老槐，袒着一截褐黑的树干，它只半身银装。

冻云暮天，至多未末申初时分，可仿佛已经近黄昏，风寒凛冽，簌落落摇下积在枝上的，裸露了叶。

骇，骇呆了桃杌。他目未能睹着绿。

陡然想起什么来，桃杌举目去眺望远矗在那边空中的旗杆，但是，旗杆空空如也，没有被血染得赤赤的白练。

"来人！"桃杌惶急地唤了又唤，"来人啊！"

隔院遥应着沿乌洞洞的备弄而来的是张千，"来了来了，"他捧着架有个不大不小炭盆的木架，边来边大声解说，"息怒，请老爷息怒。不是小的懒散，实在是炭盆藏得太好了，翻栈房翻到墙角，才找着。找着了盆才想起没炭。忙去新街口又往老门楼再到南壕北河沿，哪里都没有炭卖。也是呀，六月里三伏天，怎的说下就下起雪来了呢。"

撩起一脚，桃杌踢向张千。张千要躲的，脚下一滑，跌倒出去，炭火盆脱手，也倾翻在雪地。

"快去，"桃杌遥遥指定旗杆，呵斥着吩咐，"将白练来。"

张千慌忙爬起，"小的该死，"跪到桃杌跟前禀告，"染了死囚的血，不祥的东西，小的把它烧……"

"你！"桃杌又抬脚，没踢，跺了跺，扭头进签押房，他反手"砰"地关上门。

006.县衙内宅，上房的起居室（内，黄昏）

"去罢。"杨氏转过身，一针刺下又刺上一针，顾自续绣开了紧绷于绷架的"荷花"。

没告退，张千仍垂手低头战战兢兢在门外，一瞥一瞥地看房里，他分明有话，不敢直说。

旁观的小丫鬟不忍睹，"夫人命你退下……"

"老爷自闭在签押房，已经一个多时辰。"张千对小丫鬟说着地告诉杨氏，"若是受凉……"

小丫鬟笑着把刚才没说完的话说完整，"夫人命你退下，便是自有处置。"

"张千，"坐个临长窗的杨氏又命，"去账房领一两纹银的赏。"

忙应，忙谢，张千倒退着走了。

007.县衙内宅，廊下（外，黄昏）

张千还没走出去多远呢，后面来了那小丫鬟，"张哥，"她没等人问便告诉，"夫人命我给老爷送药。"

"哎哟，"张千一听急了，"我说的是若是受凉，还没、不一定呢。怎的就送药了。老爷正气恼着，你岂不是找挨家法么！"说着，却又问，"药呢？"

"喏，"小丫鬟让张千看她拿在手中的那幅杨氏刚绣得的"荷花"。

008.县衙内宅，上房的起居室（内，黄昏）

一扬在他看来是褐白的彩绣"荷花"，桃杌跨进门便问杨氏，"夫人何意？"

杨氏忙施礼，接迎桃杌坐到炭盆旁，又为他松脑后的绳扣，"今日无聊绣得一'莲'，请相公看看，"闪烁其词地答道，"是有些长进呢，还是依旧故我。"

"障眼法儿。"桃杌等杨氏取下他戴的，才摇头。

杨氏往一旁的帽楦上套好幞头，"让你以为我此举有寓意，前来询问，"替桃杌说地问道，"骗你出签押房？"

"难道不是？"桃杌诘问。

边给桃杌戴便巾，杨氏边摇头，"不尽然。"

"此话怎讲？"

杨氏扶桃杌站起，"妾身送一幅女红请相公过目这点小事，"直面着桃杌，似乎很是无可奈何地笑笑，"尚且你以为别有用心，而我却说无……"

"啊！"桃杌听出了弦外之音，他任人摆布地由杨氏解脱他的束带与绿袍，想着，"是啊。"不由感叹，"真该找个旁观者说说窦娥案案情，看他有何与我不同的见解，也许可以豁然见症结。"

言罢，桃杌等着。他以为杨氏听了必定会询问，不承想，却没。杨氏去挂那件在桃杌眼里褐褐白白着的绿色官服上衣架了。

良久后，桃杌终还是径自述说起来，"那窦娥忤逆，犯下弑父大罪……"

009.闪回/县衙大堂（内，日）

"冤枉啊！"窦娥跪前一步，仰脸来看端坐于"明如镜"匾下、公案之后的桃杌，"青天大老爷，死的是他——"她戟指着伏跪在旁侧的张驴儿，"张驴儿的爹。"亮声抗辩说，"风马牛，我们蔡家、我蔡窦氏，与他们父子毫不相干。"

010.县衙内宅，上房的起居室（内，黄昏）

"不相干？"先前没作询问的杨氏闻说大觉奇怪，她拎一件布棉袍在手，也不替身着两截单衣裤的桃杌穿，只顾追问，"死者是死在蔡家的么？毫不相干，他何以死在蔡家？"

桃杌即说明，"死者乃原告张驴儿的亲爹，又系窦娥的婆婆改从的接脚。婆婆的接脚便是公公，公婆等同儿媳妇之父母。"看着，他问杨氏所穿之被他看成褐白相间的花衫花裙似的，看着杨氏问，"我判她窦娥弑父，错么？"

"接脚？"杨氏答的这问并非质疑桃杌，而是有所思的嘀咕。

011.闪回/县衙大堂（内，日）

"……守节二十好几年，"窦娥指指在她另一边地上跪着的半老妇人——蔡婆，向桃杌申诉，"我婆婆洁身自好，何曾有过接脚。"说，"张驴儿指称我婆婆招他爹作接脚，既无媒妁为凭，又没有乡亲作证，分明是信口雌黄。"

毕恭毕敬地冲着公案嗑罢头，张驴儿这才开口，"大老爷，小的斗胆，有一句紧要的话，恳求大老爷问窦娥。"

等着，他直等桃杌命他说了，才又开口，"我后娘老子真没有招我爹爹作接脚的话，怎的留我爹再带个我，吃在她蔡家、睡在她蔡家？"

窦娥又前跪些些，"依仗着于我婆婆有救命之恩，"抢着禀告，"他们父子居心叵测，赖着不走，图谋的正是逼婆婆、逼我改嫁。"

012.县衙内宅，上房的起居室（内，黄昏）

"请稍住。"杨氏截断桃杌的述说，也停下了替桃杌系棉袍扣带的手，"张姓父子有救命之恩施于蔡婆？"

桃杌忙补充告诉，"蔡婆以贷放银钱收息为业。去城南向赛卢医索要欠账之时，被赛卢医诓骗到郊外，用绳索勒杀。巧遇张驴儿与他爹经过，出手救了蔡婆的性命。"

"这节案情，"杨氏忙又问，"相公查实否？"

桃杌摇头叹息，"赛卢医事败后逃匿，下落不明，"答来甚遗憾，"因而未能拿获。"他继又庆幸地告诉，"幸好，张驴儿与蔡婆，乃至窦娥在此节案情上的说辞，吻合如密榫，可以断定无讹。争执不下的只是……"

013.闪回/县衙大堂（内，日）

"……救了我婆婆性命以后，"窦娥凄苦地诉说道，"张驴儿他爹对我婆婆言讲，'你无老公，我无浑家，不如让我做了你的接脚罢。'我婆婆不允，许以多备钱钞相谢。张驴儿这贼子当即拿过赛卢医放弃的绳索，连声威胁，要仍旧勒死我婆婆。我婆婆一个女流，又有些年纪，哪里经受得起吓唬，哪还敢不由他们父子跟随回家……"

一旁的张驴儿忽然"砰"地向桃杌嗑下头，"大老爷，大老爷，"边嗑，他边说，"大老爷听了这等天大的笑话都不笑，涵养真好得赛过神仙……"

014.县衙内宅，上房的起居室（内，黄昏）

"这厮很有些奸诈。"杨氏说着，坐向更衣已毕的桃杌的对面。

桃杌似乎颇不以为然，"何以见得？"

"刻意奉承，必有所图。"杨氏取过个精巧的小壶递给桃杌。

桃杌放下一直拿在手上的"荷花"去接，"我是不知之而又乐意受之的么？"

"我猜，"杨氏一笑，"相公必是问他，窦娥的话有何可笑？"

就着壶嘴呷一口，桃杌抬眼来看杨氏，"参汤？"

杨氏说："正是。"

桃杌也说："正是。"

015.闪回/县衙大堂（内，日）

"窦娥说我拿了绳索，逼我后娘老子听从我爹，"张驴儿说着谁指谁，提及他爹则指点地下，"若不听从，便要仍旧勒死她老人家。"指来点去地说一个唾沫四溅，"又说，我后娘老子到底也没听从，我呢倒也没有仍旧勒死她。莫非我勒不死她？莫非我勒死个老虔婆不跟勒死只鸡一般无二？这不是笑话是什么？"

蓦地发觉了自己的嚣张，张驴儿忙给桃杌嗑个响头，"若说身在郊外，左右无旁人，我后娘老子怕被我仍旧勒死，那，还像件事。可后来回到家，四邻八舍、地保俱听得见呼喊了，她还怕什么？怕我把衙门当茶馆，把王法当屁，仍旧勒死她？这不是天大的笑话又是什么？"

016.县衙内宅，上房的起居室（内，黄昏）

"虽然放肆，"杨氏冷笑摇头，"他说的倒是实情。"

桃杌点头认同，"下官彼时也作如是想。"说着，他继续告诉道，"回家当日的那段，原、被告双方以及蔡婆的叙述仅稍有差异，大致相同……"

017.闪回/蔡婆家堂屋（内，夜）

直勾勾地打量着窦娥，张驴儿凑前来拜，"入赘的女婿有礼了。"

"靠后！"窦娥指停了张驴儿，又移手戟指挨在蔡婆身旁的张驴儿的爹——张老驴，"还有你。"

张老驴不觉往后缩，乘势坐向桌旁椅中。

"虽不曾见过，可我闻得乡亲说，我公公生前是条好汉子，又有撞府冲州聚敛铜斗家业的本事。"窦娥忍不住又指张老驴的样给蔡婆，"你看他猥琐得……"

蔡婆一声叹来长而又长，"事到如今，不提也罢。"

"婆婆，你肯对不起我公公，我不愿对不起你儿。要招你自招，我绝不要什么女婿。"窦娥言罢，拧身往西边里屋去。

张驴儿忙劝蔡婆，"妇人我见过百千向外，没一个不这等忸忸怩怩的。等洞房花烛夜后……"嘻嘻着，他边跟上窦娥，边自嘀咕道，"我不计较，不计较你。"

没想，被窦娥奋力一推，推得他一跤跌在窦娥关严的西里屋门前。

"这算什么？"张老驴拍桌，责问蔡婆，"她不知晓我爷俩救了你性命？"

蔡婆吓得紧着赔罪，"你老人家不要恼。我怎会不思量报你们的活命之恩呵。只是我这媳妇气性最不好惹，她既不肯招你儿子，我又怎好招你老人家？我如今拼的好酒好饭，养你爷儿两个住下。待我慢慢地劝化媳妇，待她回心转意，再作区处。"

"便是黄花闺女，也不消这等使性呀。推我摔一大跟斗……"这才爬起的张驴儿恶狠狠告诉蔡婆地嚷给西里屋门里的窦娥听，"我当面赌个誓与你，今生今世不教她求我娶她做老婆，我不算带把的！"

018.县衙内宅，上房的起居室（内，黄昏）

"且慢。"杨氏脱口出语罢，犹豫了。迟疑着，"相公对这段情节的……"她婉和地说，"评判，只怕……不十分妥当。"

桃杌立时感兴趣并兴奋起来，只不过，盎然中杂有程度很是不低的忐忑和紧张，"哦？"

"'稍有差异'说，"杨氏道，"似宜更易为'大相径庭'。"

桃杌预作反思着，"愿闻其详。"

"对招接脚，张驴儿父子是一心一意，唯恐求之不得；窦娥则反感、挞责，全无转圜余地；而蔡婆……"杨氏斟酌着，"欲迎还拒呢，还是欲拒还迎，"说，"妾身一时尚难下定论。"

桃杌深深地连连点头，"夫人缕析得细致入微，且符合事实。"他告诉杨氏，"在下官究问蔡婆愿不愿、招未招接脚，命其从实供来之时，蔡婆就吞吞吐吐，一味支吾其词。"又说，"窦娥倒不讳言她婆婆的意欲招。她只是坚称，接脚未成事实，婆婆的意欲招是被逼无奈；还有，容留张姓父子在家居停，也如此。"

019.闪回/县衙大堂（内，日）

"……一老一少两个孤寡妇人，手无缚鸡之力，"窦娥含悲忍泪向桃杌申诉，"如何应付得了虎狼般的贼子？"一指张驴儿，她又说，"这贼子见企图未能得逞，心生歹毒，便下药，要药死我婆婆……"

020.县衙内宅，上房的起居室（内，黄昏）

"死的不是公公么？"杨氏诧异地问，"怎的要药蔡婆？"

桃杌冷冷一笑，"此乃本案的又一大关节。"

021.闪回/县衙大堂（内，日）

"昨夜，病了多日的婆婆思量羊肚汤吃。"窦娥戟指着张驴儿，"是这贼子来交代我作安排。"——向桃杌禀告道，"后来，又从我手中接了端给婆婆。临要送走，他尝了一口汤，说，嫌淡，支我去拿盐，暗地乘机掺下了他不知从哪里讨得的毒药……"

022.县衙内宅，上房的起居室（内，黄昏）

"'不知从哪里讨得的毒药'，"杨氏沉吟道，"此话好蹊跷。既然'不知从哪里'，那，怎知晓'讨得'了？更又凭什么说他'掺下'？"她的疑问不止这些，"窦娥自承被'支……去拿盐'，还加上推测之语'暗地乘机'，显然并未目睹张驴儿下毒。对不对？"问着，杨氏告诉桃杌，"妾身想起了一句古人语……"

桃杌忙竖指让杨氏缄口，"下官当时唇舌间也有一句。"

说着，他又示意杨氏与他说个异口同声，杨氏还真的与桃杌说得一字不差：

"欲加之罪，何患无辞。"

023.闪回/县衙大堂（内，日）

"……也是天幸。"窦娥禀告道，"我婆婆忽然打呕吐，把这贼子端上的汤让给了他爹。那张老驴才喝得几口就喊难受，不片刻，七孔流红，死了……"

吸一口气，她不胜愤愤地又说，"大老爷，这死了亲爹的贼子，哭也不哭一声，只顾诬我药死他爹，威吓我婆婆，说、说什么'你让她答允今晚先跟我圆房，出殡后补拜堂。否则不然，用她药死我爹的汤灌你'。"

桃杌不由问："你婆婆怎讲？"

"吓得直哭，央我随顺他。"

"你又怎讲？"

"一马难将两鞍鞴，"窦娥一挺身，"我窦娥生是蔡家媳妇，死也是蔡家媳妇，要我改嫁别人，除非天作地。"她戟指张驴儿，又禀，"这恶贼贼心不死，问我，'要官休？要私休？'我也问他，'怎生是官休？怎生是私休？'他说，'私休，算便宜你，你依我先前跟婆婆说的做，了了事'。又说，'官休可就没你的好，拖你到衙门，把你三推六问'！他还说，'你这等瘦弱的身子，当不过拷打，不怕你不招认药死我爹的罪！'"

桃杌不由再问："你怎生答的他？"

"我答他说，'要药死我婆婆、到头来药死了你爹的，是你！我凭什么怕见官？！'"窦娥端端正正、恭恭敬敬地给桃杌嗑了个头，"大老爷，小女子所说句句属实，有一点谎，甘受反坐，请大老爷明察。"她又恭恭敬敬、端端正正地连连给桃杌磕头，边满怀希望地道，"望青天大老爷做主。"

024.县衙内宅，上房的起居室（内，黄昏/夜）

"……"杨氏想了好大会，"妾身以为，"说，"窦娥所言颇多不情不实处。"

桃杌忙递上他喝过的壶，"慢慢说。"

"反控张驴儿要药死蔡婆，仅凭臆测无实据，此其一。"杨氏接了，没喝，只顾说，"其二，张驴儿要药死蔡婆，于情于理均极难说通——真假暂且不论，蔡婆至少屡称愿意招张父作接脚、并劝化窦娥顺从张驴儿，张驴儿该百般奉承巴结才是，怎舍得反加伤害？"她补充道，"张驴儿既不至于存加害蔡婆之心，便断无下药之举，误伤父命也就不成立。"

桃杌又竖出一根手指提示，"三？"

"说张姓父子硬赖在蔡家，亦貌似确凿而已——毋庸上告官衙或向地保投诉，只消请出邻里乡亲，即可令其偃息退走。"杨氏又补充，"他两个毕竟不过是途经山阳的外路人。"

翘着三根手指，桃杌频频点头，"我心中有句话……"

"不说罢。"杨氏赧然道。

桃杌还是说了，"巾帼不让须眉。"

"相公谬赞。"

像是为了支持自己的"谬赞"说，杨氏紧接着指出，"不情不实虽不少，然，尚不足据以坐实窦娥忤逆弑父。"边说边离座步向长窗，步至长窗前又回眸直视桃杌的眼，"倘若，"沉下脸，沉声道，"相公依此定窦娥的罪，那便是错判，屈斩窦娥，铸造了冤案！"

桃杌听个仿佛用目，目不转睛，目光不愠、不嗔，又无愁和忧，唯有诚恳。"依夫人高见，凭什么给窦娥定斩罪，"他问，"方可谓不错不冤？"

杨氏坦言，"杀心。"

桃杌似乎没明白，"杀心？谁的杀心？杀谁之心？"

"窦娥对她婆婆起的杀心。"

"有么她？"

"起者，生也。原本无，后来有。"

"怎见得？"

"窦娥如起杀心，必萌生在逼她改嫁上。"掉眼，杨氏重又行开，行开去的她把话也说开了去，"从来年轻寡妇多守不住节，形同由奢入俭，难哪。"她感慨来很真挚，"窦娥新婚十个月，丈夫暴病亡故，骤然间衾寒床又阔，可怜也见得，夜长过年三载外……然而，刚刚二十岁的她矢志不再醮，不虚不伪，实属难能，可贵啊。"敬佩则更胜。沉默好一会，杨氏才接着说，"亦因此，她岂能不恨勒逼、强求她改嫁的张驴儿……"

桃杌忙加补，"偏还是那样一个张驴儿。"

摇头，杨氏把头摇着，复述地自续己说，"……岂能不恨勒逼、强求她改嫁的张驴儿和蔡婆。"并拓展道，"与张驴儿比，她甚至更恨她婆婆些。"她又顿了顿，把话扯回去说，"妾身先前，在蔡婆招接脚是欲迎还拒呢还是欲拒还迎这节上，难下定论。现在，"字斟句酌，杨氏说得慎之又慎，"我敢断言，她招接脚已木已成舟。"

说罢，杨氏抬眉举目，征询地看桃杌。

声色不露，桃杌单等着听杨氏的下文。

杨氏给的是问，"病了多日，蔡婆思量羊肚汤吃，该跟谁说？告诉的又是谁？平地打呕吐，该让羊肚汤给谁喝？又是谁喝了她的羊肚汤？"

桃杌像在琢磨，没答。

杨氏没等，"我料蔡家，当是一门两踏。"说，"南向的三间，除堂屋外，应有东西两间里间，分属婆媳俩。"

桃杌不能不点头，"下官验尸、踏勘去过，的确如此。居停在彼的张驴儿和他爹，就睡在堂屋。"

杨氏一笑，"旷日长久，女子是很想要的，何况，又是她这般四十多岁的女子。"继而幽幽地叹一声，"也难怪，二十多年孀居，真不知她怎生熬过来的。重得一遇后，再要孀居十几二十年，她更不知、不敢瞻想怎生去熬。"

再一次，杨氏默默了会儿，"这事，自然瞒不过窦娥。"又说，"对蔡婆来说尚属新寡的窦娥，哪里知晓久作孀居之苦。当此等事未做出前，她已经失礼、失敬到顶撞地步地告诉她婆婆，她曾有个什么样的公公，且公然直斥婆婆'你肯对不起我公公，我不愿对不起你儿'了；觑破机关后，心中怎能不生嫌恶。嫌恶而怨恨，怨恨生杀气。"

言至此，杨氏更慎重了，"或许，"她说，"窦娥还生怕公公聚敛的铜斗家业落入外人之手。假如作如是想，杀气难免更炽。再加婆婆一再劝她随顺张驴儿……"这回，杨氏不光征询地看桃杌，迳直言动问，"妾身所料，相公以为如何？"

"如出一辙。"桃杌耸身离座，兴奋得急切地回答，"下官正是凭照与夫人如出一辙的料想，断定的窦娥有罪。"

杨氏忽一笑，"仅凭料想只怕……"

"哎，"桃杌一拂袖，回身复坐向椅中，作色道，"居然，在夫人眼里，下官行事竟这等鲁莽。"

一时失措，杨氏不知怎么说好。

是要驳斥杨氏的，桃杌不无炫耀地告诉，"审窦娥时，我软言温语，问个容她细说详禀。"

"相公问她什么？"

"谁做的羊肚汤？"

"她怎生答？"

"是她亲手所做。"

"再问什么？"

"怎生做的汤？"

"她怎生答？"

"怎生洗净怎生切片怎生炖怎生加酒醋盐……从头至尾，答得有条不紊。"

"又问什么？"

"做汤当儿想些什么？"

"她怎生答？"

"无以对。"

"相公对以何？"

"问她，对婆婆劝她如婆婆招接脚般随顺张驴儿，心中有甚感想？"

"她怎生答？"

"不答。"

"相公作何处置？"

"仍问她，既不听从婆婆的劝，婆婆又劝个不休，难道无动于衷？"

"她怎生答？"

"不答。"

"相公如何处置？"

"告诉她，虽然，不听从婆婆劝为不孝，但，念她志在守节，本县不拟追究，即便对婆婆有怨气恨意，大老爷亦可宽宥，尽管从实招认。"

"她怎生回话。"

"答曰：无怨，不恨。"

"相公何以对？"

"问她，既无怨恨，怎的出言不逊，冲撞婆婆？"

"她怎生答。"

"哑口无言。"

"相公必定拍案取签要打她。"

"正是。"桃杌承认着，恨声告诉杨氏，"我方一拍惊堂，她竟说她知晓本县欲将她问成'下药羊肚汤，毒杀张老驴'之罪，而且，居然反诘下官，道'大老爷，小女子离家最远不出街坊，向哪里去讨得药来？'你说我……"

"只能打了。"

"下官即命打她二十板。"桃杌恼怒道，"不想……"他一想更恼，怒拍几桌——一下拍在那幅"荷花"上，"这窦娥实刁顽，板子打过再夹竹揎，几番死去活来，一味哭喊就是拒不认罪，直到要对蔡婆用刑，才吐出二字'愿招'。"

杨氏讶异，"怎的要对蔡婆……"

"一则怕屈打成招，二来，陡有窦娥或者果真冤枉，许是蔡婆虚与委蛇谎称愿招接脚、暗中作案的怀疑，故而，改审蔡婆。"桃杌解说道，"窦娥愿招，大出我意料，初始时，我犹不敢信。等研读罢窦娥供词的笔录，"虽不怎么响亮但确是哈哈的，桃杌笑了笑，"她所招的供，与你、我的料想相差无几，实系因逼其改嫁而生怨恨歹心，欲致婆婆于死，误杀了婆婆的接脚，下的是家中使剩的药鼠的毒饵。"

"这便好。"杨氏长松了口气，蓦地觉绵软，站也不稳，忙以空着的手扶，没想绣花的绷架已被收过，扶空，踉跄跌坐到凳上。一坐在凳，杨氏便拿眼看桃杌，却见桃杌欲起不起地悬个坐姿，一动不动，打量手边的那幅"荷花"，杨氏不觉失声唤，"相公。"

桃杌抬眼，抬起眼便紧盯着把杨氏上下打量，他看见了刚才还褐褐白白的杨氏有了原有的应有的色彩——发、脸庞、眼眉、衫、裙、钗、环、佩……无色不艳，无色不饱满，他惊、喜两皆不胜之至地喃喃着，"见着颜色了我！我见着颜色了！"环顾上房里的摆设和装饰，各物各各都在他眼里重现了色，看，又近前去抚，去摩挲，摩挲着抚着，"尚未得暇告诉你呢，"桃杌对万般诧异地盯住他看的杨氏说，"我刚才目盲于色……"

"嘎？"

没等杨氏明知多问的后话——"如今呢"出口，桃杌一下推开了落地长窗。

025.县衙内宅，上房起居室外的中庭（外，夜）

中庭里，半壁荷塘，一池清涟漪。水面有倒映的月，还有叶和荷花。月华所被的残雪厚厚薄薄地被着塘岸，以及院墙顶与高低在墙内外的树冠、屋脊。雪月双皎洁，波光如鳞，花红，叶绿，上房窗里泻出摇曳的烛火灯光，色暖融融。融雪在檐前滴答滴……夜也因之较往常黑，而且静谧。

看着，桃杌看得呆呆，忽听身后有杨氏的感叹，"空前绝后的夜……"

"冬夏同一景，"桃杌接的像诗。半天没续句，等他终于往下说时，已经不再是五言。

"你我的合议不可谓不慎密。"桃杌低声道来似自语，"既未寻觅得不妥，此案当是断得并无错失。"他顿了顿，"何以，"又顿了顿，"何以窦娥所发的三誓愿应验了两个？"

杨氏答得快，说得却很慢，"天，震怒于人世间的大罪孽，欲令凡夫俗子心存敬畏，弃恶从善，故显异象，史书上多有记载。——欲弑婆母，毒死公爹，那，实在堪称再大不过的罪孽啊！"

"倒是。"桃杌不觉颔首。点着头，他改了口，"的确是。"继又抚掌，虽是强调却轻快地说，"若真是冤斩了窦娥，天既已教我色盲，决不至于当日赐愈。"

026.县城的大街，小巷（外，夜）

积雪，映着月光，黑了街路，又令它泥泞。

"跟婆婆回家啊，媳妇……"边唤边拐地行来了蔡婆，她既留神着脚下，更当心着捧在胸前的牌位。"媳妇啊，别撇下婆婆，跟婆婆回家。"

…………

紧一紧牌位，她又嘀咕着叮嘱，"回家再显显灵，吓死那头驴，吓不死他，你也替婆婆吓跑他，吓得他永世不敢登门。"

脚高脚低的，忽一滑，她跌坐在了小巷口地上。不肯单手拿牌位，蔡婆只得竭力变跌坐为跪，为半跪，为蹲，慢慢地挣扎起身、重举步，入巷……

027.蔡婆家堂屋（内，夜）

闻得隐约在暗里的响动，架腿仰躺于铺的张驴儿一骨碌下地，急急忙忙去跪向北墙前的半桌，桌上竖着好些看不清的什么。他冲它们磕头，嗑下便不起，伏着，呜咽出声，像在哭。

哭当然并不妨碍听，他倾耳等动静，听见了开门声……关门声……关门声……没再等着别的，张驴儿怕被人发现在偷偷扭头，窥探，只见先前开着的东里屋门已关闭……缝隙间忽亮，分明里边点上了灯。

028.蔡婆家东里屋（内，夜）

油灯不甚亮，却晃眼地照见灯旁的银元宝。

蔡婆愣了好大会，这才将捧着的牌位供上邻床靠墙的柜，然后，南无两手朝它拜，又拜再拜……但，有些心不在焉，她一眼一眼地瞥银元宝，最终数出共有六锭。

029.蔡婆家堂屋（内，夜）

紧着爬起，张驴儿觑得很准地一下，探手从没香无烛的烛台和香炉间，抓过位于它们之后的牌位，随即向双扇大门旁的铺去，取了打好的包袱，挽背到肩。

边慢慢地朝东里屋门前来，他边用手背着力揉两眼，又吐些唾沫抹上。

030.蔡婆家东里屋，堂屋，小巷（内/外，夜）

蔡婆正掂着锭拿到手的元宝，忽响起的叩门声，吓了她一跳，她没敢应。

门被推开小半，张驴儿侧身探进半个脑袋，"婆婆，"他说，"告你老一声，我走了。"

瞠目结舌，蔡婆好大会后方醒悟听着了什么，却仍怀疑听真，"要……走？"

"是。"张驴儿探进一手来晃了晃抓的牌位，"我把我爹也带上了。"见蔡婆满脸惊愕，他惨淡地笑了笑，"要走的念想，我早就拿定。没走，是在等斩窦娥，等我爹闭了口眼。"说着，他哀声长叹出口气，缩头，拉上了门。

呆呆的……蔡婆倏地回身便冲柜上的牌位拜，还要下跪时，又听得一声唤，"婆婆……"

还是张驴儿，仍还是加只手地半探脑袋在半开的门口，不过，这回是那只没牌位的手，"这是，"他指指油灯旁的银元宝，告诉道，"巷子东头王家欠你老的账，连本带利，三十两整，我已经秤校过。"

"老王怎的……"蔡婆不由倍加诧异，一想，更加加倍觉惊诧，"是你？你怎的……？"

只一笑，张驴儿重又缩头，拉上门。

作想着……蔡婆掩到门前，匐门倾听动静……继而，轻轻地一点一点拉开。

黢黢的堂屋里空荡荡的，没人，堂屋的双扇大门虚掩着，蔡婆急步快走过去插闩，闩上了，一想，又拨开，她小心翼翼地拉开些门，探头看——

果然，巷子里孤零零的有个张驴儿正行向巷口去。

031.蔡婆家门前的小巷（外，夜）

留神着身后，张驴儿去个不紧不慢的。身后果然有了动静，是蔡婆的一声喊得很不响、更不坚决的"等等"。

急忙驻步，张驴儿看来迟疑地回过头去看。

巷子里没有蔡婆，有蔡婆家门里敞出的亮。

禁不住笑了，赶紧，张驴儿一把抹掉笑脸，又顺手连连轻轻地自扇左右耳光，觉着脸上板板的了，方休，方去帮左手将拿着的牌位塞进包袱。然后，站着等，等到看见蔡婆跨出大门，他才迎前。

蔡婆递给张驴儿一锭银元宝，"这五两银子，你拿着做盘缠。"

"要是讨得了不说，三十两不都是我的？"一句话把蔡婆问得怔怔的，张驴儿苦笑了笑，耸肩提提包袱，扭头要走。

"你……"蔡婆脱口唤得一声，即又改口，"……投奔哪里去？"

"哪里也不去，"张驴儿说，"我就宿在东城外的关帝庙。"气咻咻的，"看关老爷怎的我。不是说冤斩了窦娥么？我心不虚，不骇怕。"说着走着，"什么血喷白练、六月飞雪、大旱三年，装跳大神。真有灵，就咒我张驴儿口吐白沫死在当场……"走到巷口，没拐，停在那儿……

回头，不见巷子里有蔡婆，蔡婆家门里敞出的亮也不见了，一个耳光，张驴儿这回把自己扇得极狠。

032.蔡婆家堂屋（内，夜）

蔡婆正要进东里屋，听得敲门声，忙去又拿出一锭元宝，这才来开门。

"你老呀你老，"张驴儿一进屋就埋怨，"怎的不问问就开？万一是歹徒呢？"又说，"我就是回来叮嘱你老的。我走后，你老孤身一人，又是个妇道，还是寡妇，更的是颇有些钱财，千万千万得小心门户，出外上锁回家插闩，不问个山清水绿绝不开。"

言来极有理，蔡婆不由连连点头，"是，是。"

见状，张驴儿又劝，"婆婆啊，我劝你老别再放贷了。如今人心不古，开口借债，怎的都应好，等你老去讨本利了，百般混赖，只想不还。你能拿他们怎的？"

这番说道，说到了蔡婆的痛处，蔡婆不觉长长地叹，"唉。"

"若再遇上个赛卢医，"张驴儿忙再添一"刀"，"可不会那般巧，还有我爷俩路过。"说着，好像刚见蔡婆手中多了锭元宝，他忙一指它，并乱摇其双手，"我和我爹在你老家耽搁的日子不多，少不了总有些花费，我又没钱钞将补，思量着，就去索讨回来了这笔债。你老别往心里记。"

蔡婆想说什么的忍住了没说。

张驴儿看得分明，"我的要走，"他说，"大半是为你老。听信窦娥的谗言，你老直当是我药死了我爹。有个连亲爹都敢加害的禽兽在家，那还不整日价提心吊胆，怕他谋财害命？"叹一声，他又说，"其实，若真是我药杀我爹、害了窦娥，我要敢再惹是生非，那不成找死么？"

没作声，蔡婆琢磨着什么，又琢磨不定。

也没再说话，张驴儿苦笑着，边摇头退步边拉门，临把门拉拢在他面前时，他不忘来意地又叮嘱蔡婆，"插闩。"

欲语又止的蔡婆终没能止住，"要不……"

"怎的？"张驴儿赶紧问。

犹豫着的蔡婆犹犹豫豫地吐出了这么一句，"等天亮了再走罢。"

033.县衙内宅，上房的卧室（内，晨）

旭日临窗，投它的光华于床头。薄翟翟的帐帘弱它不了几许，觉着了亮又觉着了热，杨氏醒了，一醒便见外侧半床空着，忙欠身撩帐帘看——

屋里也没桃杌的人影。

034.县衙内宅，起居室外的中庭（外，晨）

未戴帽，也未穿长衣的桃杌负手站在水渍中。

残雪随地化，几乎无一处不湿漉漉。水汽与晨雾混淆难分地弥漫成轻烟也似的蒙蒙，却没遮住蓝得几近于白的晴空。晴空万里无云。

桃杌昂首举目，打量着的正是没什么可以打量的无云天。打量得久，他打量得入神，连杨氏站到身后也浑然没觉得。

"在想什么？"杨氏问。

桃杌没有收回目光，"我看今日不会有雨。"他问，"你说呢？"

一时，杨氏不知怎么答。

长叹息，桃杌踱向荷塘去。看着脚下的，他却没有不踩湿漉或泥泞。杨氏忙上前引。

"昨夜，"桃杌生怕吓着杨氏似的轻声告诉，"窦娥来了。"

着实的被吓得不轻，杨氏止步在不觉间。

"跟我说了一夜，"桃杌又告诉，"说了一夜的'山阳从今日起大旱三年'。"

杨氏终于镇静了自己，"那是梦。"

低头踱着，桃杌忽轻笑出一声，"得梦须入睡，"他说，"我一夜未合眼。"

"经昨日的雪打，"杨氏手指塘中的荷花和叶，让桃杌看，"你不觉得它们有些许抖擞不起精神么？"

果然，支棱的莲花与坦裎的荷叶都蔫蔫，只绿水更显清澈。

细细看了一会，桃杌不由得不颔首。他转对杨氏一笑——笑来不再涩，继又深深作揖，"谢夫人教诲。"

"相公言重。"杨氏忙还礼。她见桃杌额上汗涔涔的，便用手中的帕子去拭，"刚交辰时便这等闷热，"她说，"只怕要下雷雨。"

桃杌忙道："不怕。不怕！"

035.蔡婆家堂屋（内，晨）

手执笤帚扫地，张驴儿扫来周到且细致，墙角、桌肚下、连土砖缝隙里的垃圾都不疏漏，将之扫到门外，扫毕，他提桶四处匀匀地洒些水，继而将剩水泼冲门前地上的脏。

放笤帚和桶回后面的灶屋……他端出个盘，盘中有小米粥和咸菜，摆开碗筷，这才没称呼地唤，"吃早饭吧。"不见答应，张驴儿又唤一声，"吃早饭吧。"

开门从东里屋跨进堂屋，蔡婆只觉得不对，一时不知不对了什么，她再次环顾，打量着。

没拿眼看蔡婆，张驴儿退开到铺旁，"你老若想留我在家……"他讷讷地说，"你老得应承我件事。"

惊诧，蔡婆不觉看定张驴儿，"我想留你？"不胜迷惑地问，"我若想留你，不是你应承我，是我还得应承你件事？不应承呢？"

"若不应承，"张驴儿说，"伺候你老吃罢粥，我就走。"

蔡婆倒要听听了，"应承什么？"

"让我把你老当娘，"张驴儿抬起目光，看蔡婆的眼睛，"当嫡嫡亲亲的娘，好生伺候一辈子。"

忙坐向桌旁的椅，蔡婆忙端碗拿筷，正要喝粥，迟疑了，忙搅，又吹，好像粥烫得在沸滚。

"我和我爹对你老不是没所图，"没收回目光的张驴儿忽然招供般供认，"不过，图的不是财——救你老那日前，素不相识，我们哪里知晓你老家中有钱财。"

听着，蔡婆手上、嘴上都停了停。

"那图什么？"张驴儿问着，自答道，"图我爷两个与你老俩婆媳做成一户人家，共享天伦之乐。"

要说，张驴儿的话并不全假，故而，他的心酸也颇真，"我爷两个靠打短工度日，十几二十年，漂泊流浪得怕了。一做梦，爷俩都梦见觅着了长工的活。娶媳妇生儿育女，有天伦之乐享，在我俩心里，那是下辈子的巴望。"

蔡婆有点被张驴儿的真情实感打动了。

"婆媳双寡妇，"张驴儿又设身处地、将心比心起来，"蔡家也很凄惨。我和我爹猜，你老也盼享天伦，盼家里有个好相帮过日子的汉子。"

吹不了粥了，蔡婆心里泛起酸与苦，她瞪瞪眼再瞪瞪，忍住，不落泪。

"我猜，我若英俊气概，窦娥也绝不至于死犟着违拗你老。"张驴儿一声叹个带哭腔，甚凄凉，"只怪我长得寒碜。不过，"他又说，"再寒碜，我是活的。有活儿子陪着，总胜过守个死媳妇。"他还问，"你老说对不对？"

泪眼婆婆，蔡婆看着碗里的粥，"没，"她问，"你没下什么吧？"

"老天在上啊，"张驴儿急得指屋顶，赌咒，"我若往汤里下过药，刀过头落，我流不出一滴血。"又捶胸，"下了药，我能让我亲爹爹喝么？"

蔡婆哼一声，"要喝那汤的原本是我。"

"你老几次三番劝化窦娥也招我做接脚，"张驴儿跺着脚，直嚷，"真是头驴，我也知好歹啊。"

蔡婆没驳，也没斥。

"不想伤你老的心，有句话，我一直没说。"张驴儿又憋再憋，憋得实在憋不住，嘶嘶地吐出声，"窦娥才要你死呢。"

蔡婆往桌上一拍筷，"胡说！"

"看你老思量招我爹接脚，留我爷两个在家，又劝化她……她窦娥想轰，想撵，都没招，怨恨日日深，这才狠心下药要毒死你老，陷害我爷俩。"张驴儿言之凿凿地说着，还强调，"媳妇再好也不是血亲，不是自家身上的肉，再说……"

"再说，"蔡婆一下将粥碗咸菜碟撸下桌，"你滚！"起身，踏着狼藉在地的碗碟片和粥菜，进东里屋，"砰"地关上门。

愣着，张驴儿愣了好一会才醒悟，乐得将身躺上铺，竖起两腿高挑着发奋地蹬，"不再说了，再也不说了。"

036.县衙，签押房外的小院（外，黄昏）

时甫近黄昏，天色却已半黑。搬桌端椅，下人正忙着往院中摆席。

"哎哎，"提个提盘篮的张千一拐进院，就斥，"怎不往花厅摆？"

下人里不知哪个告诉，"大老爷吩咐的。"

"那也得摆在树下。"张千指指天——天上，乌云密密层层，"瞧不见要下雨么？"

下人里有顺从的，也有人犟，"这雨只怕不小，树荫有什么用？"

张千不由骂，"混账……"

"混账！"公服整齐的桃杌一步跨出签押房，指着院当间，沉声命，"摆座。"

037.县衙内宅，廊下（外，黄昏）

张千在前引路步急急，姗姗地后随着的是带个小丫鬟的杨氏……

038.县衙，签押房外的小院（外，黄昏）

俯身，桃杌从脚边地下捡起什么，放在摊开的手掌上端详。

"夫人到。"

闻得丫鬟报，桃杌忙迎接，"你怎的来了？"

回过礼，杨氏没等让，便自往桃杌的椅中坐，"来与相公一同候雨。"

"迎。"桃杌纠正道，"迎甘霖。"

杨氏看了看桌上的几盆菜与一碗米饭，"应该有酒。"

"对啊。"桃杌正欲唤，却见小丫鬟往桌上放下个白地黑花瓷瓶，"还是夫人想得周全。"他笑着落座于下人端放到他身后的椅中，又回顾着端椅的下人，吩咐他道，"你去账房领三两赏银。"

与其他下人比，对此最眼羡的是张千。

"方才，你说这雨只怕不小。那，会有多大？"桃杌问，把得赏的那个喜出望外同时莫名其妙的下人问得更莫名其妙而且喜不出来。

起风了。槐树枝晃，摇落纷纷的叶。叶，杂入经不住风吹而扬或飘落的泥沙和尘，上下舞在当空。

独有桃杌舍不得用手护脸庞，眯缝着两眼，他只顾贪恋地承受扑面的风。依稀发现张千拿个什么往桌上罩，桃杌一脚踢去，"滚。"

风，渐渐小，雨还没来。来了闪电，电光闪自天外，其色如银却暗含红，于瞬间尽净地暴露出乌云的狰狞。忽这边忽那边地隐隐作响的雷，在一味的不近前间，蓦炸开个当头打下似的，震得人心悸。

"好！"

桃杌喝罢一声彩，起身，恭恭敬敬深深三拜，礼毕，拿过白地黑花瓷瓶，向天洒又向地洒洒。

等他忙停，闪电已停，雷亦停，风更全没了踪影，雨仍旧没来。渐渐渐渐，西边竟然亮出了黄昏。

"先圣贤立二十四节气，"一时静得出奇的小院中，突响起桃杌的语声，"定'处暑'于'立秋'之后。"他说，"如今，'处暑'已过，雷雨今日不来，是不会再来了。"

话未断音，桃杌离座，一拂袖，去了。

039.县衙内宅，廊下（外，黄昏）

杨氏急急地紧随桃杌，一路说节气，"'处暑'后是'白露'，而'秋分'又在'白露'之后。古人曾说过，过了'秋分'，雷才销声匿迹。"劝解着，"怎说雷雨不会再来？秋天其实真正开始于'秋分'。所谓秋雨绵绵，绵绵者，不绝也。"缓得一口气，她接着劝，"既有'不绝'在后，即使无有雷雨，相公也毋须愁成如此……"

"古人还说，"桃杌住了步，"要到'霜降'，草木方始黄落。"他探手从杨氏发髻上拿下沾着的，让杨氏看，"先前被风吹落的。"

是片槐树叶，叶色枯黄，打卷的边沿甚至有些少焦，轻轻一拈便碎成屑。

"自……那场雪后，至今无雨。'处暑'时节的槐树已经枯黄了枝叶。树且如此，何况稻菽。"桃杌说来心痛，"今年的旱荒早已无可更改。我，我盼雨，盼的是……"痛得难以继言。

杨氏替桃杌续说了下去，"盼的是破她窦娥'大旱三年'之誓。"顿了顿，她才又说，"相公，窦娥案经州府省部审核，确定无讹，斩窦娥有朝廷的皇命……"

“我是初审官，”桃杌被惹急了，他并起食中二指狠狠地连连戳自己的胸，“我是始作俑者。”

杨氏忙提醒，“多次复核重议案情，都并未查出你有何冤屈窦娥处。”

“那，何以日日夜里，”桃杌厉声诘问，“窦娥都来，来与我说一夜的‘大旱三年’？”

杨氏答得快，“日有思，夜有梦，那是缘因相公天天想着……”

“并非我要天天想，”桃杌跌足道，“是天公天天不雨。”一顿，他又说，“今日雨欲下未下，是个昭示。昭示我，不雨不是无雨，是有雨不布施给山阳县。”

杨氏毫不退让，“天意，不是你我凡夫俗子可以妄测的。相公的色盲，不是即刻痊愈了么？”

“色盲一节，”桃杌说，“本不在窦娥的三誓愿内。”

说话间，云开现天，天边的黄昏里现出绚烂的晚霞……

040.县衙，签押房外的小院，签押房（外/内，日）

又是个艳阳天。阳光满院，毫无遮拦——那棵老槐一枝一枝光秃秃的，已经没一点点树荫。

桃杌匆匆来，目不斜视着步进签押房，方入座，便见案桌上放有一叠卷宗，是《窦娥案卷》，不禁瞥了瞥侍立在旁的祗候。

祗候好似等着这一瞥，忙趋前作揖，“是，”他禀道，“是属下取来的。”

“此案已结，”桃杌将案卷挪过一边，“取它则甚。”

祗候却把桃杌的责备当作询问，“属下以为，老爷要复阅呢。”

“只怕是以为，”桃杌顿时动怒，声色俱厉起来，“此案有不情不实处吧？”

祗候忙否认，“不敢。”顿了顿，他补一句，“不过，作如是观的，确不少。"

"都说了些什么？"桃杌即追问。

祗候打了个躬，"属下说不上来。"

"既知有人说道该案，"桃杌听了更恼怒，"怎的又说不上来说些什么？"

一时语塞，祗候支吾了。

"回话。"桃杌见祗候只一味地作揖，并不答话，略想想，喝道，"来啊。"

即有衙役应声到。

桃杌一指祗候，吩咐，"拖下去打。"

一听要挨打，祗候忙下跪，"我说，"连声道，"我说。"

摆手斥退了衙役，桃杌并不单等祗候开口，"无不可言，"他耐着气，缓和了声色告诫，"只管放大胆说，本县不怪罪你。"

祗候这才坦白，"属下确实只听人说，觉得窦娥一案恐有不情不实。"他又补充，"属下倒也追问过，可都说不上个子丑寅卯。"

"仅这些？"桃杌还颇不信，"这些话有什么不可以说的？先前不说，现在怎的……"

祗候又坦白，"属下怕打。"

桃杌一愣，怔着……

041.闪回/县衙大堂（内，日）

板起板落，随着吆喝，板板都着实地打上窦娥的臀部。窦娥的裤已破，也已经被血湿红了一片。

042.县衙内宅，上房的起居室（内，日）

"两次，打了窦娥四十板。尔后，"桃杌告诉杨氏，"再上竹挟子，竹掫子等同给男犯用的夹棍，那是再剽悍的江洋大盗也挨不得、纵犯有凌迟大罪也熬不住要招认了再说的……"

043.闪回/县衙大堂（内，日）

衙役用冷水浇窦娥，见浇之不醒，继以燃出粗纸媒子，用烟熏鼻。

呛咳着，窦娥幽幽苏醒。

"招了罢，窦娥。"衙役纷纷劝诱。

语不成，且声微弱，窦娥却把两个字吐出得很清晰，"冤……枉。"

044.县衙内宅，上房的起居室/闪回—县衙大堂（内，日）

"见她如此死死咬定……"

杨氏把桃杌的话接了去，"'陡有窦娥或者果真冤枉，许是蔡婆虚与委蛇谎称愿招接脚、暗中作案的怀疑，故而，改审蔡婆。'"

"……与我无干系呀！"蔡婆吓得连连磕头，"大老爷，老婆子……"

桃杌拔一根竹签往公案前地上一扔，"打。"

吆喝即起，"奉大老爷命打蔡乜氏二十板！"

吆喝声中，有衙役揪住蔡婆的头发，拖她来按头按脚地按倒在公堂当间。动弹不得的蔡婆连求饶也喊不出声了。

"婆婆年老，打不起啊，"是窦娥在央告，"别打……我婆婆，"边嘶声叫，她边挣扎着往蔡婆身边爬，见谁也不加理会而板子已被高举起，她拼性舍命地扭头抬起，力竭地冲桃杌叫道，"愿招，我愿招。"

"……这节，相公前曾详述过。"杨氏提醒桃杌。

桃杌点头，"是。"却又摇而再摇，"然有疏漏。"他责己地说，

"彼时，既对窦娥愿招大觉意外，于研读窦娥供词的笔录之后，便情不自禁暗加琢磨，未留意她与她婆婆的对语。"

"哦。"杨氏专注地等听下文。

桃杌拍拍手边几上的《窦娥案卷》，"亏得祗候拿它给下官复阅，"愧然道，"幸好书办认真，在堂审笔记中记得清楚。"

趴伏在地，窦娥不胜艰难地往供状上捺手印。

看着，蔡婆忍不住哭，忍不住去搂，"媳妇啊，"又忍不住放声道，"都是婆婆送了你的性命。"

"你道，"桃杌问在读卷宗的杨氏，"此话怎讲？"

"我若不死，"窦娥抱着蔡婆，绝望地说，"如何救得你老呀，婆婆……"

"这句又有何缘由？"桃杌更急切地问。

掩卷，沉思着，杨氏没即答，"显见窦娥是怕她婆婆受刑不起……"

"受刑不起又怎的？"桃杌盯问得紧，其实，答案已有在他心中。

杨氏先给个结论，"招供。"继又像忽有所悟地问，"相公是说，窦娥觉悟了，与其由她婆婆招供定她之罪，不如自认？"

"夫人未从婆媳二人的对语中看出些蛛丝马迹？"桃杌作启发，是企望由杨氏猜出他的判断。

似乎一时勘不破玄机，杨氏沉吟着，"'都是婆婆送了你的性命'……'我若不死，如何救得你'……"

"忒过矫情了夫人。"桃杌戳穿杨氏的做作，笑道，"做婆婆的害了媳妇，媳妇欲以一死救婆婆，这般的大白话，翻来覆去说……"

杨氏坚持茫然着，"内中的……"

"好好。"桃杌拗不过杨氏，"你既执意让下官说，我就说罢，下药或指使下药的乃蔡婆……"

045.蔡婆家堂屋（内，日）

一味的，蔡婆蹙眉摇着头。

"也不多，"她对面的中年汉子可怜巴巴地恳求，"就商借纹银二两……"

蔡婆实诚地告诉，"你要放宽期限，倒不碍。利钱低些……我若依你，别人将来，教我怎生应对？"转眼间，她有了主意，"文书上仍照写到期归还本息四两，实则是届时还不了我，免息，我再展你一年……"

046.县衙内宅，上房的起居室（内，日）

"以贷放银钱收息为业，"桃杌踱着，边对杨氏说，"蔡婆自必把钱财看得极重。好酒好菜招留张驴儿父子在家，那得许多花费。她如何咽得下？轰吧赶吧，却又不敢。古人有语，财不露帛。如今可已是尽露在外人眼中，轰走了也还留有心病。于是，恶向胆边生，自己或者唆使窦娥下药……"

杨氏补充，"临到喝汤，忽作呕吐之太过巧合的蹊跷，也顺理成章了。"想着，她又补充，"而让张姓父子以为她愿意招他们做接脚，也是故作姿态，图的是届时让给汤喝，他两个不至于心生疑窦。"并再补一句，"种种皆如相公当初的怀疑。"

桃杌没觉得意，顾自接说前话，"……再教唆窦娥，一口咬死张驴儿在汤中下药，害她不逞，误伤了父命。"

杨氏点头，"然后，借官府的刀除掉张驴儿。"

"这一切均是你我的猜测。"桃杌却一语架空了他与杨氏述说的一切。

杨氏提议，"传蔡婆，重审此案。"

"尚还有其他呢。"桃杌说，"人皆存畏死之心而有求生之念。窦娥岂能例外。她何以甘心替她婆婆顶该杀的罪？又何以无怨不悔？太过不近人之常情了。"

欲语又止，杨氏等着听。

"入夜后，等窦娥来，"桃杌说，"我问问她。"

一怔，杨氏忙劝诫，"相公……"

"只怕她袒护婆婆，"桃杌止步在杨氏身前，一笑，说，"不愿直言啊。"

恍然，杨氏这才明白问窦娥是句戏言，也明白了桃杌的意思，更忽有灵感，"妾身乔装出去，较知县大老爷容易访得窦娥婆媳间的实情。"

"我已经吩咐祗候，"桃杌显出了久违的从容，"让他从外县物色可靠近亲，来山阳打探。"

杨氏禁不住也笑上眉眼，"经此一事，相公越发的会做官了。"

047.蔡婆家堂屋（内，日）

送走借债汉子，蔡婆刚关上大门，后头灶屋里出来了张驴儿，"娘，"他亲亲热热叫过一声，才问，"刚才听你老拒绝马五的告贷，为甚转身借给了这人？"

闻说马五，蔡婆连连摇头，"马五前债未清，先后两次借我五十两银子，一次拖了九个多月，一次也已经半年，"她记得清楚也算得明白，"本利该对还我八十七两。"

"怎不讨要？"张驴儿又问。

摇头不已，蔡婆兼又叹，"杀猪卖肉，一急就拿刀，街坊上都不敢惹。"

张驴儿奇怪了，"那你老怎的借他？"

"不是不敢惹嘛。"

　　张驴儿笑了，"从今往后，你老再不用害怕谁。"一拍胸说，"有你儿在此。"

　　"你能讨得马五的账？"蔡婆不信，见张驴儿又要拍胸，摇摇头轻哼了声，"那，你去替我讨。"

　　张驴儿又笑，"再过些时日。"

　　蔡婆没问缘故，"原说呢，"她不怎么明显地表示着轻蔑，径自往东里屋去，边嘀咕说，"倘能讨得，我分你一半。"

　　张驴儿不笑了，"当真？"

　　"真不真，"蔡婆并未留步，"讨得了便知。"

　　张驴儿嘻嘻起来，"那，"说，"你老给马五送三十两银子过去，他今早要借的不是这个数么？算是分儿子的那一半。将来得了利钱归你老。"

　　蔡婆从东里屋门里探出身，"讨不得怎说？"

　　"你老立个文书，儿子捺手印。"张驴儿说个信誓旦旦，"若白丢了那三十两，你老插草卖儿子。"

　　蔡婆迷惑，"你葫芦里卖什么药？"

　　"运气。"张驴儿说，又怂恿蔡婆，"娘，你也赌赌。"

　　蔡婆缩回身，少顷，跨出东里屋来，她开开大门去了。

　　乐得美滋滋的，张驴儿将身躺上铺。不想被什么硌痛了腰，翻开褥子看，是个牌位。拿出它，他想去放上半桌的，临了，却进了灶屋。

048.蔡婆家灶屋，堂屋，东里屋（内，日）

　　送牌位进灶屋来的张驴儿，把牌位送进了炉灶的灶膛，继又往灶膛里塞进一把他点燃的柴火。

　　跪下，张驴儿冲着灶膛里的火，先拜再磕头。"爹，你可得保佑我。"祈求着，他自申述道，"我从不曾打算药死你。你要怪，怪自己馋，贪喝羊肚汤。我谋划得可好哩。药死了老虔婆，她蔡家上下里外就都是我们爷儿俩的……"他追补了句说明，"窦娥不在内，她归我。你老，我找媒婆另给你说合一个，要两个也成，有了钱财，那有什么难的。"说着，长长地叹出一声哀哀怨怨的，"不想，你没时运，命里注定享不着福。"

灶膛里的火忽一旺，劈啪作响着蹦出火星。

张驴儿吓得慌忙躲闪，"看你喝汤，不言语，我确有些忒狠。"承认着的他急急地争辩道，"不过，我若言语，就坏了事。再说，你老也喝得太快，咕嘟嘟，眨眨眼半碗下了肚。赛卢医说，那药可是一口就要命的。"

他补救地重给灶膛里的"爹"磕个头，"你是我亲爹，我是你亲儿，"央告，"怎的，你也得看在这份上保佑我。"并许愿，"我不让你白保佑。等独得了老虔婆的家业，我天天给你过清明，一日三顿顿顿好酒好菜祭你。"临要起身，他想着了要紧的，"爹，你老在那边见着窦娥……"

说至此，张驴儿忽然觉悟，赶紧爬起，一起便向外，穿过堂屋，直奔东里屋，直扑到邻床的柜前。

柜上竖着窦娥的牌位。牌位披挽成花的黑绸，前有白蜡两支分左右，烛火幽幽，居中三炷清香，香烟缭绕。

没有一到即跪，张驴儿定定神，敛敛衣，南无双手合十，才一躬躬得深深，"窦娥啊，张驴儿拜祭你来了。"他喃喃言道，"今日才来，不是不想来。想的。刚还教我爹给你捎话呢。一想，捎话不虔诚，我爹也不见得能与你在一起。趁你婆婆去找马五，正好留个空，便即刻就来。来给你赔罪。我知晓，你恨我。我今日赌个毒誓与你，张驴儿死后下地狱，下到地狱第十八层，在油锅里炸，转世投胎，真的投进驴肚子，让你解恨。是死后，窦娥你别听讹了，张驴儿的阳寿可不折给你。我已经折给你了我爹。何况，留着我的阳寿，我还可以多替你伺候伺候你婆婆。你婆婆对你可好哩，把你的灵台设个挨着她床，香火片刻不断，你生前睡的西屋，天天打扫得干干净净，脚尖也不让我进——我也不敢进。"说着，想起，

"这些你都明清，瞒不住你。"转念，又说，"我也不瞒你，伺候你婆婆，我是想得她的家业。你已先走，她要再一走，偌多的钱财又带不去，留给哪个是留，你大人不记我小人仇，不如就让我得了罢。我也知晓，你心里明白得紧，我纵有害你的心，死，你却是死在桃知县大老爷手里的。要不然，你怎的不咒我死，倒赌下了血喷白布练，又六月下大雪，再旱山阳整三年。我绝不坏你事。单等旱到头，等你显足神通了，再请和尚道士超度你的冤魂，求菩萨保佑你老下辈子当桃知县大老爷他爹，日日受他磕头受他礼拜……"

说到磕头礼拜，张驴儿一屈双膝扑通跪下，即把头磕个直如捣蒜……

049.县城，小饭馆（内，日）

"客官不是山阳本地人，"跑堂小二倌边用干抹布把桌子掸个尘飞扬，边对座上的客商说，"也不是邻县山阴或者楚州的。"

客商甚感奇怪着承认，"在下几年前出外经商，此番要回山阴县老家过年，途经此地。"又问，"你怎知……是我乡音改尽了？"

"客官若在这方圆百里内住，断不会坐下就要洗脸、要茶喝，"跑堂小二倌说，"不会不知晓山阳被窦娥咒得水贵过黄金。"

客商不胜惊诧，"咒？"不由得感慨，"想不到世上真有这等有法术的。"

"有什么法术呵，"跑堂悲叹道，"只是个苦命女子。"

没等客商开口，账台后的店老板先斥开了跑堂，"是命硬。三岁克死亲娘，七岁害亲爹一去没音讯，三年前又克得丈夫一命呜呼……岂止命硬，她简直是个煞星。"

"三岁没了娘，七岁给爹爹抵债卖到蔡家做童养媳妇，好容易熬到十七岁圆房并亲、夫妻恩爱不一年又守了寡，丧期也不知满没满、就给判死罪斩首。"不服的跑堂换个说法复述罢，诘问，"这命不苦怎的算苦？"

店老板一句接得快，"她婆婆才苦呢。"他向那客商述说道，"那蔡乜氏青年丧夫、中年失子、临老又没了同病相怜的媳妇……"

客商忙抓住"同病相怜"来勾引想要打听的，"同病相怜依为命，"沉吟着，他说，"听二位这么说，只怕那婆婆……"

店老板猛一拍账台，"高人啊客官！"边转出身来，去向客商坐的那张桌，"相依为命，真正说对了窦娥婆媳俩。"边赞，"'只怕那婆婆'更只消抠掉个'那'字，便是一语道尽窦娥的心里话。"

客商忙客套，"店主东夸奖了。"

"实言，也是实情。"店老板站着告诉客商，"给押去法场的那天，窦娥犟在小店门前，死活不肯进因果巷……"

店老板逐条指点出交叉在门外的几条巷——此刻那巷口有北风在施虐，地上的干土刮不尽也似的，被它刮起一层又一层来昏黄冬日。

"……非要走鹰扬巷，绕远。衙役问则甚。"店老板告诉道，"我亲耳听窦娥说她怕从家门前过，说，'只怕婆婆见了我的形状哭煞'……"

050.县衙的签押房（内，日）

"……怕她婆婆作不活之想。"客商躬身向桃杌禀告。

侍立于旁的祗候忙证实，"属下也曾听士兵都头仇虎如是说过。"

领首，桃杌问那客商，"可还探得什么？"

"小人又从蔡婆家邻里的口中问得，"客商忙再禀，"自楚州迁归故里半年多之后，乡邻方始明白那窦娥并非蔡婆的女儿，只是媳妇而已。"

051.县城，蔡婆家所在小巷的巷口（外，日）

"……都觉得蔡家奇怪的是，"说话的婆娘五大三粗的且又穿得臃肿，她啧啧地告诉客商，"每月要雇佣老妈子一次，一次三五天。"婆娘又一喷嘴说，"还是我猜详出的呢，是为不让媳妇着水。知道因了什么不让媳妇着水么？"

客商摇头，"请教。"

那婆娘却不说白，只咯咯咯地笑着作比喻，"啊呀呀，再疼嫡嫡亲亲的女儿也不见得这样！啊呀呀，官宦人家的千金也不过这样了！"

旁侧另一个也一身厚棉衣的婆娘说话也喷嘴，"到夜来，婆媳俩常拌嘴。单墙薄壁的，我在自家屋里听得真真的——是为纺纱，窦娥要纺，婆婆要她歇。"

052.县衙内宅，上房的起居室（内，日）

"如此说来，"杨氏显然已经知悉了"客商"探听得的种种，感叹着说，"那蔡婆对窦娥倒真可谓疼爱有加。"

揣想着，桃杌指出，"窦娥娘家的日子必定窘迫得紧，不然，父亲哪里至于将亲生女儿去抵债。"他感慨道，"人心皆同啊，可以想见，窦娥的父亲彼时一定百般无奈，万般伤悲。"

"相公说的是。"杨氏也油然生了怜悯。

桃杌一一复述着，"自幼丧母，少人怜爱，难得温饱，度日如年，七岁上进了蔡家，衣食无忧，更被蔡婆作掌中之珍一般呵护，"说，"如是一个窦娥，自不免对婆婆心存感激……"

"相公所言极是。"杨氏认同着。

桃杌却问："极是什么？"

"是感激之心令窦娥甘愿替婆婆顶杀罪。"杨氏答以桃杌下在心里的结论。

桃杌又摇头且摆手，"下此定论，为时尚早。"

"相公何出此言？"杨氏问。

桃杌一笑，"须防婆媳同谋。"

正此时，忽闻张千在门外报，"老爷，祗候请大老爷升堂。"

"进来前，我已命人去传蔡婆。"桃杌边告诉杨氏，边外出，边又势在必得地说，"我要一堂结案。倘若窦娥果被我屈斩，便亲到窦娥坟前祭奠，同时禀请府、省拜本参奏治下官的罪，并将窦娥受冤之事公告各县。"

未持异议的杨氏送着，"然后，"说，"回来好生安睡一觉。"又说，"觉醒时触目皆白，是天降下了瑞雪。"

053.蔡婆家东里屋，堂屋（内，日）

从床顶、从柜底、从壁格、从墙洞……张驴儿找出来了银锭、金条，还有钱庄的庄票。他一一将之收入行囊，背上便匆匆出大门。

054.县衙大堂（内，日）

"蔡乜氏，"桃杌把话问得和颜悦色，"那窦娥素来守不守孝道？"

跪在公案前地上的蔡婆答个不假思索，"守，守孝道，守妇道，"才一提及窦娥的她，两眼中竟已有泪盈盈，"窦娥知节俭，勤快，手又巧，善解人意……"她迭声说着，似要一气说尽窦娥的好，"她屡屡对邻里说，到蔡家后方知没娘的苦，来生还要同我做母女。"

"即是说，"桃杌话里有话地问，"窦娥对你感激不已？"

蔡婆承认，"是。"

"百依百顺？"桃杌又问。

"是。"

"那，"桃杌忽一拍公案，"窦娥怎不听从你的劝，随顺了张驴儿？"

蔡婆顿时急了，"大老爷啊，这正是窦娥心念着我对她的好，心念着我儿对她的好……"

055.县衙大堂的屏风后（内，日）

摆有一椅一几，有杨氏依坐于此静听着审讯。

056.县衙大堂（内，日）

"再说，除这一事不从之外，"蔡婆禀告道，"窦娥再无别的违拗。"

桃杌又和缓了声色，"确实再无别的违拗么？"

"千真万确。"蔡婆答。

转而，桃杌问起了别的，"蔡乜氏，你把如何被张驴儿父子相救，张驴儿父子又如何要你招他两做你婆媳接脚等节，再细细说来。"

057.县城郊外，土坟前（外，日）

坟前木碑上刻——"先父张老驴之墓"。

"……大老爷传婆婆去，只怕是看出了什么破绽，"张驴儿跪告着他爹，"我只得三十六计走为上。这一走，我是杀头也不再回，许给你的日日清明只能当屁了。拿不到我，官衙若来挖坟掘你出来鞭尸，爹，多想想是替儿子担待，你就不怨了。"

言罢，张驴儿浮皮潦草地磕个头，急忙起身慌忙去，没想，趔趄着跌了个跟斗，爬起走几步，又一趔趄。不走了，他抱着行囊打量起了地上。

地平坦坦，有沙尘也似的厚厚浮土，没什么磕绊的。

忽抬眼看那碑，张驴儿又忽跪前去。"到底是亲爹，"他连连磕头，迭声道，"到底是亲爹，叫儿子跌跤，你老是要儿子知道，这一走等同不打自招，官衙发画形图缉拿，我能往哪里逃？是，是，这些钱钞虽可以快活些日子，快活完也就完了……"张驴儿急得不住地磕头拜求，"爹，再疼疼儿子，爹，出个主意吧。"

058.县衙大堂（内，日）

"如此说，所谓愿招接脚乃因受威逼，"桃杌问，"并非出于真心了？"

蔡婆吞吞吐吐的，"……是。"

"你究属愿不愿招张老驴做接脚？"桃杌执意要确定。

这回，蔡婆竟沉吟不语着。

"说，"桃杌拍案责令，"从实说来。"

蔡婆忙磕头，"老婆子该死。"她犹犹豫豫、断断续续地申述道，"应承招接脚，起初确实是被那老少两个吓的。愿意、顺从……大老爷，老婆子跟窦娥一样，也十七岁丧夫……好不容易将遗腹的孩儿养大，他竟又得病暴卒……守寡二十八年啊，老婆子受尽了孀居的苦……一门两寡妇的家里，陡添……汉……男……阳气，勾起……渐渐的便在没奈何中，有了听天由命之心、将就的念头。……"

虽曾料想过，却仍觉意外，更颇失望，桃杌欲叹一声的，憋住了。他拔一签在手，佯装要掷地呵斥，"好个蔡乜氏，竟在堂上作污言秽语，莫非讨打？"

衙役顿时一齐吆喝起来，吓得蔡婆连连告饶。

"打不得啊，"蓦有人在堂前大叫大嚷，"千万不能打！"

059.县衙大堂的屏风后（内，日）

听得诧异，杨氏不觉俯向屏风的缝隙窥看。

060.县衙大堂（内，日）

是张驴儿，不顾衙役的挥鞭阻拦，他嚷着要往公堂上闯。

桃杌、祗候都看呆着；蔡婆也止了告饶，扭头回顾。

"大老爷，"张驴儿疯魔了似的闹个不休，"我的娘犯了什么罪？因什么要打我娘？"

桃杌对祗候暗示意，祗候忙高声吩咐，"容他上堂来。"

见衙役散至两旁，张驴儿顿时作乖，上去就跪，跪下即磕头……

桃杌没容张驴儿开口，"大胆狂徒，"他怒喝着又拔一签到手，"知晓咆哮公堂是什么罪么？"

张驴儿竟也没等桃杌掷签，就一下伏身在地，兼高翘起屁股，"小的情急高声是出于孝。孝若是有罪，张驴儿愿挨大老爷的打。"

"你姓张，她姓蔡，"桃杌拍案喝问，"怎的成了母子？"

张驴儿保持着他的姿势，"我爹是她的接脚，她便是我爹的续弦，我的后娘老子。"禀道，"大老爷，我也已经随婆婆姓了蔡了。"

"姓，乃祖宗所赐，"桃杌斥，"生身之父新亡不久，便改宗换姓，天下岂有这等孝子……"

张驴儿辩来振振有词，"小的只是将蔡姓放在前，即是说，小的如今唤做蔡张驴儿。"

061.县衙大堂的屏风后（内，日）

听着的杨氏不禁摇头不已。

062.县衙大堂（内，日）

桃杌没掷也没放回手中的签，"将这厮拖过一旁，少顷处置。"忍着气自找台阶下，他转而重又讯问蔡婆，"当日在堂上，你与窦娥说，都是你送了窦娥的性命，可有其事？"

"有。"蔡婆承认。

桃杌又问："此话从何而来？"

睃一眼跪在旁的张驴儿，蔡婆没答。

桃杌改问："听了你的话，那窦娥说'我若不死，如何救得你'，可有其事？"

"有。"蔡婆承认。

桃杌再问："此话又从何而来？"

欲答的，蔡婆仍没答。

桃杌掉眼看了眼正看定他的张驴儿，"其实，"一指蔡婆，说，"是你不愿顺从张驴儿父子之心日重一日，因而生歹念，假手窦娥下药，毒死张驴儿之父……"

"冤枉！"

打断讯问的这一声是张驴儿高喊的。

祗候和众衙役，满堂人人皆大惊，除了桃杌。

冷冷笑着，桃杌掉眼看张驴儿，问："你替她喊冤？"

"是。"张驴儿忙跪移到公堂当间。

桃杌又问："你怎知她冤枉？"

"喝羊肚汤那日，我娘病在床，羊肚是我买的，汤是窦娥做的，尝过汤嫌淡的是我，取盐来加的是窦娥，我端汤给我娘，我娘正恶心想吐，我爹从我手上接过汤喝……大老爷呀，"张驴儿禀着，问，"沾也未沾过碗边，我娘怎生下药？"

听着，蔡婆在旁连声附和称"是"。

"你尝过汤，嫌淡，教窦娥去取盐来加，"桃杌复述着，问张驴儿，"是不是？"

张驴儿点头，答："是。"

桃杌即再问："窦娥加过盐后，你尝未再尝？"

脱口，张驴儿答："没尝。"

桃杌更快地又问："为何不再尝？"

张口，结舌，张驴儿无言以对。

等了会，桃杌一下掷出拿着的两根签。

衙役蜂拥上，按倒张驴儿，正要吆喝，只听张驴儿急叫，"我愿招，我愿招。"

063.县衙大堂的屏风后（内，日）

将身靠向椅背，杨氏长长地吁了口气。

064.县衙大堂（内，日）

"招。"桃杌喝命着，示意衙役松开张驴儿。

张驴儿缓缓地跪起身，喘得急，说得慢，不过，倒没不招，"我见我娘无故被打，情急喧叫几声，大老爷要打我。我说我随了我娘的姓，大老爷又想打我。我替我娘辩冤，大老爷辩我不过，便命人加倍打我。呆子也看得明白，大老爷今日非打我蔡张驴儿不可。这顿打，必打得我与大老爷堂上这板子同一个名儿——'有死无生'。要免这顿打，蔡张驴儿只有、只有自认下药毒死亲爹了。"

招着，张驴儿嗷嗷大哭起来。

气恼羞怒的桃杌一推筒，推出个满堂签，他正拍案要喝打，突然听得旁侧一声呐喊，"退堂！"

是祗候，擅喊退堂的祗候还躬身敬请桃杌退向屏风后。

065.县衙大堂的屏风后（内，日）

悻悻的，桃杌转入屏风后，几在，椅在，只不在了杨氏。

066.县衙内宅，廊下，上房的起居室（外/内，日）

疾步行向上房……上房近来得渐渐不如先前快……起居室里，仅长窗下绷架后坐个人，是杨氏，埋首，在绣什么，分明专心致志于手工，不闻脚步声，她更未察觉有进屋靠拢去的。

默默看杨氏绣花的桃杌，看了好大会，忽然轻笑出一声。

似受惊，作蓦回首，杨氏瞠目瞪桃杌。

"下官惭愧，不如夫人。"桃杌说，"夫人听审，听得个无赖要泼大闹公堂，居然……"

顿知道出错，杨氏也立时就敏感到错在哪。

"肥了些。"

与桃杌这么指出的同时，她瞥见肥且厚又硕的瓣——夭桃被她绣出了花样。陡地羞得脸比花还红，杨氏慌忙起身往内房躲。

桃杌拦住她的去路，"我是真不如你。"说，"你不过绣肥了一瓣花，我彼时恼羞成怒要把那厮当场打死呢。"

赧赧着，杨氏挪椅让桃杌坐。

"一路入内宅，经寒风一吹，再看过一会绣花，"桃杌不忘打趣一句地告诉杨氏，"镇静了心神，细一检点，才省悟，看似那厮欺我太甚，实则是我大有收获……"正欲就座的他，竟语犹未了，便扭头就走。

067.县衙，签押房外的小院（外，日）

刚走到小院的半月形入口，桃杌即吩咐张千，"请祗候。"

"属下在，"祗候应声跨出签押房。

"蔡、张二人……"

"被属下羁押在班房。"祗候禀告。

桃杌忙吩咐，"将蔡乜氏收监；乱棒逐出张驴儿，暗中派人监视。"

068.县衙内宅，上房的起居室（内，夜）

"相公缘何作此安排？"杨氏问。

桃杌一笑，"给张驴儿个机会。"没径直往下说，他把话上溯了些，"今日坐堂，原只想套出蔡乜氏的话，坐实她之嫌疑。盘问中发觉这婆娘不泼、不刁、心不狠、无诡谋，更还胆小怕事，未见得能做出毒杀张父、诬陷张驴儿的勾当。因听祗候禀报，张驴儿尚勾留在蔡家，我倒生了怕她为张驴儿所赚的担心。"

细听着的杨氏不由长叹，"但愿，"道，"不幸被妾身言中的她，能不像相公担心的那样，落入彀中。"

"唉！"桃杌也叹一声，摇摇头，续接自己的话，说，"我的佯装要打蔡乜氏，乃临时起念，所谓'当头棒喝'，想打消掉些蔡乜氏的思淫之欲。没料，张驴儿闯堂闹事，言词咄咄，逼得下官进退两难，大失脸面。"桃杞坦然自若地承认着，"不得已，拟在蔡张间下点挑拨功夫，同时伺机找茬，给张驴儿用刑。"又说，"然而，待到听张驴儿吐露出不复尝窦娥加过盐的汤那个破绽，又一心要迫那无赖毕露原形了。"

杨氏听懂了桃杞的意思，"相公莫非在说，'彼一时，此一时'？"

桃杞击掌，"对。"道，"彼一时，此一时，一时作一时之想。下官如此，张驴儿亦然如此。"他设身处地地说，"路遇有人杀人，激于义愤或者意气用事，出手干预。"说罢，跨前一步，"问明蔡乜氏因讨债遇险后，顿有讨些酬谢之心。"再前跨一步，"得知蔡家只一双寡居的婆媳，生了鸠占鹊巢、人财兼得的奢望。"

又跨出一步的桃杞，站着，久久不语。

杨氏不解，"相公……"

"刚才，"桃杞说，"我心中忽一悚然，惊出浑身冷汗。"

杨氏骇怕，不觉伸手趋近去，"相公……"

"凡人，皆难免有错，然，决不可错一步，再错一步，步步走错，以至回头无岸。"桃杞握住杨氏的双手，过了好大会，才一字一顿地说，"下官非审清窦娥案不可。"

杨氏将桃杞的手抓得紧，"是。"

"凭他张驴儿这等奸猾的做派，与那个不复尝汤的破绽，我已认定他即是下药凶犯。"桃杞仍站着不动，"为免错，为免再错，我暂且不下此断语，在这里留一步空。"

杨氏点头赞同，"是，"她说，"毕竟如今尚无张驴儿作案的实证。"

"窦娥被斩，"桃杞说，"在张驴儿眼里，人图不着了，财却仍有望。故而，他赖在蔡家不走。"

杨氏审慎地提出个疑问，"他何不一不做二不休……"

"谋财因何？"桃杌笑问，自答，"图快活逍遥。若行凶杀害蔡乜氏，那，下药谋人性命的便不是他张驴儿也是了。除却上山落草作盗，他哪还有活路？"桃杌又说，"再则，他自以为有不害蔡乜氏性命而谋得其财的把握。"

杨氏有怀疑，"何以见得？"

"认娘、改姓、大闹公堂、代喊冤枉……即是明证。"桃杌说着，笑了，"无遗地暴露了他用心竭力取悦蔡乜氏，也是他今日大闹公堂的大失招。"

杨氏这才恍然，"相公命收监蔡乜氏，并逐出、监视张驴儿。"她问，"是要让张驴儿将把蔡家财物席卷一空，逃之不得夭夭而落网吧？"

"对！"桃杌颔首道，"这便是下官给他的机会。"

069.女监，号房（内，夜）

一灯如豆，半明于墙洞。墙洞另还有一个，高在那旁，是窗。窗外的夜漆黑，风正作怒号。

墙角间地上，蜷缩着蔡婆，垫的盖的各是稀疏的一层稻草。

"蔡乜氏，"女狱卒启锁，撤铁链，推开木栅门，悠悠地忙碌毕，见蔡婆刚半站起身，她大步到跟前，拽住，往外掀，"出来！"

070.女监，号房（内，夜）

"进去！"

蔡婆被推跌入亮处。

倒仍是个号房，却有光融融的烛，烛立于方桌干净的桌面，桌旁有张小床，床上垫有棉褥铺有棉被还有个软枕……

瞠目看着，蔡婆不敢前进，更不敢动问。

"娘！"

闻声回头，见果是张驴儿，双手端一碗热气腾腾的，站在身后，蔡婆翕动着唇，一个字没吐出口，先淌下了两行泪。

　　张驴儿放碗上桌，趑回，来扶蔡婆坐向床沿，然后重端碗在手，舀出一勺，尝了尝，送到蔡婆嘴边。没理会，蔡婆眼看、手抚着铺的褥子和摊开的被。

　　"全是新置办的。"张驴儿忙告诉，"你老屋里的，儿子没敢进里边……"又送勺，他又告诉，"新街口李杂碎家的羊肚汤，儿子尝了，鲜。"

　　蔡婆收回疑疑惑惑的目光，"你怎的……"

　　"不上下打点，"张驴儿急忙再告诉，"儿子怎得进来见你老。"

　　蔡婆的疑惑没稍减，"你怎有钱钞……"

　　"与西斜街刘伯贷的。"张驴儿告诉罢，凑嘴跟蔡婆耳语，"他的利钱低你老一分。"

　　蔡婆那没稍减的疑惑深了，"向他借贷，他要抵押……"

　　"儿子的爹有个保命小玉锁。"张驴儿边说边重舀一勺汤，愈加殷勤地劝喝，"娘……"

　　执拗地躲开嘴，蔡婆问个更执拗，"你作甚这般待我？"

　　"你是儿子的娘呀，"张驴儿不胜诧异之至，"儿子已经没了爹，要再没有娘……"霎时，他的两眼红了，眶里的泪竟也盈盈，"幸亏有娘，要不然，儿子真不知晓没了爹以后的日子怎生过。"

　　"儿……儿啊……"蔡婆失声哭叫起来。见蔡婆展臂抱他，张驴儿唬得慌忙旁移端的汤和捏的勺，"汤、汤。"

071.县衙的签押房，签押房外的小院（内/外，日）

　　"张驴儿依旧逐日探监，"祗候禀告道，"丝毫未见逃逸的形迹。"

　　脱口，桃杌说出心中之所虑，"别是监视他的皂隶露了行藏。"

　　"绝无可能。"祗候有完全的把握。

　　桃杌踱来步去地沉吟着，"那……"他颇不情愿地说，"不是他看破了本县的机关，便是……"迟迟疑疑的，桃杌更说得非常的不甘心，"便是本县错看了他张驴儿。"

全然无把握，祗候不敢多嘴。

踱至门前，偶一瞥，桃杌只见傲然立在小院里的那棵秃得片叶全无的槐树上，有一根横斜伸出的粗枝丫正悄悄然慢悠悠地断裂出缝、断裂出口子，继以悄悄然慢悠悠地折断……嗒然跌落到地上响出毛骨悚然的一声，在静寂中颇有些轰然。

桃杌恍若未闻，只呆看着，他呆看的是横尸地上的枝丫。

断成了几截，它们竟然枯朽得仿佛干柴。……

匆匆来了张千，"禀老爷，"他躬身递上帖子，"有赵亮赵举人、周仁芳周员外、郑云路郑老先生在外求见。"

"……"桃杌答了的，只是没有答出声；敛神一想，他又答了声问，"是哪几……"这才吩咐，"请花厅相见。"始终，他没接帖子。

072.县衙的花厅（内，日）

"自去岁……"周员外话到嘴边改了口，"盛夏至秋，山阳未下点滴雨，稻麦枯槁，农户家家颗粒无收。继又一冬不见雪。倘旱情再不稍有缓解，春种碍难进行。那今年又将……"忧心如焚的他神色怔忡，竟不能尽言。

桃杌唯唯诺诺地应着，"是。"

"所以，"赵举人接过周员外的话，"学宫与士绅商贾各界会议，拟择吉日祭天，祈求上苍黉免山阳之灾。"

桃杌应着，"是，是。"

"城里与四乡随处都有外逃避荒的。"郑老先生插话说，"十室九空，目前或谓言过，只恐为期不远啊。"

桃杌应："是，是是。"

赵举人注目桃杌，"还议定，"自续其话地告诉，"敬请老父母主持祈雨，"又征询不及催迫地道，"老父母……"

没应——不应，桃杌愣着。

073.县衙内宅，上房的卧室（内，夜）

愣着，桃杌半卧在床。卧在旁的杨氏也未躺平，也自愣愣。

烛光摇曳在帐帘外，幽幽的。夜亦幽幽，更锣敲在深远的不知何处。

"三更了。"桃杌劝杨氏说，"睡罢。"

杨氏略耸起些身，"我陪相公等窦娥。"

"睡罢。"

"我要问问窦娥。"

"我早问过了。"

"我要问什么？"

"你既冤枉，凶犯是谁？"

"她说什么？"

"问山阳知县。"

杨氏将手去握桃杌的手……少顷抑或良久，她央求，"执我手。"

"手凉。"

"执紧。"

良久抑或少顷，杨氏拉执着她手的手来胸前被下，复拉其往下、再往下……

桃杌要抽回手。杨氏挽留。挽留得用力，她用手用腿用整个儿身子乃至拼性舍命地强留着……

猛然挣出手，桃杌展臂搂杨氏在怀，附唇于鬓，他喃喃地把劝说开导跟她道个断断续续，"淫戏许能阻她于一时、于一夜。一时一夜又何济于事？我已污了她的清白，你就不要再了。"

嘤嘤的，杨氏哭泣起来。

烛无风自灭。更锣竟也沉寂于不知何时。夜，只剩下了惨淡的月色，和不知出自哪、不明所以然的"窸窣""叽嘎"声时不时地响……

"窦娥来了么？"

"她一直在。"

074.县衙的签押房（内，日）

祗候将一纸公文呈至案头，"士绅商贾各界定于'惊蛰'日祭天祈雨的禀单。"他退一步，深深作一揖，说，"属下以为，老爷务必亲自主持祭祀。"

桃杌苦苦笑，摇头，"本县回避，上苍或许还能出于怜悯，恩赐甘霖给山阳，解百姓之旱苦。"

"这，"祗候说，"只怕对老爷的官声不利。"见桃杌毫无采纳之意，"那……"斟酌着，他终于又说，"待夜深时，属下备一小轿，随侍老爷往……"

明白祗候要说的是什么，桃杌没容其言毕，"张驴儿近日有何动静？"

祗候正要答，忽闻鼓声传入，"咚咚"的，乱且急。

"有人击鸣冤鼓。"祗候惊道。

桃杌已起身，"更衣。"吩咐，"升堂。"

075.县衙大堂（内，日）

"升——堂！"

戴幞头着绿袍的桃杌在吆喝中转出屏风，入座于公案之后，"去，"从容地吩咐，"带击鼓人。"

"奉大老爷命，带击鼓人……"衙役应声嚷着往下传呼。

祗候快步上来俯身案桌旁轻轻禀，"是张驴儿。"

惊，疑，桃杌不信。惊疑不信着的桃杌眼睁睁地看衙役往公案前推倒了个张驴儿。

倒地的张驴儿挪正身跪拜如仪，"小的蔡张驴儿叩见大老爷，"还径自申述开了，"蔡张驴儿击鼓，不是求伸雪冤枉，只为恳请大老爷替小的代写个诉状。"

更惊，并恼、怒，桃杬的气不打一处来，他强忍强忍着，"缘何要本县代笔？"

"小的豆大的字不认识一碗，"张驴儿对答如流，"又是外路人，地陌生疏，在山阳无人相帮，想起曾经几次见过大老爷，这才斗胆求请。"

桃杬耐住了发作，"你要告何人？"问张驴儿，"告他何罪？"

张驴儿抬眼看定桃杬，"小的蔡张驴儿要告山阳知县。"

"嘿——吼！"两旁衙役顿时一齐发威。

祗候更是厉声斥，"大胆！"又命，"打！"

"唔！"桃杬却一下镇静了，制止着祗候，他问张驴儿，"告山阳知县何罪？"

"告他无缘无故收我娘蔡婆婆在监。"张驴儿扬声答。

暗自大惊，桃杬掩饰着，"可还有别的告他？"

"这还不得了？"张驴儿着急着指出，"枉法啊是！我娘蔡婆婆……"

不听了，桃杬拿眼找祗候的眼睛。四目相对，一示意、一领会，桃杬这才问责，"山阳县可有这等事？"

"回大老爷，"祗候躬身禀报，"有，又无。"

"怎说？"

"曾有蔡乜氏一口，因借贷债务纠纷羁押，业已放归。"祗候的告诉极像煞有介事，"故，实再无蔡乜氏在监。"

桃杬长声应着，"哦——"颔首掉眼看张驴儿，"要本县代写诉状，"他问，"可将纸、墨来？"

"……"先已经愣了的张驴儿又吃了个意外，愣愣地答不上。

桃杌极富耐性地作着解释，"衙内纸墨皆公物，代你写状是私事……"

"大老爷，"祗候又从旁跨出，禀告，"诋毁官衙，依律当斩，以民告官，依律亦当斩，两罪并罚，张驴儿杀无可赦。"

张驴儿吓得急忙喊，"不告了，我不告了。"急中生智，他又说，"诉状都没有，也算不得告。"

"噢——"桃杌点头表示明白，再问，"那，你缘何击鼓？"

张驴儿心知不可答，却不得不自认，"小的该死。"

"该不该死，须依律。"桃杌说着，转问祗候，"无端击鸣冤鼓，朝廷的律理怎说的？"

祗候即禀，"打四十板。"并不等桃杌指示就命令，"打！"

也没有等祗候，衙役们早将张驴儿掀翻……

……一板一板，张驴儿被打得嗷嗷直叫。

"一四，一五……一七，一八……"报数的报来喜洋洋；摁头按脚的都笑嘻嘻的，只是行刑者最辛苦，举起打下无不使出着吃奶的力。

张驴儿的屁股连带着两腿上，裤破、皮开、肉绽，血湿糊涂了一片。张驴儿的嗷叫越叫越轻，眼见得，出气多而入气少了。

报数声仍不绝，只是乱了序，"一十九，一十三……"有人发觉错了，却将错就错地迎合个愈加，"一十一……"

看着，桃杌不言不语地离座，去了。

076.县衙，签押房外的小院（外，日）

来至半月形入口，桃杌突然止步，他直把个格外空荡在眼前的小院，出神地凝视……

想溜的，张千发觉已迟，他张张嘴，分明打算以道出实情作补救，却挪开目光继而阖睑还将身依住墙，装起了瞌睡。

匆匆赶到的祗候急于让桃杌安心、高兴，竟禀个没称呼，"蔡乜氏被我释放了。"又很是姿肆地呵呵笑着，说，"今日赢得痛快。"

桃杌这才回头，脸无喜色，也不打话，他冲祗候一指那儿。

那儿有一洼新培的土，桌面般大。那儿，原是老槐的生长地。那儿如今已经不见了那棵枝丫干枯如柴之前一度光秃秃而早先曾郁郁葱葱的槐树。

一时，祗候不知如何应对。

桃杌又将指着的那儿用力地指指，像要问什么，显然，他有要问的、要说的话和一声长长长长的叹息，欲出在唇间。憋着，他没问没说没叹，步向签押房，步至阶前忽地踅回，道："备马。"

张千闻声跳起就跑，跑出小院才遥应"是"。

"老爷要去哪里？"祗候迟疑着问。

"楚州，府衙。"

077.府衙，花厅（内，日）

礼毕，桃杌没坐向旁侧的交椅，依旧垂眉低眼侍立在当间。

"贵县此来有何贵干？"

桃杌低下头，"桃杌不德，"陈述道，"自去夏至今，历时八月余，山阳县境内未降滴雨也无雪。"继而振声说，"请大人奏请朝廷，治卑职的罪。"

"天灾代有，贵县不必自责过苛。下去罢。"

桃杌固执着不退，"卑职累及山阳百姓受如此苦旱，请大人准许桃杌辞去山阳知县……"

"回县衙备一放粮赈灾的呈文来。"

078.县衙内宅，上房的起居室（内，黄昏）

执笔也不知多久了，只字未得，桃杌仍面对一纸空白。

杨氏从后行来至椅之右，递上茶盅，"相公且用茶，"她软语征询道，"由妾身代笔……"

"拟个呈文也不会么我？"桃杌扬手掷笔，撞翻了茶盅，他瞥也没瞥，起身猛推开长窗，一步跨向窗外。

079.县衙内宅，上房起居室外的中庭（外，黄昏）

荷塘已经干枯成个大土坑，坑底的黑土龟裂着。周边的岸以及再外围的院墙则色较浅，迤逦皆黄褐。耸于屋脊之间的树倒未尝拉它的枝杈，然而，一概光秃着状如枯木。风过处，尘土飞扬，迷蒙得空中脏兮兮的……

萧瑟不忍睹，桃杌垂眼，垂头，又看见脚下有浮土似沙。

觉得有什么披上肩，是件鹦鹉绿海青（长外衣）。

"怎不命张千将这中庭如老槐般挖掉？"桃杌冷冷地给了句。

双目噙泪，杨氏喃喃作检讨，"妾身错了……"

语甫出口便后悔的桃杌忙截断，"错在我。"又执住那纤纤的手置于胸，乞怜地说，"我这里憋……闷得……难受啊，夫人。"

无以慰，杨氏将身偎依来，抱桃杌。

桃杌让杨氏抱着，阖起两眼，默默的……"从楚州骑马返回，"他忽作轻轻款款语，"途经山阴……山阴已入春。虽非江南，春乍来时并无杂花生树，绿却是看见了的。那绿不碧，甚浅，茸茸在枝头、在路边、在山坡……原来，嫩绿的色最动人、最动人心、最滋润人之眼目……"

又缄默良久，再说时，桃杌的语气语音与语速有了截然的不同，"可，一山之隔的山阳，塘里无水溪中无水井内无水，楚河虽未断流可因旱因汲取而干涸枯竭已经下游不出县境，百姓家商贾店家士绅官宦家家家缺水，食缺水用缺水灌溉缺水，人和牲畜都离奄奄不远，非但民不聊生连草木亦如是……可谓肃杀萧索，酷于严寒的冬季。天差地别啊！这天壤之别，系我一手造成。大旱！三年！这才起个头呢。夫人，我……"

"那日，"杨氏将所抱的桃杌与自己一起扭转，转成觑面，"相公也这般执着妾身的手，与妾身说过八个字。尚记得不？"问着，杨氏说出了那八个字，"非审清窦娥案不可。"

不是想，桃杌沉吟了起来……

"听张千告我，"杨氏又说，"今日坐堂，相公着实把张驴儿好打了一顿……"

桃杌惨淡一笑，"夫人只怕要与祗候一样，感觉赢得痛快了。"说，"实则，是我输得甚惨，很可怜。我自以为得计，收监蔡乜氏，设罗网候张驴儿窃财逃遁，却全然没有想到，他毋须逃，他只消哄得蔡乜氏把他当儿子，有吃有喝有穿有用有住，日后尚有遗产可得。何乐而不为？挨儿下板子，受点皮肉苦，算什么？至多打他几板而已，我还真奈何不了他……是他把我玩弄于股掌间。"

"他是个无赖！"杨氏咬牙切齿地说。

桃杌不禁失声大笑起来，"可我连个无赖也治不了。"

"不会。"杨氏说来仿佛胸有成竹，"邪不压正，你怎会连个无赖也治不了？天不容你治不了他。天在看着！天是有眼睛的！天有眼睛在看，所以，旱！不是么？"她一字一顿地接着说，"所以，你只须戒躁。"

080.蔡家堂屋（内，日）

"娘，娘，"张驴儿合扑卧在铺上唤着，没得人答应，他要喊，牵动了屁股上的伤，痛得龇牙咧嘴，连轻的也没再唤出声。好在蔡婆出东里屋来了。他忙要求，"你老摁住我腰，让我痛痛快快哭一场。"

蔡婆错会了意，不觉大感过意不去，赶紧劝，"忍忍，你且忍忍。郎中说，只要不糜烂，这伤无大碍。又说，如今不潮湿、又不是三伏天，糜烂只怕不至于。还说，你得两三个月不可妄动。"说到动，她有了别的话，"等你能走动了，我们就走，离开此地上楚州。"一提起楚州，蔡婆又有了话，"我真悔啊，当初不该从楚州搬回山阳来……"说着，她要出门了，"我去西斜街替你赎回你爹的保命玉锁。"此去当然另还有原因，"迟一日该多交一日利钱呢。"

"啊呀，"张驴儿一着急又牵动了伤，"哎哟，"不顾痛，他急着拦阻，"赎它个什么，那是块石头。"

蔡婆愣了愣，仍旧要出门，"石头也是你爹的保命锁。"

"保命？我爹怎的死了？是晦气的东西。"张驴儿很弃之不惜地说，"东西换得十两银子，晦气送进了刘伯屋里，求之不得呀，娘。"顿了顿，他又说，"即便真是宝，你老也别费功夫去赎。"

蔡婆一听，明白了张驴儿真正的意思，"教我去各家各户，与人将借贷的文书一一改立？"

"听儿子一回吧，娘。"张驴儿恳求着说，"看你老执拗着不听儿子的计谋，儿子动弹不得又代替不成你老，心里着急，我直想哭一场。"

蔡婆仍不从，"与你说了的，立下的文书怎可以改？"她担心的是，"人家请出地保来，理亏的是我。"

"不改，就兑还本利。"张驴儿心里急，却又急不得，只能强耐着性子慢慢地轻声说，"如今旱成了大灾，借债的哪有钱钞来还？再说，心里多少都免不得在盘算逃荒，你说改文书，不兑还本利，收他的田地房廊，自无不欢喜的。"

听听觉得不无道理，想想觉得不太合适，蔡婆疑惑着，"这不是趁火打劫么？"

"杀人偿命，"张驴儿振振有词，"欠债还钱，天经地义。"

蔡婆另还有忧虑，"田地房廊多是祖业，又是过日子的根本，给我收了，他们将逃荒以后的日子落到哪里去？忒嫌缺德了吧？"

"积德啊这是。"张驴儿忙再开导，"荒年，田地房廊都贱，容他们将不值钱的田地房廊抵清欠债，免得利滚利，日后卖儿卖女也不够还……这是行善。"

蔡婆琢磨着，"那，我收来作甚？"

"如今的旱是窦娥咒的。"张驴儿说，"窦娥咒的是大旱三年。三年过后，逃荒的要回家乡，不免还有逃别县荒的来，待到那时候，把房廊卖出去，把田地租出去，得了钱财再放债收利。一进一出、进进出出的……顿成山阳的首富了啊我……"他阖着眼，说着想着，不由得不哈哈笑，才一笑又牵动了伤，又痛成呲牙裂嘴的，然而，那得意那乐偏偏忍也忍不住。"多亏窦娥，多亏了她下的咒。娘，你老想想，若不去改文书，对得起你老的媳妇么？"

蔡婆听得呆若木鸡。

这回是张驴儿错会了意，"娘，你老别愁，好媳妇世上不少。儿子给你老娶，娶她三四七八个……"发觉说漏了嘴，他急忙改口，"俗话说假子真孙，我这假儿子给你老生一堆真孙子。娘，娘的娘家姓什么？头一个，儿子就叫他姓娘娘家的姓，先给娘的娘家传宗接代。"

"乜。"蔡婆终于说了，"你没听知县大老爷唤我蔡乜氏么？娘的娘家姓乜。"

张驴儿急忙笑，笑着答应，"嗳，儿子记住了。"继又笑出更多的来，说道，"你老……"

没等他再说什么，蔡婆转身跨出大门去了。

081.蔡家堂屋（内，日）

举着把蒲扇遮太阳，蔡婆回来了，刚到家门口便吃一惊，她抢步上前，要去搀一拐一瘸地踱在屋里的张驴儿。

"房契田契，今日收得了几户？"张驴儿没让搀，也没让蔡婆喘口气，他张嘴就问，问得像讨债。

蔡婆见张驴儿的头上和光着的脊梁上汗淋淋的，忙着力为之扇，"一户也未讨得。"

"你老啊，"张驴儿失望之至地叹着，向大门外去，边吩咐蔡婆道，"走。"

蔡婆其实是不愿意，"去哪里？"

"去哪里你老说，"张驴儿说，"到得那里，由我说。"

蔡婆软语乞求，"叫娘歇口气，要不然，等明日……"

"几个月下来了，文书没改立几份，田契房契没收得几张，"张驴儿说，"再歇，再等，再不下狠心，那许多债，只怕要连本带利的与这年成一样颗粒无收，你老不心痛，儿子……"

蔡婆承认，"心怎的不痛呵，可恻隐之心……"

"娘！"张驴儿又气又恨，一跺脚，顿时嘴里哓哓起来。

蔡婆忙来挽张驴儿去铺上卧，张驴儿则执意要出门。眼见得谁也拗不过谁，张驴儿忽有了别法，"你老先与我说个三五户出来，"他说，"我去。"

蔡婆也另有了主意，"南门，城南生药铺，赛卢医，他去年该兑还我本利四十两，延到今日已是八十两，他有个铺子，还有座院……"

"儿子识得他，即是要勒死你老的那个。"张驴儿点着头，却即又连连摇，"不如先找马五。"

蔡婆顿时着急得惶惶的，"没告诉过你不曾？马五一急便拿刀，凭谁也不敢惹。"生怕唬不住，还用上了缓兵计，"你身子又没好利索……"

"不碍。"张驴儿说，"我惹了他，不就谁都乖乖的改立文书，将出田契房契来了。"

腿一软，蔡婆将身倚在门上，"儿啊，你、你……娘可是再经不起事了啊。"她眼里有泪，泪滚簌簌，"娘守寡二十九年，亲儿暴病猝死，媳妇被斩在校场……好容易得遇了你，娘初始还当你是恶贼，是禽兽不如的东西，不想你真把娘当嫡嫡亲亲的来待来孝……娘拼着不要那笔债，不要那许多债，也不能教你去！"

"娘，"张驴儿不是一点也没有被蔡婆的真情打动，却也正是蔡婆的真情令他知道了他的努力成功在即，唾手可得，张驴儿哪里肯罢手呵。他说，"儿子拼着不要命，也不能教你老丢了一辈子敛聚的钱财，也不能教你丢了那享不尽的福。"说着，他径自从绵软得连倚立都难的蔡婆面前跨了过去，一拐一瘸的……

082.县城，街上的横巷口/马五肉庄门前街上（外，日）

见个一拐一瘸地从巷口走过的，桃杌不觉紧步上前，并将其指点给和他一样乔过装的祗候看。祗候也一下认出了那是张驴儿。

看个一拐一瘸的来站停到跟前，马五随随便便地将手去拨拉，把那家伙拨拉得踉踉跄跄地横跌一跤，摔在三步外。

"这是马五，"祗候凑近些告诉桃杌，"东街上人见人怕的狠角色。"
留神看着，桃杌没搭话；祗候和张千也都驻足巷口，作壁上观。

张驴儿并未即爬起，"蔡婆婆是我娘，"他向马五自报家门兼说明来意道，"我娘先后两次贷你纹银五十两，按立下的文书，计本利一百一十九两。你另还在半年前又借去三十两，本利是四十五两。你总共该兑还我娘一百六十四两银子。"

"不错，"马五听一句说一声，说过五个"不错"后，哈哈笑道，"要钱……"

张驴儿接过嘴去，"要钱无有，"问，"要命一条？"

"错。"马五答罢说，"要钱，你拿小命来换。"说着，探手捏把操起了身旁作台上的剔肉尖刀。

桃杌看得大惊，"张千，"他边唤边向那边指，"快。"

见张千还真就要遵命行动，祗候忙扯住，"老爷，"他质询着提醒，"何必呢。"

"当街殴斗，"桃杌斥，"岂可坐视。"

祗候笑了，"那得看谁与谁……"

桃杌正还要说什么，发现——

面对马五摆定的刺杀架势，张驴儿徐徐起身，一拐一瘸地迎，将赤裸的胸膛去顶挺着的刀尖，"我要钱，"边不紧不慢不卑不亢不高不低地说，"我给你小命。"

"滚。"马五将空着的手来拨拉。

张驴儿躲那只空手躲得机灵活络，而胸顶马五另一只手中的尖刀则执着，且兼用头颅、脸面、颈项，以及身体的随便哪儿替换之……

"快快，"桃杌忙命令，"给我将二人都拿下！"并强调警告，"要出人命。"

左右都没动，"那，"祗候还明言抗拒，"又有甚不好？"

"你混……"桃杌没来得及骂完，他发觉那边的格局又变了。

马五的尖刀躲不开张驴儿，于是只得退缩。于是，张驴儿便进。又于是，马五逃，张驴儿追。没追马五，他追的是马五的刀尖。再于是，逃不脱的马五扔了刀，张驴儿跳过去捡起，双手握柄稳住刀，就往自己胸心处扎，"给你命，"边嚷，"我要钱！"

挺身，桃杌往那边冲，却被祗候和张千拽得死死的。他正气极，却见马五一下将张驴儿扑个侧跌倒。

单手抓紧张驴儿握刀两手捏成的拳，马五自扇个大耳光，"哥哥，"求身下的张驴儿道，"饶了我。"

看呆了的桃杌忽狠狠地一跌足。
祗候不由觉怪，"老爷……"
"本县被他耍了。"桃杌叹道。
祗候更觉奇怪，"老爷怎出此言？"
"他早就看破马五只唬人而已，有家业有家室有挂碍有顾忌，非但不敢伤人，且害怕闹出人命，这才迎刀而上的。马五凶，而他则奸、恶、歹毒……"桃杌正说着，忽听马五嘶声喊起来，"哥哥啊，求你老……"

"求你老放马五一条生路。"马五既要提防张驴儿的手又要防其身体还须恳求，再加害怕、着急、业已浑身湿透、汗流满面——其中或许还有泪。
好像心生同情，张驴儿松了手，"我怎的不给你生路了？"
"可、可……"马五夺刀在手，慌忙仰身，欲起的却跌了个屁股墩，他就地蹭着退得不近，没敢喘气即边藏刀到背后边继续求告，"旱荒成如此，人人连喝口水都顾不周全，谁还买肉吃？一年下来，老本折尽，"告个伤心哭诉，"我向哪里找银子去？"
"这也无妨。"席地歪坐着的张驴儿说，"可以再向我娘借些。"不容马五开口，他又说，"重立个文书，将这肉铺和宅子作抵押。"
马五顿时惶恐得不胜，"将、将、将铺子和宅子质与你老哥，叫我一家妻儿大小怎生过日子，荒年过后又怎的营生……"
"那，"张驴儿没奈何地说，"你立时兑还一百六十四两纹银给我。"

听明白了的桃杌猛地推开祗候与张千，大步向那边。

祗候赶紧上来拦住去路，"老爷则甚？"

"我……"桃杌气得好一会才说出话，"我要拿这厮回衙问他……"

祗候自然很明白，"问他何罪？"却问道，"欠债还钱，何罪之有？对还不了欠债，卖儿卖女都屡见不鲜！以家产抵押，何处不有？何时不有？"

"此地是大旱的山阳，"桃杌斥来恨恨，恨得义愤填膺，"今日是大旱整整一年后……"

张千见祗候对他示意，赶紧与其双双挟起桃杌掉头走。

083.县城，街上，（外，日）

走着，桃杌忽辈住步，"你俩，"他问，"想没想起个人？"

"哪个？"张千茫然地问，祗候也一脸两眼的茫然。

桃杌答以又问，"蔡乜氏因何险被勒杀？是谁……"

"赛卢医！"张千方答出口，祗候已恍然，"对，对。蔡乜氏既得张驴儿出头讨债，理应首选结有不解之仇的赛卢医才是。"

张千提醒，"赛卢医潜逃……"

"他的家眷在，"祗候既省悟，那是即使有些疑窦也迷糊不了他的，"家眷比赛卢医更好摆布。"他由衷地赞颂起了桃杌，"老爷，不是我拍马奉承，你如此气恼，居然心不乱……终究是大老爷呀，有大老爷的本事。"

桃杌像被祗候的话噎住似的，脸色阴晴不定，继而冷冷一笑，"首选马五，"否定自己说道，"也有慑众的理由可以圆其说。"

"那，"祗候不服，"继马五之后，就该打上门去找赛卢医了。若不去，便有文章。那绝非疏漏，是疏漏也绝非无心，必是因有什么把柄拿在赛卢医手中，而顾忌。什么把柄？药。张驴儿下在羊肚汤里的药得自赛卢医。"

张千很认同，"药铺里有的是毒药。"

"作为被勒杀的当事者与人证，"桃杌质疑地指出，"蔡、张二人均可以勒杀事要挟赛卢医。"

祗候抗辩地请命，"属下这就拿张、蔡回衙，分别审问……"

"若我是蔡、张，有一句现成的，能答得你哑口无言，"桃杌含笑说，"那便是，正欲找赛卢医而尚未去。"

祗候还真哑了口。

"给我在赛卢医家和药铺左右布桩，"桃杌却改而下令，"看张驴儿或蔡乜氏上不上门。"

应命称"是"着，祗候急急地去了。

"哎，"桃杌喊他未应，转向张千吩咐，"快，嘱他千万要不露形迹。"直等看见张千追上祗候，桃杌才掉头拐往另一边。

084.闹市街口——斩窦娥的法场（外，日）

和别处一样，这里如今空荡荡冷冷清清的，连蝉唱也无，故我的唯有旗杆。

仰脸，桃杌看着高高的杆顶，看着晴朗的天……他看见了赤红的白练，看见了雪……纷纷扬扬的雪在似火的骄阳下化为雨，而雨又被晒成烟，烟飞，烟消，了无在眼前。

"又是六月十九，"他垂眼，低头看着曾经跪过倒卧过窦娥的旗杆下，在心里说，"我斩你整一年了。血喷白练、六月飞雪、大旱……你的誓愿件件应验，你已经证实是被我冤斩。还要再旱两年么？旱不起了山阳，山阳百姓再受不起旱苦了。你旱桃杌罢，旱死我一人，令我倒地立成干尸，成齑粉，风吹尽失……该是无有累及山阳人民之心的呀你。你怎可以容忍张驴儿趁旱荼毒、戕害乡里？"

等着，桃杌等着他的跌倒，等着窦娥的回答。什么也没有等着，桃杌复抬眼向天，天晴朗如旧。

085.县衙内宅，廊下，上房的起居室（内，黄昏）

候在廊下的杨氏一见桃杌便迎上前，"这等热的天，"她问，"相公去了哪里？"

"走走。"桃杌答得含混。

杨氏要问的其实是，"一边说张、蔡二人不索讨赛卢医欠的债甚戾谬，一边为之开脱，话进话出的，相公打的是什么哑谜儿？"

"夫人不是劝下官戒躁么。"桃杌坦言道，"故欲令祗候他们明白，这，只不过一线希望而已。"

杨氏分明不信，"那，怎又命监视赛卢医家与药铺呢？"

"心中还存着一分侥幸。"桃杌承认得更坦白。

"只一分？"

"不敢多存。"

相偕着边说边走，回到起居室，杨氏侍候桃杌脱帽、宽衣，并取出褂子要为其换下身上被汗湿透的。

发觉寡欢的桃杌郁郁地应付侍候如同木偶，杨氏禁不住有泪在眶，"既知是侥幸，"她故意逗道，"何不异想天开。"

"作何想？"桃杌随口问。

杨氏认真想着，"赛卢医业已潜回。"

怔了怔，桃杌不由神往，"那便是天助我。"

"天当然会助你。"杨氏忙说。

正此时，直闯进起居室里边来了祗候，"赛卢医之……"他牛喘着迹近嚷嚷地告诉，"之妻今……日小……产。"

"小产？"桃杌一时没转过念。

杨氏敏捷，"丈夫逃匿在外，妻怎的怀孕？"

"啊！"桃杌轻呼一声。

杨氏生怕有讹，"祗候是如何访得的？"

"属……下……"祗候竟较先前喘得更急，"买通……一小厮……"

桃杌提出了具体的，"与人私通亦未可知。"

"据小厮告诉……"终于喘得缓了些的祗候说，"只瞒外人，不避公婆。"

话未断音，桃杌即大喊，"来啊！"又不等有人应，就高声吩咐，"备香烛，摆香案……摆在中庭……"

"快，快，"杨氏明白桃杌的心思，叮嘱闻唤赶到的小丫鬟，"点大香大烛。"并向如坠云里雾中的祗候说明，"前正说呢，天会助大老爷的。"

桃杌急忙更正，"我要祭窦娥。"

"窦娥？"祗候愣。

杨氏也愣，"相公……"

"日间，"桃杌告诉道，"我在校场口诘问窦娥，怎可以容忍张驴儿趁旱荼毒、戕害乡里。看，天未黑，她便令赛卢医暴露形迹。这是窦娥显灵，成全我从赛卢医处问出毒药的来龙去脉……"他越告诉越兴高采烈，"问出毒药的来龙去脉，案情即大白天下……"告诉着的桃杌忽然独对祗候说，"速拿赛卢医之妻……"没说完又改口，"搜，给我细细地搜家、铺子。搜得赛卢医，明火执仗押回衙。"

祗候提醒，"那，只怕打草……"

"打草就为惊蛇。"桃杌声色俱厉地再下命令，"速命捕快将张驴儿监管起来，不使逃逸。"也不顾自己没戴帽子、光着上身、手拿着先前脱下的湿裤子，他边出居室边吩咐，"押赛卢医到二堂，本县要夜审……"

086.县衙的二堂（内，夜）

台上燃烛，兼有灯笼高挂于壁，虽难称如同白昼，倒颇明亮。

公案后的椅中，端坐着公服换穿得整齐的桃杌，他把跪在案前地下的赛卢医打量了个久，这才拍惊堂，"赛卢医，"喝问，"知晓本县黄夜拿你来则什么？"

　　抬了抬眼，也不知看没看桃杌，赛卢医不回答。

　　"你一向隐匿在何处？"桃杌先挑无关紧要的问，"因何逃匿不归？"

　　赛卢医仍不答。

087.县衙内宅，上房的起居室（内，夜）

　　"……即往山阴县，"杨氏吩咐垂手立在门外的张千，"买鲤鱼两尾……"

　　张千吃惊，"夫人，山阴虽不旱，"忙禀告，"因与本县毗邻，一应菜蔬果子均很是昂贵，鱼则尤其，闻得斤半重的即需纹银一十二两……"

　　小丫鬟在旁往张千脚前扔下个沉甸甸的布袋。

　　"骑马去。"杨氏又叮嘱，"带一瓦罐，装些楚河的水，养鱼。倘能在老爷退堂前让夫人做得羹，重重有赏。"

088.县衙的二堂（内，夜）

　　"……勒杀蔡婆可有其事？"桃杌问赛卢医道，"杀人未遂，被张驴儿父子拦下，人证、物证俱在，"他拍案怒喝道，"还不与我快快招来。"

　　依旧故我地低头垂眼跪着，赛卢医只不开口。

　　"你所欠蔡乜氏之债，"桃杌改问，"今已偿还否？"

　　赛卢医仍不开口。

　　"大老爷，"祗候从旁站出，拱手道，"赛卢医行凶杀人，人、物两证俱全，今又藐视官长，一味拒不答问，请用大刑。"

　　桃杌斟酌着，"好吧，"抽出红签一支掷下案，"上夹棍。"

089.县衙内宅，小厨房（内，夜）

　　"冬瓜！"小丫鬟未到门前便欢声喧叫。

杨氏则也一见她捧在手中的那片寸许厚的冬瓜，就笑逐颜开，如获至宝般地接去，又亲自操刀削皮，削得小心翼翼得胜过针黹时。

老妈子在旁拿出一样来给杨氏看过，报一样的名往甑中放一样，"真粉，油饼，芝麻，松子，核桃，白糖馅，红曲……"

"拌和匀了。"杨氏叮嘱着。

小丫鬟好奇，"夫人做的这道菜，"问，"叫什么名？"

"名唤'玉灌肺'，"杨氏兴致甚高，"原是应用蒒萝来做的，可惜如今难觅，只能代以冬瓜……"

正说着，忽听张千在外唤，"夫人，夫人，鱼……"

"好！"杨氏夸奖着吩咐，"快去探看，堂上怎的了。"

090.县衙的二堂（内，夜）

赛卢医伏于当间地上，三截夹棍业已经夹上他的一双小腿。两旁的衙役按人的按人、执绳的执绳，都在候命。

"赛卢医，"桃杌问，"你招是不招？"没问得回答，他即命令，"用刑。"

众衙役齐吆喝，"奉大老爷命，收一把。"

一下，执绳的将手中的绳索扯近自身一截。

赛卢医终于开了口——他惨叫出一声"啊"！

"招罢……"衙役忙劝诱。

桃杌也劝，"杀人未遂，罪不至死，可三木之下性命堪忧啊，赛卢医。"

"啊"过一啊的赛卢医复又默默不再作声。

091.县衙内宅，上房的起居室（内，夜）

"玉灌肺"浅红在烛火下，而杯中有酒呈淡绿，桌居中则摆个酱色的甑。桌旁的杨氏，不知怎的有些少紧张，挪一挪放得端端正正的筷与盏，她又挪。

"老爷回房。"闻得小丫鬟在外通报，杨氏即离座，捋袖揭开甂盖，她往碗中舀——鱼的羹，奶白色。盛满碗大半，端了，她转身去迎，迎向步入房来的桃杌，"相公辛苦了。"她说，"请尝一口妾身做得的……"

一挥手将杨氏手中的碗拂得飞出，桃杌又加一手，两手并抬掀翻了桌。

杨氏连退几步，才忍住没跌倒，方稳住身子，她便趋附前去抚桃杌的背。

也不回头，桃杌戟指着来的方向，"他，他，他闭口不言。"

"相公毋庸着急。"杨氏暗暗松了口气，"从来软柴缚硬柴，"她软语劝慰道，"慢慢磨他……"

桃杌摇头，又摇头，"软硬兼施过了，他死活不开口。"桃杌连连摇着头，说，"他不开口，是在告诉我，他什么都认又什么都不认。是告诉我，他一个字也不会招。"顿了顿，桃杌又说，"不招，是因他明白，他若招供，便在杀人未遂上添一项罪——'修合毒药，致伤人命'。不招，是因他明白，张驴儿若招认就得挨刀，故而张驴儿是宁死也不会招认的。故而，他若不招便谁也奈何他不得，谁也定不了他的罪。"

"未见得别无他计可施。"杨氏又劝。

桃杌承认，"有的，一定有可以让他招供的法子。"他又承认，"然则，我已技穷，我已计穷，我已经山穷水尽。"桃杌说，"你说是天助我，我说是窦娥显灵。窦娥显灵助我，天也助我，把赛卢医送到我手上，可我，治不了他。我治不了张驴儿，又治不了赛卢医……目睹张驴儿落井下石趁火打劫荼毒戕害乡里，我欲拿他、问他之罪。祗候说得极是，我拿得下他，然，问不成他的罪。我明知赛卢医之念想，可我说不动他的从善之心。既不能扬善又不能惩恶，可恨可恼可悲可怜啊我！我枉读圣人书，我身为朝廷命官、一县之父母，冤斩窦娥，害山阳百姓受倒悬之苦！我……我……"

一口气没得缓过来，桃杌一下仰面倒了下去。

092.县衙内宅，上房的卧室（内，日）

阖着眼，桃杌半卧在床。手持汤药碗，杨氏蹑步行至床前，正要坐到床沿，正要开口，桃杌先问她道："哪来的水？"

杨氏不知说什么好。

桃杌又问："你也缄口了？"

杨氏不知怎生答。

093.县衙内宅，上房的起居室（内，日）

"提刑肃正使明日莅临山阳巡察，"祗候躬身站在门外向杨氏报告，"大老爷须至县境迎接。"

杨氏忍着眼中的泪，"他……"

"肃正使执掌刑名，奉旨到本省各州、府、县甄别人犯，考查吏治，有御赐的尚方宝剑，四品以下可以依律究办，先斩后奏。"祗候说明着，提醒杨氏，"大老爷不接，只怕不……"

"好罢。"杨氏虚应着，礼让祗候离开。

直等看对方不见了，她才转身。转过身的她依旧站在那儿，好像不知道往哪去……及至终于移步，仍如是——去来、来去，徘徊复徘徊于椅几桌架间。绝非听闻得什么，仅是感觉到，她回眸向关着的卧室门……

094.县衙内宅，上房的卧室（内，日）

门被轻轻缓缓推开，推开门的杨氏顿然呆——只见桃杌正下床来。她急急上前去拦，"相公要什么？"

"去签押房。"桃杌脚已着地，他欲站起身，执意要站起，却站不起。

杨氏劝且阻，"病卧床榻半年，任谁都不……"

"扶我。"桃杌执住杨氏阻他的手。

杨氏挣开，"要窦娥案的案卷？我请祗候取来。"

桃杌从杨氏的眼里看出了她的坚决，杨氏也看出了桃杌的。四目相对，谁也没转移自己的目光。

杨氏没拦得住桃杌。

站也不稳的桃杌同样没得到杨氏的搀扶。

"斩窦娥以后，"桃杌扶着床架扶着椅背扶着妆台，一步一步一步地挪，挪停停挪，挪停两皆颤巍巍，说话亦如是，"你与我合议案情，几次三番彻夜对坐长谈。起初未核出错讹，我大喜过望，你高兴得犹胜我。后来怀疑蔡乜氏作祟，自觉较我容易探明窦娥婆媳间的实况，你打算乔装暗访。生怕提及张驴儿闯堂闹事会刺痛被羞辱欺侮的我，你假装休逸绣肥了花。为免我入目心惊，你命张千挖掉古槐。……夸我越发会做官的是你，跟我说一觉醒来天已降下瑞雪的是你，劝我戒躁的是你，亲手替我预备庆功宴的是你……今日，你、你真不肯再扶扶我？"

没扶，杨氏只寸步不离地随侍在桃杌左右，默不作语着。

"你知晓得清楚，与你合议窦娥案，我是要证实我并未冤斩窦娥，求心安；而天意可畏、黎民可怜——天不雨，一日日一日日日日的不雨，天意可畏啊黎民可怜，是驱使我在经你我合议未得错讹后，重又复核窦娥案之两端。"桃杌说，"然，从初始时起，便另外还有个缘由，我一直瞒着你。那便是，害怕。害怕遭参遭劾遭究办。故所以企图自纠己错，以示我不蠢，绝非无能。然而，传讯蔡乜氏、监视张驴儿、捉拿赛卢医，屡试，屡败。恰恰暴露了我的愚笨。我，仅一庸才而已也。原先的求心安渐次蜕变成求心的不痛。我辞过官，亦拟自尽。倘若坚持履行，我早已不在此。不是恋栈、贪生，想起斩窦娥那日的目盲于色，我才未如此这般做。色盲而复不，使我明瞭，窦娥毫无报复我的意思。她的三誓愿，纯属喊一声，一声令天下尽知其冤的呐喊！欲解山阳之旱，别无他途，必须还窦娥本属于她的清白！黎民可怜啊，夫人，再经不起年半大旱了。"

杨氏伸出了一只手，抚，抚桃杌的背，兼轻拍。气短，桃杌喘得厉害，但他没坐向杨氏用脚勾移过来的圆凳，也没说。应是知道劝不住桃杌，杨氏没劝他别再说。

"那日深夜，你说，要问问窦娥。我知你要问什么，告你我早已问过，并转述窦娥的回答。窦娥答的是'问山阳知县'。确确凿凿，上得大堂窦娥便明禀，下药的是张驴儿，且再三磕头，请我明察，望我做主。察，我现已察明；主，却无能替她做。我只能替她寄望别人。肃正使将莅临山阳，我能盼的只有这位肃正使了。我盼他审清此案，斩桃杌的头颅，雪窦娥之冤，解民于倒悬。此心若得逞，较之如今何啻、何啻……如今的我，生不如死，死犹偿不了债，生死两难，生死两茫茫。"桃杌全身心地用力长吸口气，"可，"接着说，"我站不稳，步不稳，碍难自去签押房，更遑论到县境了。故，求夫人成全。"

分明言尽于此，桃杌向杨氏作揖，揖得缓缓晃晃，欲深不得……

杨氏竟仍旧未扶，"妾身也有个愿望，"她哽咽难语而语着，"望相公应承，"语来亦缓而断续，"去了回来后，认真服药，进饮食，留一颗好头颅……"

095.县衙内宅，廊下（外，日）

戴棉帽穿棉袍的桃杌由身披斗篷的杨氏挽着缘廊来。

廊长，长长，长长长……

她显见同样需扶，但，她当心的是他，她一手在他左腋下一手在他右肘上，半搂那样，让自己随他、让他与自己一样慢却不停地步去……

廊两旁灰灰黄黄褐褐的，望不见些些绿，冬，未识方至呢抑或入了九，只是树木尽枯朽，甚肃杀，唯懒洋洋在当空的太阳尚还不齐遍洒暖色，而且，连呼呼的北风也没吹散它。

096.官驿，客厅（内，日）

"……因，"窦天章大袍阔服，颇有气派，"寻访久违一十五年的女儿端云，本使在楚州延宕十余日。"蹙眉言罢，他略示歉意地说，"劳贵县多次空候……"

西侧座中的桃杌急忙欠起拱手施礼，"不敢当老大人此言。"

"请，"窦天章抬手让桃杌，"坐进些。"又让，"用茶。"让着自端椅边几上的盅来饮。

轻咳了声，窦天章正欲再开口时，桃杌抢先离座，边躬身步前，"有窦娥案宗一件，"边双手递呈取自袍袖的案卷，"请老大人审阅。"

接到手，窦天章瞥一眼，"问结的斩案？"将其递还给桃杌，"案既已结，不看也罢。"又说，"贵县的清名，本使……"

"恳请老大人拨冗……"桃杌低头躬身抱拳着，不接。

将案卷置于几，窦天章注意到了什么又瞥它一瞥，"窦娥，倒与老夫同宗。"复取之，翻，作一目十行阅，读着生气，竟至恼，恼得掷它下地，"不想同宗中竟也有如此天良泯灭者。羞煞……"

"请老大人息怒。"桃杌说罢，捡起案卷拢合好重又双手递呈，"此案有不情不实处，望老大人详察。"

窦天章诧异，"此案由何人审理？"又问，"贵县之前任？"

"审理此案的正是卑职。"桃杌答。

惊诧，窦天章更起了疑与迷惑，"那，怎的明知不情不实，"迷惑、惊疑地再次接过案卷，"便呈报上宪，斩讫了人犯？"

"卑职该死。"桃杌答。

立时，窦天章沉下脸，"倘发现错讹，"沉声警告说，"老夫当问贵县的罪。罪若当斩，"他放案卷到几桌，抱拳抬过顶，冲高架于北墙前半桌的宝剑拱了拱，"本使有圣上亲赐的尚方宝剑，定立斩尔头颅。"

"谢老大人！"桃杌深深地向窦天章作揖。

有所思地打量着桃杌，窦天章眼里有了赞许之喜，"来，"他吩咐闻声进厅的旗牌官，"传窦娥案相关人等，明日山阳县大堂候审。"

"卑职在堂随侍。" 桃杌赶紧禀告。

097.县衙仪门前（外，日）

桃杌正待入仪门，却被出来的旗牌官截住去路。

"老大人有令，"旗牌官目高于人顶地命道，"着山阳县回避，在班房候见。"

桃杌似颇高兴，施礼称"是"，趑向旁，暗对随从的张千使个眼色。

张千侧身溜进了仪门。

098.县衙仪门前，班房（外/内，日）

出得仪门，张千急步奔去旁侧的班房，"老爷，"没推开门便嚷的他，不等步到靠墙独坐的桃杌跟前，就扬声道，"奇了奇了！你知晓肃正使大人是谁么？"

桃杌心不悬于彼，"案审得如何？"

"是十几年前将女儿质给蔡婆做童养媳妇的那个爹！"

桃杌茫然，随即大惊，继又恍悟。

"对！就是窦娥的亲爹！"张千告诉着他要报告的，"他进京赶考得了功名，一直放外任，在南边做官。也曾多次差人到楚州寻女儿，却只访得蔡婆迁居别处，始终不知蔡婆将他女儿窦端云改名唤作窦娥，又带着窦娥回山阳老家了。"

如同陡被卸下压在身上的山，桃杌吁出一口长得吁不尽似的气，"窦娥、窦端云，"喃喃如对谁道，"你的冤枉……"

"可以洗清了。"张千接过嘴说，只见有泪夺眶流在桃杌的笑脸上，尽管没一下，他还是觉悟到了不好，又过好大会，他才呐呐出声，"老爷，你，你……"

桃杌点头，"张千，"问，"我向来待你如何？"见张千呆着，又催，"从实说。"

"……踢过我一脚。"张千忙更正，"两脚，一脚未踢着，"又补充，"随老爷十年，只挨过一脚踢……"说着失声哭起来，"老爷，你斩了他女儿，他……"

桃杌点点头，"我斩的不是他女儿，他也要斩我的。"

"这可怎生好，怎生好啊这可。"张千竭力抑止哭，哭却且不住，虽不住地哭，他脑袋倒还管用，"老爷，有什么交代的，尽管吩咐……料理好后事，随侍夫人扶柩回乡，张千自会，不消叮嘱。在老太爷老太太跟前要禀的话……"

桃杌含泪吩咐，"将笔墨信笺来。"

099.县衙内宅，上房的起居室（内，日）

"……去签押房看看，"杨氏吩咐小丫鬟道，"或是祗候或是张千，若在一个，带他来上房。"

应着，小丫鬟扭头便走。

100.县衙，班房，仪门，大堂前（内，日）

在槛上一绊，跌也似的撞将进个空着手的张千，"老爷，"他颇迷惑地报告得清晰，"退堂了！"

"哦？！"桃杌惊讶，也很迷惑，"怎不传我？"忙离座，急步向外去。

进来了祗候，"老爷，"他禀，"窦老大人命老爷花厅相见。"

"怎生结的案？"桃杌边跨出班房，边问祗候。没听得祗候回答，他一眼看见，看见了下大堂出仪门的张驴儿、赛卢医，还有蔡婆，三人全都散手散脚的，脸上一无悲戚，尤其是张驴儿远远地看见桃杌，似乎还笑了个嘻嘻。

"他们这是……"桃杌问。

祗候在后禀告，"窦老大人断的是老爷审理窦娥一案无过失，无错讹，窦娥弑杀公公，按律当斩……"

行且相近，桃杌与张驴儿四目相对，张驴儿从桃杌眼里看到了什么，桃杌也从张驴儿眼里看到了什么。什么跟什么毕竟不一样，张驴儿倏地挪眼掉头旁顾。

"速将张驴儿、赛卢医拿下。"桃杌喝命着，撩袍直奔大堂，到得堂檐前，探手取槌，他敲响了架在一旁高架上的鼓。

奋全力敲击，桃杌把鸣冤鼓擂个惊天动地……

101.县衙大堂（内，日）

戴从二品幞头、穿大红蟒袍，窦天章端坐在略带些侧放的公案后——居中的半桌上供着御赐的尚方宝剑。"山阳县，"他问桃杌，"何事击鼓？"

"桃杌为窦娥鸣冤。"桃杌答。

窦天章肃容沉声，"贵县克己奉公，自律严肃，"道，"本使日前在楚州已有所闻，今日得见方信为事实。"仅在言词中蕴含些嘉赞，"楚州府尹央本使联名拜本，保举贵县接任楚州知府，果具慧眼。"

"桃杌为窦娥鸣冤。"桃杌执拗着。

窦天章这才问："窦娥有何冤枉？"

"窦娥受死刑前说，"桃杌答，"'血喷白练，六月飞雪，大旱三年，若有一件不应验，便是窦娥不冤，该死、该杀。'如今三誓愿俱成事实，足证窦娥被错判冤斩。"

窦天章略作沉吟，"天灾代有，不足怪，"说，"且更不可以为断案之凭。"

"山阳县，自六月雪降始，全境不雨、雪也不再见，历时一年五个月又九天，乃亘古所无。"桃杌驳道，"请老大人收回'代有'之说。"

窦天章不能不斥，"放肆！"

"斩窦娥时，"桃杌又说，"窦娥之血点滴不沾地，直喷高杆之顶的丈二白练，尽染其成赤。此凡人皆未见未闻者，老大人将作何解？"

窦天章不得不喝止，"大胆！"

桃杌未止于前问，"请问老大人，问未问过张驴儿，缘何在窦娥加盐之后不再尝羊肚汤？"

窦天章："这……"

"请问老大人，想未想过窦娥与她婆婆情同母女，她缘何要下药到婆婆拟喝的汤中？"桃杌的问还越发咄咄了。

窦天章："这……"

"请问老大人，想未想过若是窦娥下药，"桃杌再问，"她缘何不肯私休，执意与张驴儿对簿公堂？"

窦天章："这……"

"因她，"桃杌径直自答，"因她窦娥信公堂匾上刻的这三字，"并直指有三字"明如镜"的匾，以及原先由他占据、现在其后坐着窦天章的公案，"因她窦娥相信端坐在匾下之人能替她做主，明辨是非曲直，能保护善良。"他顿了顿，续说道，"桃杌愚笨昏庸，冤斩了窦娥，又无能为其雪冤，老大人膺国家重任，身为提刑肃正使，万不可蹈桃杌之覆辙。"

窦天章拍案怒斥，"大胆！放肆！"

"依桃杌之见，"桃杌前跨一步，"弑父确有其人，只并非窦娥，"他反手向外一招手，命令，"将张驴儿等押上大堂。"

有祗候与张千与一干皂隶押来了张驴儿和赛卢医，还有蔡婆。

张驴儿一到堂上就挣，挣脱皂隶的手，就向公案前跪，跪下就向窦天章磕头不已，"青天大人，冤枉啊，冤枉。"

"你冤枉什么？"桃杌一声呵斥，喝愣了张驴儿，他又再厉声喝问，"当日窦娥加盐后，你缘何不再尝羊肚汤？"

张驴儿显然已预作过准备，"我看她加盐，直觉咸淡适宜了。"

"那日在我堂上，你缘何不说？"桃杌分明也有腹稿，戟指着张驴儿，逼迫地责令道，"说！"

准备得不够充分的张驴儿一时失语。

没想，窦天章却不以为然，"细枝末节，贵县何必纠缠不休。"

"青天大人，"张驴儿慌忙磕头，"救命菩萨，你老英明，公侯万代啊。"

继而，窦天章竟教训起了桃杌，"贵县既为窦娥鸣冤，理应呈上真凭实据，如何多是猜测与臆想？"他又说，"窦端……娥乃我亲生女儿，正缘此，本使便更须格外慎重，以免授人以柄，招致屈法徇私之物议，坏老夫半世清名。"

气，恼，怒不可遏的桃杌遏止着发作，"请问老大人，"转而问，"赛卢医有勒杀蔡乜氏未遂案在身，怎可当堂开释？"

"彼系另案，"窦天章从容答道，"待蔡婆备状控告，由贵县审理。"

愣，怔，桃杌呆在当场。

窦天章见桃杌沉默，欲起身退堂，跪在公案前的张驴儿忽然"哇"地哭出声。窦天章不禁奇怪，"张驴儿，"他问，"何故悲伤？"

"青天大人，"张驴儿忙挪跪近公案些，"小的不知怎的得罪了山阳县桃大老爷，桃大老爷几次要整治小的。"呜咽着说，"现有青天大人做主，小的还无碍，可青天大人启驾离开山阳，小的……"

窦天章拍案，"胡说，"斥责，"再敢诽谤官长，老夫配你去充军。"见张驴儿吓得不作声，他摆摆手，命，"下去罢。"

"谢青天大人！"张驴儿临要起身时，扭转头向桃杌请示，"大老爷，我要起来了，可不可以？"似乎可怜兮兮地说，却含着贼忒兮兮，

"青天大人命我下去，我可不可以……"

忽大步抢上去，桃杌一把抓过供在居中半桌上的尚方宝剑，边拔剑出鞘，边直奔张驴儿来。

张驴儿惊慌失措，没逃个抢先，"你，"他急中生智，嘶声嚷，"你敢伤我性命，我教、教山阳县早到地老天荒！"

只愣了愣，怒再不可遏，桃杌也作金刚吼，"天在看着我杀你！"

他边吼边挥剑，又一脚踢翻张驴儿。

倒在地上的张驴儿没了脑袋，没了脑袋的地方不见流出点滴血，那窟窿黝黑黝黑的……

刚才看呆吓傻的众人，此刻个个瞠目结舌，寂静满堂。

陡地，炸响出一声，是个打下的霹雳！

102.县衙前的场上（外，日）

冬日当空，万里无一丝云絮，有惊雷频频四处作响，又有了降下的雨。

雨大，如倾如注如泻……滂沱的大雨下在和煦的阳光里，一滴一色，百千万亿兆……数不清的雨滴，奇光异彩岂不缭乱——天地间呵，似乎尽是了花。

张臂仰面，桃杌大踏步跑出县衙，他手舞足蹈在雨中，又在雨中跪下，拜，仰对天复匍向地，一而又再再而三，他礼拜着……礼拜着的他终于静止于匍匐。他静静匍匐在已然降下以及犹自继续降下的如花的雨中，沐着阳光。

来了握刀执枪的兵丁。他们簇拥着置身伞盖下的窦天章，团团围住桃杌。

"山阳知县桃杌，抢夺尚方宝剑，擅杀人犯，罪当夷族。"窦天章朗声宣布道，"本使念你除恶心切——而赛卢医又供认指证逼其合毒药者乃张驴儿——故先将你羁押，实奏圣上，请旨发落。"继又命，"拿下犯官桃杌。"

　　只有一人上前，是杨氏。杨氏前去跪向桃杌旁，也不知欲扶呢还是要抚，她俯下身和他依作了一堆。

　　"来啊，"窦天章正要再下命令，杨氏侧转过脸，"睡着了他。"告诉道，"他已甚久未得安睡。"她又央求，"容他睡片刻，好么？"

　　她正问时，雷渐次隐声，雨也收起了"哗哗"……然而，欢天喜地的锣鼓却毫不理会她或者说欲唤醒桃杌般敲响起来了。

2005年3月8日定稿于上海